Texto de acordo com as normas do novo acordo ortográfico da língua portuguesa (Decreto Legislativo Nº54 de 1995).

Editora – Catia Mourão
Capa – Joice Dias
Diagramação – Catia Mourão
Revisão – Sheila Mendonça

CIP-BRASIL. CATALOGAÇÃO NA PUBLICAÇÃO
SINDICATO NACIONAL DOS EDITORES DE LIVROS, RJ

A567L

Andrade, Helena
A livraria dos sonhos / Helena Andrade. - 1. ed. - Rio de Janeiro : Ler, 2023.
228 p. ; 23 cm.

ISBN 978-65-5055-038-7

1. Romance brasileiro. I. Título.

23-85584 CDD: 869.3
CDU: 82-31(81)

Meri Gleice Rodrigues de Souza - Bibliotecária - CRB-7/6439
12/08/2023 15/08/2023

Foi feito o depósito legal.
Direitos de edição:

Ler Editorial

A LIVRARIA dos Sonhos

HELENA ANDRADE

1ª edição
Rio de Janeiro – Brasil

Sumário

Dedico esse livro às amigas verdadeiras,
por todas as vezes que estendem a mão e
acolhem, dando o melhor de si.

Prólogo

Acreditar que tudo o que planejamos para a vida acontecerá de forma organizada, orgânica e no ritmo certo é mera ilusão. Se assim acontecesse, seria mágico e tão harmonioso quanto um doce romance. No entanto, a vida nos prega peças inimagináveis e quando pensamos ser o caminho à frente repleto de momentos inspiradores, algo assustador acontece e despencamos do alto para mais uma vez encontrarmos o chão.

Vinte anos antes...

Os raios de sol do início da manhã transpassavam o vitral refletindo o colorido pelo assoalho de madeira, tão limpo que os cristais de pó vistos nos reflexos da luz assentam ao tocarem o piso. O canto dos pássaros nas árvores ao redor da casa é abafado pelo som dos acordes de *Danúbio Azul*. As duas mulheres rodam e as saias dos vestidos flutuam em meio ao vazio deixado pelos móveis arrastados. Os risos ecoam pelo espaço exaltando a alegria de mãe e filha se entregando à diversão.

— Vamos, Lily! Chegou o momento, vamos fazer desta casa o lar da felicidade, os pássaros entrarão por aquela janela e as fadas virão despejar em nós vários potes de pó mágico. Seremos as premiadas do dia. Venha, venha! — exalta Leila para a filha.

Ela rodopia pelo salão e leva Lily com ela. Os vestidos esvoaçantes as fazem parecer borboletas em pleno voo. Elas rodam, rodam, rodam, até quase perderem o equilíbrio. A mãe segura a filha nos braços ao final dos acordes da sinfonia e a coloca no chão fazendo-lhe uma reverência.

A música é cortada por um grito. O grito dele se sobressai à alegria, à farra, ao encantamento, à magia. Uma sombra surge nos olhos de Leila.

— Lily, me prometa, jamais deixe alguém tirar sua alegria ou impedi-la de sonhar.

1

Herança

Nathalia

Quando criança este era meu sonho, mas cresci e ele se perdeu no decorrer de minha vida.

— Você enlouqueceu, né? — Não encontro outra forma de justificar a ideia maluca da Lily.

Minha amiga dá de ombros como se sua proposta fosse a melhor do mundo. Observo o teto da casa, as teias de aranha improvisam a cortina branca entre as vigas expostas do telhado. Pela fresta dos buracos, onde antes devia haver telhas, a luz do sol torna o espaço mais deprimente. Tudo o que quero é voltar a exercer minha profissão e me realizar nela, ser a advogada para a qual estudei. No entanto, cá estou avaliando uma casa caindo aos pedaços, literalmente, como se fosse a melhor escolha para meu futuro.

— Nathalia, foi a única coisa deixada pelo velho. Além do mais você não tem muitas opções e ter uma livraria sempre foi seu sonho.

— Isso quando nós tínhamos dez anos, lembra? Agora sou uma mulher formada, profissional capacitada, quase com trinta anos, e não estou mais podendo, nem tendo tempo, para reviver e concretizar sonhos de menina.

— Vinte e oito! — ela me corrige ressaltando termos a mesma idade. — Você ama literatura, eu sei.

— Lily, sejamos práticas, as livrarias estão *fechando* — friso a última palavra. — Você quer que *eu* invista, o pouco que ainda tenho, para montar um negócio com você?

— Ah, Nath — ela parece querer usar meu apelido com a voz melosa para me fazer mudar de ideia —, não é um simples negócio. Será uma livraria diferente de todas as outras conhecidas por nós. Faremos deste espaço um lugar aconchegante. Vamos unir outras formas de arte: música, saraus, será um espaço cultural como essa cidade jamais viu.

Confesso, posso continuar desfiando uma infinidade de motivos para convencê-la. Mas conheço muito bem Lily, ela continuará me *infernizando* para acompanhá-la nesta loucura. Então, tento ser mais prática.

— Você tem ideia do custo para fazer a manutenção nesta casa? — Coloco o dedo em riste e vou apontando: — Paredes descascadas, o vitral quebrado, as vigas do pé direito parecendo tortas, o telhado em péssimas condições. Deve chover mais aqui dentro do que lá fora. Ah! — Caminho por entre a sujeira acumulada no piso que, um dia, foi um brilhante assoalho de madeira, e sigo até o lavabo na extremidade da sala.

Tentando me desvencilhar das teias de aranha parecendo proteger o lugar para nenhuma louca, como nós, entrar na casa, abro a torneira da pia. Roncos de ar saem do cano, metralhando como se estivessem presos ali há décadas.

— O encanamento deve estar *todo* enferrujado. Provavelmente terá de ser trocado.

Lily, ao meu lado, abre o sorriso. Flocos das teias de aranha pendendo em seus cabelos loiros só acentuam meu descrédito em sua "brilhante" ideia.

— Nath, o que mais eu poderia fazer com esta casa?

— Vender, criatura! Este terreno no bairro Cambuí, em Campinas, deve render uma boa grana e você pode viajar pelo mundo.

— Não tenho intenção nenhuma de viajar pelo mundo. Tampouco deixar essa cidade. — Ela baixa os olhos.

— Vamos ser práticas — tento amenizar o tom crítico na voz —, você fez o levantamento dos valores?

— Claro! — Ela se anima, abrindo o sorriso de dentes perfeitos. — Falei com o marceneiro que trabalhou no escritório. Ele disse podermos fazer reforma nos móveis. — Lily aponta para as cristaleiras e a estante de madeira dominando a extensão da parede esquerda da sala. — Vou procurar um engenheiro para avaliar a parte estrutural.

— Sei! — digo, analisando sua crescente animação.

— Também chamei um carpinteiro e um pedreiro para verem os serviços necessários. Tenho aquele dinheiro guardado, lembra? Da viagem cancelada para a Europa? Então, e...

Não! Não acredito que Lily vai tirar essa ideia maluca da cabeça. Passo a tarde inteira circulando pelo mausoléu, o qual um dia foi chamado de lar, ou melhor, casa, e ela continua a falar, detalhando todas as vantagens de colocarmos em prática sua ideia que deve ter surgido de madrugada, quando ela rolava na cama com algum novo "namorado". Desta vez nem sequer consigo lembrar o nome dele, Fabrício, Fabiano, Favorito*, ah, nem sei.* Foram tantos nos últimos seis meses. Ela deveria...

— E então, Nath? — Lily chama minha atenção, pendurada no último andar da escada, parecendo aguardar minha resposta. Como não respondi, ela continua: — Tudo certo para começarmos?

— Ainda não estou convencida!

— Vamos realizar nosso sonho de infância, montar um espaço para a literatura e a música — choraminga arqueando várias vezes a sobrancelha e expondo aqueles olhos verdes, com tamanho brilho, como se fosse o próprio Gato de Botas.

Solto o ar exasperada e nem respondo. Eu e Lily estudamos juntas no ensino fundamental. Nesta casa ela viveu com o pai até ser expulsa de casa, aos 18 anos, e deixar todas as lembranças dolorosas e difíceis para trás. Ao menos foi o que pensei à época, por isso não entendo seu propósito em querer voltar a este lugar.

— Sério mesmo? Então me diz o motivo de querer fazer isso agora?

— Ah, sei lá. — Ela movimenta os braços. — Será bom, afinal você está desempregada, eu estou descontente com a agência, somos uma boa equipe. Lembra quando decidimos organizar a festa da nossa formatura? Então, não foi demais?

— Você deveria voltar a exercer a advocacia. O que ganha na agência de marketing mal deve dar pra cobrir as suas despesas.

— Mais um motivo para você aceitar a minha proposta. Afinal, nós vamos...

Apesar dos quase vinte anos que nos conhecemos, raramente consigo raciocinar enquanto ela está descarregando palavras em mim. Esse é um dom da Lily, falar, falar e falar. Talvez seja seu maior dom. *Não! Não é verdade!* Seu maior dom é a música. A voz dela é capaz de fazer meu coração saltar no peito, principalmente quando ela canta exaltando suas emoções mais profundas, sejam elas boas ou não. Mesmo amando minha amiga, não consigo ver como esse projeto dela vai me ajudar a sair desse emaranhado emocional que se tornou minha vida nos últimos meses.

Entro em meu apartamento e Shakes vem me encontrar saltitando ao meu redor. Acaricio seus pelos negros e abro o armário para pegar a comida dele, meu celular toca.

— Oi, mãe!

— *Nathalia, você vem amanhã para o almoço?*

— Irei, com certeza! Quer que leve algo?

— *Não precisa! Já encomendei uma sobremesa com a Mari.*

— Convidei a Lily! — aviso. *Será que deveria ter convidado minha amiga? Ela vai continuar a falar sobre a reforma no casarão...*

— *Ótimo!*

Despeço de minha mãe e coloco a comida do cachorro na vasilha. Ele avança e começa a devorar a ração. Caminho até a janela da sala, abro a cortina. Nesta hora do dia, o sol baixa no horizonte e, apesar da fileira de prédios obstruindo minha visão, consigo ver nuances de mais um dia chegando ao fim. Mais um dia improdutivo. Estremeço. O estremecimento começa na sola dos meus pés, sobe como se a terra entrasse por ela invadindo a circulação, preenchendo meus sistemas e me sufocando, paralisando.

Levo a mão à garganta. Fecho a cortina e pego o diário sobre a mesa de canto, abro na primeira página.

— Acredito no meu potencial! Sou forte! Sou digna! Supero os obstáculos da minha vida com coragem e determinação. — Repito a frase de olhos fechados.

Deveria escrever a minha conversa com Lily hoje. Escrever é uma boa maneira de eu expressar sentimentos. Foi a indicação da terapeuta e confesso ter me feito bem.

Shakes saltita ao meu lado avisando ser hora de lhe dar atenção. Fecho o diário com o mantra que tenho verbalizado diariamente e deixo para escrever sobre meu dia depois. Pego a coleira dele e saímos em direção à avenida na frente do prédio. A sensação de torpor ainda permanece em meu corpo. *Por que isso não melhora?*

Sobressalto, o som de uma buzina me tira do estado entorpecente. Movimento a cabeça tentando dissipar a opressão no peito, me esforço para respirar. Seguro a guia do cão e abaixo a cabeça.

"Já que é preciso aceitar a vida, que seja então corajosamente."

A frase da Lygia Fagundes Telles também se tornou mantra para mim.

Solto a guia e deixo Shakes me arrastar pela rua. Talvez Lily esteja certa. Lidar com outro ramo pode me fazer dissolver estas sensações e enfim voltar a exercer a profissão para a qual estudei.

Acordo com a sensação opressora explodindo no peito, minhas mãos estão suadas e a respiração acelerada, como se tivesse corrido uma maratona. Só outro pesadelo, mais um pesadelo. A lembrança dos rostos em meio às sombras me ignorando, o desprezo presente nos olhos daqueles com quem convivi por anos dominam minha mente. Medo, pavor, impotência me inundam. Preciso tomar o remédio.

Levanto da cama, acendendo as luzes pelo caminho, e chego à cozinha. Pego o copo de água e a caixa do antidepressivo exposta sobre o armário. Busco me desfazer dessa dependência. Tem noites que consigo. Em outras as lembranças me assolam e preciso recorrer a ele.

Tomo o medicamento e volto para a cama, quem sabe o sono aparece e eu consiga sonhar.

Lily

Chego à casa dos pais da Nath no horário marcado. Aperto a campainha e Shakespeare dispara na direção do portão de madeira ripada, latindo como se quisesse saltar os dois metros de altura nos separando. A dona dele caminha logo atrás, não tão rápida e nem tão animada. Ela deve estar fervilhando com a proposta que lhe fiz. Preciso tentar convencê-la e é hoje.

— Você está atrasada! — Ela me repreende.

— Não, estou não! Você disse meio-dia!

Nathalia aponta para o relógio e mostra ser uma hora.

— Ah, perdão! Não é que me atrasei mesmo. Dormi na casa do Nando e ele quis caminhar na Lagoa. Fazer o quê? — Dou de ombros. — Fui com ele me exercitar.

Ela torce os lábios. Pego no rosto dela e beijo sua face.

— Não seja ranzinza! — peço. — Shakes, seu bonitão.

Seguro o rosto do cachorro, pulando feliz nas minhas pernas, e tento fazer meu nariz encontrar com o focinho dele. Solto o bichinho e ele dispara de volta para a porta de entrada. Acompanho o ritmo do cachorro e entro na casa.

— Olá, tio Tó! — Beijo o rosto do pai da minha amiga sentado à mesa. — Hum, o cheiro está bom, hein?

— Chegou na hora, Liliane! — exalta tia Lucia surgindo da porta da cozinha com uma travessa nas mãos. — Fiz macarrão ao funghi que você adora.

— Delícia! E daí, tio? Como foi a consulta?

Pego uma das taças distribuídas na mesa arrumada com os pratos coloridos sobre a toalha azul. A mãe da Nath é caprichosa em cada detalhe, até as minúsculas flores envolvendo o guardanapo de papel branco parecem ter saído de um conto de fadas. Não me admira minha amiga ser tão romântica.

— O de sempre, estes médicos só querem passar remédios para tomarmos. Eles ficam me dizendo que tenho esse *troço* nos pulmões.

— Você ficará bem! — Tento animá-lo e encaro minha amiga sentada à minha frente.

Nathalia gira o dedo ao redor da borda da taça do vinho dela, parecendo distante e muito preocupada. A descoberta do enfisema pulmonar do pai dela chegou de repente. Sei o quanto eles estão abalados com a possibilidade de a doença avançar rapidamente. Essa família é como se fosse a minha. Adotei os pais da Nath como os meus desde sempre, pois jamais tive família a quem pudesse chamar de minha.

— E a casa? Você vai vender? — ele pergunta.

— Quando o advogado abriu o testamento, achei que sim — respondo elevando a taça e fixando o olhar no líquido vermelho intenso do vinho. — Agora não mais! — Bebo um gole da bebida. — Não sei ao certo o motivo, quando voltei nela, dez anos depois de ter saído, algo mudou em mim.

— Quanto tempo ela ficou fechada? — Quer saber.

— Seis anos. Desde quando meu pai foi para a clínica por causa do Alzheimer.

— Pai, acha que uma reforma naquela casa fica cara?

— Ah, você aceitou minha proposta!

— Proposta? — questiona Lúcia, pegando meu prato e esparramando o macarrão nele.

— Ela não contou?

Lucia meneia a cabeça.

— Convidei Nath para abrirmos uma livraria juntas.

— Livraria? Que história é essa?

— Ideia louca da Lily!

— *Louca*, mas viável. Imagina só, tia, um espaço no coração do Cambuí, esse bairro megamovimentado, onde as pessoas podem ir para ler um bom livro, ouvir música e quem sabe tomar um café especial. Não seria qualquer livraria. Muito diferente das tradicionais, trabalharíamos com livros selecionados num lugar aconchegante. Nada daquele monte de prateleiras amontoadas. Um espaço onde você escolhe o livro como se fosse peça de arte.

— Hum, gostei! Quando vocês começam essa empreitada?

— Mãe! — exclama Nath arregalando os olhos e batendo os punhos na mesa.

— Nathalia, o mais difícil para quem vai abrir um comércio é arcar com os custos de aluguel. Isso vocês não terão. Além do mais será um espaço inovador. Vocês duas têm suas profissões. — tia Lucia estende a mão espalmada na direção da filha. — Eu sei! Você agora está desempregada, mas isso não durará para sempre e fazer essa atividade juntas, acredito, pode fazer bem para ambas.

— É isso aí, tia! — Estendo a mão e bato na dela.

— Duas doidas, pai! O que posso fazer no meio destas mulheres?

— Filha, faço essa pergunta há quase trinta anos.

Não posso decepcionar ou deixar Nath duvidar nem por um momento do êxito de nosso projeto, por isso, peço ajuda a meu estagiário, Caio, para encontrar um bom pedreiro. No bairro onde ele mora tem vários trabalhadores da construção civil. Outra necessidade é consultar um engenheiro. Não sou ingênua em achar que é só chamar alguns pedreiros, encanadores e eletricista para fazer direto os serviços. Nathalia, com certeza, já deve estar com a planilha a postos e a lista de prós e contras da minha proposta, bem como detalhando todos os riscos e possibilidades. Por isso, tomo o cuidado de fazer a primeira visita na casa com o engenheiro indicado pelo Nando, sem a presença da minha amiga.

— E então? — pergunto depois que Robson faz a avaliação.

Ele estica a trena e solta, estica e solta, provocando estalos ressoando na ampla sala, quebrando o silêncio dele. Pelo arquear de sobrancelhas, imagino que a análise dele não seja das melhores. *Será que não vai dar?*

— Bem, há muito a ser feito.

— Vale a pena reformar esta casa? — faço a pergunta que tenho evitado desde o momento em que tomei a decisão de não vendê-la. Talvez Nath esteja certa: é uma loucura fazer esta reforma.

— Depende! Enquanto profissional não posso dizer a você que não tem saída. Qualquer imóvel pode ser reformado. Para saber se vale preciso fazer alguns cálculos. As trincas — ele aponta para uma fenda na parede — podem ser só do reboco. A casa tem estilo vitoriano e para o seu projeto penso ser perfeito. Bem, voltando às necessidades, o telhado parece bom, não sei se precisa de reforma das telhas e se o madeiramento aguenta. Se ele aguentar reduz os maiores custos. Sugiro descascar algumas paredes e deixar tijolos aparentes. Também só rasparia o piso. A madeira embaixo desta camada de pó deve ter uma bela cor. Vamos dar uma olhada lá em cima?

Robson aponta a escada e eu o acompanho. Ele continua o detalhamento e já consigo visualizar a casa pronta, o assoalho brilhando e as pessoas circulando pela grande sala, burburinhos de conversas embaladas por música. A casa precisa de uma nova energia e quero muito que ela tenha, nem que seja para provar a *ele* minha capacidade.

— Este quarto era seu? — Robson pergunta apontando o cômodo de porta aberta.

Confirmo com um aceno de cabeça e caminho até a escrivaninha de madeira, o único móvel no quarto. Abro a primeira gaveta. O exemplar de *As Mil e Uma Noites* está coberto por uma camada de poeira, alguns riscos dourados da gravura da capa se destacam. Passo a mão e removo um pouco da crosta de poeira. O desenho da Princesa Sherazade envolta em vários lenços pressiona meu peito. Será que minha mãe sonhava em mudar a maneira de meu pai pensar e agir, assim como esse conto de fadas? Respiro fundo e limpo os dedos na calça jeans. Corro os olhos pelo cômodo. Só restou a mesa utilizada desde a minha infância. Nada da cama, armário ou a cadeira. Tudo foi retirado. Ele parece até ter "esquecido" de mandar retirar a mesa e o livro deixado por ela.

— Você vai querer abrir este cômodo? — pergunta o engenheiro apontando para a parede.

— Não! Deixe este como está. Pode ser um depósito para livros.

— A reforma da casa ficará em um valor superior ao previsto. Sugiro não trocarmos o madeiramento e só substituirmos as telhas quebradas — aviso para Nath, enquanto tomamos café, sentadas em uma das mesas da cafeteria no térreo do prédio dela.

Minha amiga eleva os olhos do notebook com a planilha de cálculos dos custos da reforma. A garçonete coloca a minha frente o bolo de chocolate e na dela a torta de morangos.

— Não aceitei ainda, Lily! — afirma quando a moça se afasta. — Deixe-me avaliar estes números.

Nathalia percorre a tela do notebook com o indicador, projeta os lábios, move-os de um lado a outro, arqueia a sobrancelha várias vezes e pressiona o dedo na tela, parecendo analisar cada detalhe, como se os números estivessem se deslocando e ela tentando hipnotizá-los com o olhar.

— Será seguro não trocar o telhado? — pergunta descolando os olhos da tela do notebook. — Se for preciso mesmo, tenho o dinheiro da rescisão e isso poderá cobrir os custos iniciais.

— Eu sei, mas tem o tratamento do seu pai e, mesmo assim, você pode ver — aponto a planilha na tela —, não é suficiente para pagarmos tudo.

— Seu pai não deixou mais nenhum dinheiro?

— Sobrou um pouco que dá pra ajudar nos custos da reforma. Também vou usar o dinheiro guardado para a viagem. A maior parte das reservas dele, eu usei para pagar a clínica, os médicos, depois as despesas com o hospital. Consegui pagar o IPTU e não deixar a casa inadimplente. Mas não dá pra trocar o telhado.

— Acredito que isso é prioritário. Você não quer *mesmo* vender a casa?

Nathalia arregala os olhos e sei que ela espera por minha afirmação.

— Não! Mas não acho que precisamos mexer com o telhado agora. Se você aceitar, faço um empréstimo para complementar — digo incisiva.

— Nem pense em se meter em dívidas. Sei bem que está fazendo isso por minha causa.

— Convencida — digo na brincadeira, porém de fato um dos motivos é mesmo conseguir ver minha amiga abrir o sorriso de novo. — Então, você pode pedir uma indenização. Deve conseguir! Eu mesma posso preparar o processo. Ainda sou boa em direito administrativo.

Apesar de nunca, de fato, ter exercido a profissão de advogada, migrando para trabalhar com Marketing enquanto estava na faculdade, devo ser capaz de preparar um processo e entrar com um pedido de indenização e massacrar aquele, *argh.*

— Não quero falar sobre isso! — Ela remexe na torta e seu rosto está em brasa. — Em breve voltarei a trabalhar. Só estou esperando surgir uma vaga atraente.

— Sério? Nenhuma das dez entrevistas que você participou e das que foi selecionada eram trabalhos atraentes?

— Estou passando por uma situação difícil. Você sabe, né?

— Sei! E como está seu pai?

— Aguardando o resultado dos exames. Não está sendo fácil para ele — diz remexendo os morangos soltos da torta.

Acaricio a mão dela sobre a mesa.

— Minha amiga, vai dar certo! Quem sabe é possível evitar o avanço da doença com os medicamentos.

— Você sabe o quanto sou ligada a ele. Se a doença avançar, ele vai precisar de auxílio para respirar. Tenho percebido o quanto está difícil. Também estou com tanta pena da minha mãe. Ah, eles se amam tanto. Será que um dia poderei viver algo assim?

— Sem dúvida, sua romântica incorrigível. Por causa deste seu louco desejo o nome do seu cachorro é Shakespeare. Você só precisa se empenhar mais, minha amiga. Não a vejo saindo com ninguém há vários meses.

— Cansei dos aplicativos. Eles só me direcionam a homens mau-caráter — ela estremece, talvez se lembrando das experiências desastrosas.

— Você precisa melhorar seu perfil.

— Olha quem diz! Também não tenho visto você tendo sucesso nestes relacionamentos.

— Não quero nada sério! — Remexo no bolo. — Só alguns momentos de prazer me bastam. Hum, e por falar em momentos de prazer, este bolo está maravilhoso. — Esfarelo a massa, ela se desfaz ao toque, deixando escorrer o recheio cremoso de brigadeiro.

Nath pega minha mão apoiada na mesa.

— Nem sei se deveria te dizer isso, mas você deveria procurá-lo.

— Ele fez a própria escolha! — Retiro minha mão da dela e dou uma garfada na torta.

Minha amiga me olha com ternura, meneia a cabeça como que inconformada.

Trato de mudar de assunto.

— Você vai ou não vai aceitar a minha proposta. Afinal, fiz todo esse levantamento e espero não ter perdido meu tempo — digo azeda.

— Ok! Você me convenceu. Vamos fazer o possível para deixar aquela casa apresentável.

— Uhuuu! Sabia que aceitaria.

Nathalia movimenta a cabeça de um lado a outro e abre o sorriso.

— Ah! — exalto. — Precisamos pensar em qual tipo de cafeteria teremos na livraria. Amanhã vou pesquisar algumas cafeterias e ver se é possível uma franquia.

Nathalia movimenta o dedo indicador.

— Nada disso! Tenho uma ideia muito melhor.

Mari

Valha-me Deus! Que lugar é esse?

Levo a mão ao peito. Estou dentro de um sonho. Só pode ser. Magia é a primeira palavra que surge. Brotando do assoalho de madeira as macieiras carregadas de frutas vermelhas sobem em direção às altas vigas de madeira do teto alto demais, folhas secas pendem dos galhos, como se reverenciassem os feixes da luz do sol entrando pelos vitrais coloridos nas laterais da sala. Flores rosas despencam em galhos na cerejeira. As árvores são artificiais, é claro, mas em um primeiro momento até me convenceram serem naturais. São tantos detalhes no amplo salão, frases incrustadas na parede, corpos de manequins espalhados pelo espaço usando vestimentas de flores coloridas aplicadas sobre o tecido dos vestidos e adornando o pescoço, parecendo bailarinas sem rostos prontas a se movimentarem por entre os dois troncos das macieiras e flutuar num baile de contos de fada. Entre elas, prateleiras baixas já remetem a minha imaginação para a fileira de livros a serem expostos ali.

— Mari — Nathalia surge de uma das portas pintadas de amarelo —, bem-vinda! Lily! — ela grita na direção da escada de madeira que leva ao segundo andar.

Lily surge no alto da escada carregando uma pilha de caixas.

— Só um instante, vou guardar estas coisas e desço para conversarmos.

— Menina, que lugar é este?

— Você gostou? — Nathalia pergunta de sorriso aberto girando o corpo de um lado a outro e também parecendo encantada com o lugar. Os olhos dela brilham. — Ainda faltam alguns ajustes. Não sei se você reparou, há uma imensa reforma acontecendo lá fora.

— Oh, se vi! Tive de passar embaixo de uma escada com um pintor pendurado, juro, pulei sobre o piso para não manchar. — Reforço levando a mão ao peito. — Quando você disse que abriria uma livraria, jamais imaginei que ela teria toda essa produção.

— Venha ver a parte externa.

Nathalia vai desviando das caixas tomando boa parte do piso de madeira e me conduz aos fundos da casa, onde, um dia, deveria ter sido o quintal. Digo isso, pois em nada se parece com um simples quintal. Uma fileira de ripas se estende até o fundo do terreno formando um T. O deck de madeira toma boa parte do espaço, só deixando ao fundo o lugar para a gigantesca jabuticabeira fazendo sombra no jardim. Na lateral, três homens trabalham colocando cascalhos ao redor de uma palmeira.

— Aqui teremos um espaço com mesas e dá pra improvisar um palco. Também poderemos armar uma tenda, se for evento à noite, ou o tempo não estiver bom. Mas vamos dar preferência para um gazebo. Eles combinam mais com a arquitetura da casa. O que achou?

— Maravilhoso! — Arregalo os olhos.

— Queremos algo diferente — anuncia Lily surgindo junto a nós —, por isso chamamos você aqui.

— Meninas, estou curiosa. — Elevo a voz tentando superar o ronco de uma furadeira nas mãos do homem pregando tábuas no deck. — Do que se trata?

— Vamos entrar para conversarmos lá dentro e sair desta barulheira — convida Nathalia.

As duas param no centro do salão e se encaram. O brilho no olhar delas me enche de expectativa. Conheço Nathalia há pouco mais de três anos, quando passava no escritório em que ela trabalhava para vender pedaços de bolos. A amiga Lily me foi apresentada pouco depois quando também começou a fazer encomendas para presentear colegas no trabalho dela.

— Você sabe o quanto adoramos os doces e salgados feitos por você – elogia Lily. — Não é mesmo?

— Claro! Vocês são especiais e sempre me estimulam. Vão querer que eu forneça bolos pra vocês aqui?

— Não é bem essa a nossa ideia — informa Nathalia.

Mexo na alça de minha bolsa pendurada no ombro. Achei que fossem me pedir para fornecer bolos. Preciso muito aumentar minhas vendas.

— Desculpe, meninas! Não entendi o motivo de me chamarem.

— Mari, queremos te convidar para trabalhar com a gente.

— Trabalhar aqui? — Corro os olhos pelo salão imenso. Caixas, restos de reforma e poeira se espalham pelo chão. — Não sei se posso! Veja, não é que não gostei do lugar. É lindo! Até mágico. Sabem, não consigo só ter emprego fixo. Ainda cuido da minha mãe e a Luiza faz faculdade.

— Calma! — pede Nathalia. — Temos uma proposta para fazer e se você achar viável pode aceitar ou não.

— Queremos que você aceite — intervém Lily. — Você tem mãos fantásticas para os doces, além disso, amamos a forma como você se relaciona com as pessoas.

— E qual seria a proposta?

Lily começa a falar toda empolgada de como elas pretendem que a livraria funcione. O quanto querem um ambiente diferente. Unir a doceria será mais um diferencial. Nathalia então me propõe trabalhar meio período. Elas também têm intenção de ter uma auxiliar para revezar o horário comigo.

— Além do salário — reforça Nathalia —, você pode ganhar um percentual nas vendas da cafeteria. Isso deve ajudá-la. Minha mãe disse que você tem procurado aumentar seus ganhos. Aqui será uma possibilidade de ter um fixo e poder nos horários livres fazer suas encomendas em casa.

— Ah, aceita, vai? — pede Lily levando as duas mãos cruzadas ao peito.

— Bem, vocês me pegaram de surpresa. Não esperava essa proposta.

— Qual proposta você esperava, Mari? — pergunta Nathalia.

Conto a elas ter pensado ser só para fornecer os bolos.

— Entendo! — Nathalia diz remexendo os lábios. — Acontece que precisamos de alguém para tomar conta da cafeteria. Lily continuará trabalhando, eu assumirei a livraria em período integral e não pretendemos ter muitas funcionárias no início. Além do mais não entendo nada de cafeterias.

Saí da casa prometendo pensar na proposta. Cuidar da minha mãe e preparar encomendas e bolos para vender tem tomado meu tempo.

Luiza está estudando no período da manhã. As despesas com a casa e a faculdade estão acabando com minhas poucas reservas. Desde que perdi meu marido, tenho tentado manter o equilíbrio e suprir as despesas da casa. A aposentadoria de minha mãe ajuda, mas os medicamentos dela consomem boa parte do dinheiro. Fazer bolos e salgados para vender se tornou minha principal fonte de renda. No entanto, as vendas não são constantes. Tem mês que entra mais dinheiro e mês que não entra o suficiente.

— Você não deve aceitar! — diz minha mãe apoiada na mesa enquanto estou sovando a massa dos pães que preciso entregar no final da tarde. — Um negócio começando agora. Vai trocar o certo pelo duvidoso. Além do mais, ficar saindo todo dia.

— Já saio todos os dias, mãe.

— Não fica fora o dia inteiro, né?

Enterrei meus dedos na massa do pão e soquei com força na mesa.

— O que tá rolando aqui? — pergunta Luiza entrando na cozinha.

Conto para Luiza da proposta.

— Que ótimo, mãe! Acho mesmo que você deve fazer coisas diferentes.

Minha mãe bufa e sai da cozinha.

— Filha, e o que faço com a sua avó?

— Ajudo você. À tarde posso ficar com ela e entregar algumas encomendas das suas clientes. Será uma oportunidade de você viver num ambiente diferente, se cuidar, pintar os cabelos, quem sabe passar maquiagem. Afinal, você não vai querer gerenciar uma cafeteria no Cambuí com os cabelos desgrenhados e sem ao menos um batom.

— Luiza, você sabe, não tenho motivo algum para me cuidar.

— Tem sim! Já te disse isso. Chega de lamentar o passado e se enterrar nesta casa e nesta cozinha. Passou da hora de você seguir em frente. Ter uma vida. Por Deus, mãe! Você merece muito ser feliz! É inteligente, talentosa e não tem motivo para se esconder. Volte a ser mulher. Quero te admirar ainda mais. De verdade.

Ela me abraça e as lágrimas começam a rolar.

— Viver por você e para a vovó é suficiente para mim.

— Não é! Viver por você deveria ser a prioridade — ela reafirma aquilo que me diz desde quando passou a compreender as coisas da vida.

— Você será uma excelente terapeuta! — afirmo tentando em vão segurar as lágrimas teimando em cair.

2

Inauguração

Nathalia

Oito de dezembro, três meses após minha amiga ter me convencido a iniciar com ela esse projeto, estamos prontas para a inauguração. Ou quase! Boa parte dos livros encomendados às editoras não chegou. A alegação é a dificuldade de transporte no final do ano. Será que não nos priorizaram por sermos pequena? *Meu Deus!* Esbarro no busto da manequim ao tentar afastar uma mecha de cabelo caindo à frente do meu olho e ela tomba na direção do piano que, por minha insistência, Lily concordou em colocar junto ao pequeno tablado de madeira. O corpo sem vida tomba de um lado a outro, tento agarrá-lo e Mari é mais rápida.

Ela segura antes de a peça ir direto para a herança da Lily.

— Obrigada! — consigo balbuciar ajudando-a a colocar a manequim no lugar. Ajeito as pequenas rosas incrustadas na saia da modelo com as mãos trêmulas. — Se algo acontecer com o piano, que Lily pagou *uma grana* pra ser transportado do apartamento dela para cá, começaremos essa inauguração com um surto de uma das donas.

Mari começa a rir.

— E se não vier ninguém? Todas estas bebidas. — Aponto para o balcão repleto de taças. O garçom atrás dele continua a enfileirá-las lustrando cada uma com delicadeza e minuciosidade, os gestos só fazem aumentar minha ansiedade. — E estes canapés maravilhosos que você fez? — indico as bandejas de mini canapês cobertos com queijo Brie, mel, pasta de Gorgonzola, cerejas e delicadas flores em uma infinidade de texturas e sabores. — Teremos de comer todos? Se bem que não é má ideia. — Torço os lábios.

— A livraria vai lotar!

— Você está linda! — exclamo com sinceridade para Mari. Nunca vi Mari arrumada ou mesmo maquiada. A sombra em tons de marrom subindo em degradê combina perfeitamente com os olhos castanhos. O vestido justo preto ficou ótimo no corpo dela.

— Luiza me maquiou. — Ela abre o sorriso. — Você também, Nathalia! Adorei esse vestido dourado. Não sei como vocês conseguem usar esses saltos tão altos.

Giro no calcanhar ressaltando o scarpin vermelho.

— É pra dar sorte! — comento. — E Lily? Onde está aquela desmiolada. Pedi para ela chegar antes.

— Calma, Nathalia! Logo ela estará aqui. Está tudo lindo e arrumado. Os livros ficaram perfeitos naquela estante — elogia Mari.

Concordo. Fizemos um mosaico com os exemplares de capa dura sobre os balcões baixos, e nas prateleiras da estante que circula a sala selecionamos várias obras de escritoras brasileiras, literatura clássica e contemporânea se misturam. Best-sellers e os que ainda não alcançaram esse patamar arrumados com capas em destaque. Não deixamos de lado as escritoras de renome mundial, como Chimamanda Adichie, Margaret Atwood, Colleen Hoover, Elena Ferrante. Também preenchem os espaços autores consagrados e iniciantes. *O Amor nos Tempos do Cólera* e *Cem Anos de Solidão*, de Gabriel García Márques, *Helena*, de Machado de Assis, *A Moreninha*, de Joaquim Manoel de Macedo, misturam-se a tantos outros livros.

— Adorei a seção de literatura infantil — comenta Mari.

— Este tapete colorido no canto ficou ótimo e as crianças poderão sentar nestes banquinhos de letras comprados pela internet e nos puffs. Nem acredito em tudo o que conseguimos colocar nestes trezentos metros quadrados. Ainda têm as duas salas na parte de cima, onde poderá ter eventos mais reservados.

— Quando começarão as rodas de leitura?

— Amanhã teremos uma autora local que escreve literatura infantil e virá inaugurar o espaço. Ah, enfim você chegou! — exclamo ao ver Lily entrar. A cara de choro dela comprime meu peito. — O que aconteceu?

— Nada! — ela sussurra entre os lábios rosados e parece prestes a desabar em lágrimas.

— Como nada? Seus olhos estão vermelhos e tem uma marca na sua bochecha. — Seguro seu queixo e viro o rosto dela.

— Não consigo falar agora — diz desvencilhando-se do meu toque. — Vou dar um jeito no meu rosto. Os convidados estão para chegar. Sinto muito pelo atraso. — Ela dispara escada acima segurando a bolsa, que parece ter uma alça quebrada. *Alça quebrada?*

Tenho o impulso de correr na direção dela, mas um dos garçons me chama e sou obrigada a desviar a atenção de minha amiga para receber os primeiros convidados. A menina de vestido florido e rodado entra correndo e os pais aparecem na sequência. Reconheço o amigo de trabalho da Lily acompanhado da esposa. Vou ao encontro deles para cumprimentar e dar boas-vindas ao nosso novo espaço.

A livraria lota. O grupo de crianças, esparramam-se pelo tapete, sentam nos banquinhos e se debruçam sobre as páginas coloridas e convidativas das histórias infantis. Não importa se parecem ter um ou dez anos, a vibração e magnetismo pelos livros parece agrupá-las na mesma faixa etária. Talvez seja a magia envolvendo a literatura. Há histórias para todos os gostos e idades. Com os adultos não é diferente. A fila do caixa mantém-se durante as quatro horas da inauguração. Pessoas bebericando vinhos, degustando os aperitivos que Mari e uma ajudante prepararam, espalham-se por entre as seções. Elogios não faltam para a charmosa decoração, imaginada e colocada em prática por Lily.

Fixo o olhar em minha amiga, lindíssima no vestido branco de frisos prateados e sandália de salto fino, cabelos soltos e bem maquiada nem parece a mulher que entrou pela porta há poucas horas.

Lily percebe meu olhar e me encara, abrindo o sorriso e elevando a taça de frisante. Faço o mesmo com a minha e neste gesto brindamos o nosso recém-conquistado sonho. Se nossas dificuldades não tivessem acontecido, jamais estaríamos aqui, rodeadas de amigos, brindando uma conquista inimaginável e abrindo novas possibilidades para trilhar. A frase de Clarice Lispector representa bem este momento: "*Perder-se também é caminho.*".

— E então, amiga? Feliz? — pergunta Lily sentando-se ao meu lado no outro banco, junto do balcão da cafeteria.

Mari pega a garrafa de frisante e prepara-se para abri-la. A equipe de garçons retira taças espalhadas pelas prateleiras, nas mesinhas ao lado do lounge de sofás e poltronas no centro da livraria, e nas mesas que servirão de apoio para a cafeteria.

— Posso dizer que começamos bem! Não sei dizer o quanto vendemos, mas pelos espaços vazios nas prateleiras, as vendas devem ter sido boas.

— Será sucesso! — afirma Mari. — Ouvi os comentários sobre a decoração e como a proposta da livraria é diferente. Todos amaram. Seus pais gostaram?

— Amaram! E elogiaram muito a comida — aviso. — Mari, já espalhei a todos que você comandará o cardápio da cafeteria e teremos novidades todas as semanas, além, é claro, de um café delicioso durante todo o dia e a possibilidade de vinhos e frisantes para quem quiser comemorar um evento aqui. Assim podemos expandir nossas possibilidades e tornar a literatura ainda mais convidativa para atrair novos clientes.

— Por falar em novos clientes, notei um rapaz encarando você a noite toda, Nath. Você também reparou, Mari?

— Se reparei! Ele estava com uma garotinha e não desgrudou os olhos desta garotona aqui.

Mari aponta para mim. Meu rosto parece em brasa, deve estar da cor do meu sapato.

— Meninas, deve ser casado. Talvez a menina seja filha dele.

— Ah, então você notou.

Notei. O homem de olhos claros e enigmáticos não se aproximou, mas o percebi me olhando em vários momentos. Quando o encarei, ele não desviou o olhar. Eu sim. Baixei os olhos e continuei a conversar com a filha da Mari, Luiza. Ao partir, ele fez um breve aceno para mim com a cabeça e retribuí o cumprimento.

— Quem será o bonitão de olhos verdes? — Apoio o cotovelo no balcão e tento lembrar se já o vi em algum outro lugar. Algo nele me pareceu familiar. *Será?* Ah, não! Eu me lembraria. Ele não é um homem que passaria despercebido.

— Acho que teremos muito mais que romances em livros por aqui, Mari. — Lily solta uma gargalhada e confesso ser bom ver minha amiga feliz, só que há algo me incomodando e não posso deixar para depois.

— Vai me contar o que aconteceu com você antes de chegar aqui?

— Hoje não! — Ela fecha a cara, não me dando chance alguma de contestação. — Vamos comemorar! — diz e se volta para Mari, estendendo sua taça na direção dela. — Brindemos à conquista do nosso sonho. Que a demonstração do que tivemos aqui hoje se repita milhares de vezes e que nossa livraria se torne famosa a ponto de podermos abrir inúmeras por este Brasil afora e quem sabe pelo mundo.

— Muitas vivas à Livraria dos Sonhos! — exclamamos em uníssono.

Lily

— Ah, não!

Pego meu telefone mais uma vez para apagar as mensagens. Foram oito, só hoje, daquele babaca do Nando. Meu sábado começa bem. Bloqueio o número dele. Quem pensa que é querendo me tratar desse jeito. Já basta tudo o que o velho fez. Caos, caos, caos. Por que continuo a me envolver com esses homens complicados? Deve ter um motivo bem incrustado no meu inconsciente. Não é possível!

— Aff! Quase apago a mensagem da Nath!

"Amiga, você pode assumir o turno da manhã na livraria? Meu pai não passou bem e estou dando uma força aqui."

Digito a resposta e fecho os olhos, minha cabeça parece ter a bateria de uma escola de samba dentro dela, os efeitos do excesso de frisante da inauguração de ontem borbulham nela. Melhor tomar um analgésico e bora pra livraria.

Verifico as horas no celular, 09h30, saio em disparada para o banheiro. Nath vai me matar se abrir a livraria atrasada no primeiro dia de funcionamento. Não quero nem pensar.

A porta está aberta. *Será que Nathalia mudou de ideia?*

Entro no salão parecendo bem diferente da noite anterior, esperava encontrar desarrumado, sujo e com tudo fora do lugar. Antes de sairmos tentamos organizar, mas ainda faltava muito a ser feito e nem uma de nós tinha mais condições para nada além de ir direto dormir. Agora o espaço está limpo e perfumado, sinto um agradável aroma no ar.

Mari, sentada em uma das quatro mesas organizadas ao lado do balcão da cafeteria, está debruçada sobre um livro e com uma xícara na mão, ela eleva os olhos quando me aproximo.

— Pensei que você não viria de manhã — digo a ela.

— A Luiza ficou com minha mãe e achei que se chegasse mais cedo poderia ir organizando antes de recebermos algum cliente.

— A Nathalia te ligou, né? Entendi! Ela não confiou na minha pontualidade.

Mari abre o sorriso.

— Ela deve ter entendido que você precisava de uma pausa. E aí? Recuperada?

— Quase! Agora só mesmo um café bem forte para me fazer despertar. Este cheiro pareceu me carregar até aqui — digo apontando para a xícara dela e sigo na direção do balcão, separo uma xícara e pressiono o botão da máquina de café espresso. O líquido sai fumegante e a nuvem de espuma se solidifica na superfície. — O que você está lendo?

— Jane Eyre. — Ela gira a capa do livro e a gravura que remete ao século XVIII se destaca.

— Sério? Você gosta dos clássicos?

— Nem sei. Há décadas não leio um livro. Vê-los assim organizados me deu vontade de ler.

— Concordo! Também será uma maravilhosa oportunidade para eu estimular minhas leituras. Só prefiro os gêneros de suspense e policiais.

— Os jovens de hoje não se contentam mais com os romances. Querem grandes emoções.

Comprimo os lábios.

— Se os romances na vida real fossem um pouco mais como nas histórias de ficção talvez eu os apreciasse. Não curto contos de fada. Eles não existem. Todas nós, ou a maioria, fomos criadas acreditando no príncipe encantado e ficamos esperando-o vir nos resgatar do alto da torre. A verdade é que só nós mesmas podemos nos resgatar.

Mari baixou os olhos e nada disse.

— Quantos anos você tem, Mari?

— Quarenta e cinco.

— Mesmo? Mulher, você é muito jovem. E aquela sua filha? Adorei conhecê-la.

Mari fica corada, seus cabelos curtos e encaracolados moldam o rosto oval.

— Você deve ter muito orgulho dela? — Minha garganta parece que vai fechar, engulo em seco.

— Tenho sim! Luiza é um presente na minha vida. Sem ela nem sei se sobreviveria. Ela é a força que me faz levantar todos os dias. Você está chorando?

Levo às mãos ao rosto e seco um fio de lágrima escorrendo.

— É admirável o amor que você tem por sua filha.

— É amor de mãe! Todas as mães são assim.

— Não são não! Engano seu, Mari. Nem todas veem os filhos como se fossem presentes. Sei disso por experiência própria.

— Sinto muito! Deve ser difícil perder a mãe tão cedo. Do que ela morreu?

Quero poder dizer que um trágico acidente a levou de perto de mim quando eu tinha só oito anos, o que foi melhor para ela, pois certamente não sobreviveria ao câncer raro que da mesma forma tiraria sua vida tão cedo. Seria justificável essa ausência. Afinal, mães partem por motivos alheios a sua vontade. Deixam filhas desamparadas e sem estrutura para sobreviver a adolescência, a época na qual ter o colo materno é tão essencial para passar pelos traumas, tabus e transformações do corpo de menina para mulher. Ter alguém alertando sobre aquele rapaz sem futuro ou que não tem nada a ver com a personalidade da filha e abrir os olhos dela. Ou defendê-la da fúria do pai quando esta menina chega da escola e não prepara a comida ou não faz o dever de casa com o rigor exigido pelo homem que se considera perfeito.

— Desculpe, Liliane! Não queria tocar neste assunto. Deve ser muito doloroso. Só quis saber um pouco mais de você. Devo ter ultrapassado os limites.

— Não precisa se desculpar, Mari. Fique tranquila! Minha mãe não morreu. Ou talvez tenha morrido. Não sei. Ela foi embora há quase vinte anos.

Mari leva a mão ao peito, como se não pudesse conter o aperto que deve estar pressionando seu coração.

Pego a xícara de café e levo aos lábios. O líquido quente de sabor amargo esparrama por minha boca. Um estimulante para fazer meu corpo reagir.

— Você nunca mais soube dela?

— Só me lembro dela me abraçando e pedindo perdão. No dia seguinte fui procurá-la. — Aponto para o cômodo onde um dia foi o quarto dos meus pais. — Comecei lá e rodei por todo este espaço. Não a encontrei no quintal e nem no jardim. Corri até a esquina, de um lado a outro do quarteirão. Ao voltar, o velho disse para esquecer que um dia tive mãe. Ela não era e nunca seria um exemplo para mim. Sabe — digo encarando Mari e depositando a xícara no pires à minha frente —, minha mãe era muito jovem quando nasci. A diferença de idade dela e do meu pai era de quase trinta anos. Não sei bem porque se casaram, tampouco os motivos que a fizeram ir embora. Ou talvez eu saiba. O velho era bruto e arrogante, mas também era apaixonado por ela. Acho que este foi um dos motivos pelos quais ele tinha muita dificuldade em me ver todos os dias. Sei o quanto somos parecidas pela única foto dela que consegui salvar da ira dele. As outras, inclusive do casamento, ele queimou no dia seguinte à partida dela.

— Com licença? — pede uma senhora à porta de entrada. — Vocês estão abertos?

Mari toma minha mão sobre a mesa e a aperta num gesto de conforto, estica os lábios num sorriso reconfortante antes de se voltar para a mulher.

— Claro! Entre, por favor.

Acabo de tomar meu café e vou atender a primeira cliente que chega em busca de um livro para presentear uma amiga.

Em menos de uma hora a livraria está repleta de clientes. A divulgação nas redes sociais e no jornal local parece ter surtido efeito. Nada como uma boa estratégia de Marketing. Fico no atendimento aos clientes e Mari no balcão servindo cafés, camafeus, muffins, pasteis assados e bolos preparados por ela nesta semana para preencher a vitrine do espaço destinado à comilança. Sorte termos contratado duas ajudantes, Tati e Lucila, que agora se revezam entre o caixa e o balcão. Quando Nath chega, por volta do meio-dia, o sorriso dela só confirma aquilo que venho dizendo desde que tive a ideia, nossa livraria vai dar certo.

— Em breve teremos franquias — cochicho para ela, antes de disparar escada acima em busca de um exemplar do livro de Simone de Beauvoir para atender ao pedido de uma cliente.

Ao voltar, paraliso no último degrau encarando o homem parado na porta. Apesar da claridade vinda de fora, conheço muito bem aquela silhueta. Engulo em seco. A livraria está cheia e não quero fazer escândalo. Pressiono com força o livro entre as mãos. Corro os olhos pelo salão e Nath encontra meu olhar, ela parece perceber meu vacilo e se volta para a porta. Minha amiga abre o sorriso para a cliente à sua frente e se afasta caminhando na direção da porta. Ela troca duas ou três palavras com o babaca do Nando e ele me encara. Na sequência dá meia-volta e vai embora.

Eu e Nathalia nos entreolhamos por um breve instante e nem preciso dizer nada, minha amiga parece captar tudo através dos meus olhos.

Mari

A massa do bolo desliza sobre a espátula. Testo uma nova receita do bolo suflê de maracujá para servir nas tardes movimentadas e quentes da livraria. Preciso terminar pelo menos três novas opções e testar para saber a opinião dos clientes antes de incluir no cardápio.

Equilibrar a rotina de cuidados com minha mãe, a livraria e as encomendas não têm sido fácil, porém sinto uma alegria brotando em mim. Deve ser o que chamam de motivação. Às vezes, admiro os livros nas prateleiras, folheio suas páginas, degusto as imagens inseridas para ilustrar o início de capítulos. Já adquiri três. Pouco antes de dormir, leio algumas páginas. Encontrei uma autora que escreve sobre empoderamento feminino. Esse novo termo que desconhecia e tenho ouvido Luiza comentar com as colegas de faculdade.

— Que cheiro bom é esse, mama? — Luiza entra na cozinha e faz o que ela sabe fazer bem, passar o dedo na borda da tigela da batedeira enquanto deixo a massa deslizar para a assadeira.

— São *almojabanas* Florentino Ariza.

— Que *coisa* mais estranha é essa? — ela pergunta arregalando os grandes olhos e destacando o azul vivido.

— É um tipo de pão de queijo colombiano. E o nome é em homenagem ao protagonista do romance *O Amor nos Tempos do Cólera*.

— Sério? Não me contou que iriam inovar também na cafeteria.

— Ideia da Nathalia. O que tenho achado ótimo, pois tem me feito procurar receitas novas. Essa é a primeira vez que fiz essa. Vou tirar do forno para colocar o bolo.

— Tem sessão de degustação também? — Luiza abre o sorriso, arqueia e movimenta as sobrancelhas.

Como minha filha é linda. Não me canso de admirá-la, apesar de seus olhos fazerem me lembrar do passado. Luiza não tem culpa. Nunca teve! O fato de perder o amor de minha vida não tem a ver com ela.

— E este bolo? Como se chama? — Ela aponta para a forma.

— Pensei em chamar de Louise Hay em homenagem a uma autora que estou lendo. Por cima da massa de maracujá vou colocar merengue flambado. Mas vou falar com a Nathalia, pois acho que ela prefere colocar nomes de personagens, ao invés de nomes de escritores. Por exemplo, fiz uma tortinha de framboesa chamada Elizabeth Bennet.

— Ah, sei! A protagonista de *Orgulho e Preconceito* de Jane Austen. Estudei sobre este livro nas aulas de inglês. Uma amiga é superfã.

— Poxa, acho que preciso ler mais — reflito.

Literatura nunca esteve presente em minha vida. Assistir aos programas de televisão é fácil e não exige tanto. *Será que sempre fui pelo caminho mais fácil?* Este novo emprego está me trazendo vontades que nem sabia existirem.

— Mama, quero chamar um grupo de amigas para irmos à livraria. Elas vão montar um clube de leitura lá, a Nathalia comentou comigo na inauguração.

— Sim! Elas têm muitas ideias interessantes.

— Atrapalho sua rotina se me envolver num desses grupos?

— Não, filha! Será ótimo pra você. — Bato a assadeira na pia para deixar as bolhas de ar escaparem da massa. — Onde está a sua vó?

— Deixei-a tomando solzinho na varanda. Achei que hoje ela está melhor. Caminhou com mais facilidade.

— Concordo! — digo retirando os pães do forno e reacendendo para aquecer antes de colocar o bolo.

Transfiro os pães da assadeira para a vasilha e os únicos sons na cozinha são meus movimentos. Luiza continua ao meu lado, só que diferente da empolgação de sempre, ela está em silêncio.

— As almojabanas não agradaram? — pergunto remexendo um dos pães ainda mornos. — É feito de queijo. — Abro a massa e o aroma exala no ambiente. — Devem estar deliciosas. — Passo uma para ela, debruçada sobre a bancada.

— Tenho certeza que estão — ela diz mordiscando o pão.

— Então o que é? Tem algum problema com a faculdade? — exalto. — Eu paguei a mensalidade, tenho certeza! — Essa tem sido uma prioridade. Não deixar de pagar pelos estudos dela.

— Não é nada disso.

— Está precisando de dinheiro? A Nathalia me pagou pelas comidas da inauguração.

Ela movimenta a cabeça negando e dá mais uma mordida no pão. Mastiga com suavidade como se precisasse ganhar tempo.

— Filha, está tendo dificuldade na faculdade? — Ela sempre disse amar o curso que escolheu, mas jovens são jovens, mudam de ideia com frequência. Estão diante de tantas possibilidades. E por que não ter dúvida e querer experimentar algo novo? Eu mesma estou experimentando algo novo.

— Mama, ele me pediu para ir a São Paulo no próximo final de semana. Vai ter uma festinha lá e me convidou. É aniversário de Diego. Sinto muito! Não fica com essa cara. Se você não quiser, não irei. Acho injusto te deixar aqui cuidando da vovó. Trabalhando com tudo isso. — Ela aponta para os pães, o forno e a montanha de louças dentro da pia.

— De jeito nenhum, Luiza! É justo que você vá. Não posso te impedir e nem quero. Você precisa dessa convivência.

— E a vovó. O que você vai fazer com ela? Sei que vai precisar estar na livraria.

— Eu me viro. Vou pedir para a sua tia Neusa passar o final de semana com a sua vó. Sabe como ela é, né? — Busco amenizar a opressão no peito e demonstrar tranquilidade para minha filha. — Minha irmã concorda em ficar quando preciso. Também não quero você deixando de fazer coisas para ficar assumindo responsabilidades com a sua vó.

— Tem certeza? — Ela deixa o pão na bandeja e faz um carinho em meu rosto.

Abro meu mais amplo sorriso e beijo o rosto dela.

— Não se preocupe!

— Obrigada, mama! — Ela retribui o beijo, pega o pão e sai da cozinha parecendo muito aliviada.

Sei o quanto é necessário este contato. Aproveitar a convivência dela com o pai, se sentir parte, se relacionar com o outro filho dele. Todo esse meu achar é o racional. Por dentro meu coração se comprime, a raiva quase domina meu peito, uma ebulição parece surgir no estômago e poderia cuspir fogo, se fosse possível. Como é difícil tolerar este convívio. Como é difícil aceitar o inevitável. Como é difícil parecer tolerante com algo que ainda me arrasa. *Santo Deus!*

Respiro fundo, coloco o bolo no forno e vou direto para a pia. A montanha de louças parece uma boa oportunidade para extravasar todas essas emoções confusas me consumindo. Sentir raiva também é saudável, tento me convencer e esfrego a panela com força. Deixo a água fluir, brinco em movimentos circulares com a esponja na bandeja. Faço o que for preciso para minha filha. Aceito tudo por ela, mas não posso deixar de me sentir também arrasada como mulher. Deve ser um treino permitir que emoções e sentimentos fluam sem os conter, estar consciente de cada um e do seu caminho, como a água jorrando da torneira para encontrar o ralo e extravasar. *Será possível?* Preciso treinar e deixar minhas águas internas fluírem.

3

Encontros

Nathalia

Percebi ele entrar. Apesar de eu continuar com o olhar na tela do notebook, a planilha com as vendas da livraria não detém minha atenção. Desde a inauguração, há mais de um mês, ele só retornou aqui no início desta semana. Todas as manhãs, olhos verdes entra, pede um capuccino, dispara olhares discretos na minha direção enquanto espera, e sai levando o copo descartável. Ele deve ser bem mais velho que eu. Diferente dos meninos homens com quem costumava me relacionar, há nele uma segurança ao andar e me observar que me hipnotiza.

— Vocês realizam sonhos aqui?

Elevo o rosto. O homem está apoiando as mãos na cadeira à minha frente e parece aguardar a resposta.

— O que você disse? — Fixo o olhar nos lábios dele, abertos num sorriso. Remexo na cadeira.

— Se é a Livraria dos Sonhos, imagino que vocês realizem sonhos aqui. — Seus olhos são tão verdes que quase se tornam transparentes. Ele me olha como se quisesse extrair todos os meus segredos. — Devo ter me expressado mal. A pergunta é: vocês têm livros que despertam sonhos aqui?

— Depende! — Limpo a garganta. *Ai, meu Deus, que boca é essa*? Movimento a cabeça. *Foco, Nathalia.* Livros, lembra? Não flerte e paquera. — Sempre há uma história que pode despertar sonhos, porém a conquista dele dependerá das ações que o leitor vai realizar.

— Boa resposta! Além de leitora — ele aponta para o notebook — você também escreve?

— Só no meu diário — disparo.

— Deve ter relatos bem interessantes nele. — Olhos verdes continua a me fitar. A camiseta branca ressalta a pele bronzeada e a cicatriz na base do queixo dele. — Espero um dia conhecer essas histórias diárias.

Pressiono as teclas do notebook.

— Desculpe! Você deve estar ocupada. — Ele indica as duas pilhas de livros sobre a mesa me esperando devolvê-los à prateleira.

— Não! Você precisa de ajuda? — Levanto da cadeira.

O homem é mais alto que eu. Talvez uns vinte centímetros. Magro, os músculos do braço sobressaem na camiseta. Engulo em seco e sinto a vermelhidão dominar meu rosto.

— Ah, sim! Você pode me ajudar a escolher um livro para uma amiga, Nathalia?

— Como sabe meu nome?

— Ouvi chamarem você no dia da inauguração. Estive aqui.

— Lembro de você. Estava com uma garotinha, não é?

Ele confirma com um aceno de cabeça. Fico tentada a perguntar se era a filha dele. *Não!* Demonstraria curiosidade demais.

— Qual o seu nome?

— Leonardo! Pode me chamar de Léo, se preferir.

Ficamos nos fitando, separados pela mesa e o amontoado de coisas sobre ela.

— E então, você pode me ajudar?

— Claro! — Sigo na direção das estantes de livros tentando me desvencilhar da brasa queimando meu rosto. — Qual tipo de livro sua *amiga* gosta?

Como Leonardo não responde, eu me volto a ele. Seus olhos se desviam do meu corpo para o rosto.

— Ela gosta de viajar. Pode ser histórias com descrição de lugares. Para instigar sonhos. Você sabe, né?

— Claro! Claro! Qual a idade dela?

— Hummm, acho que vinte.

Remexo na estante em busca de um livro indicado a essa idade. *Será uma namorada? Com vinte? Ele parece ter mais de trinta. Com certeza tem!* Os pais da Lily tinham trinta anos de diferença. Por que não? Mas não funcionou para eles. Será que ele tem uma namorada nova assim. *Não seja preconceituosa, Nathalia*. Talvez os olhares dele sejam só um flerte e todas estas vindas na livraria e...

— Encontrou algo? — Ele me tira dos devaneios ao mesmo tempo em que pego o livro.

— Sim! Tem esta história. É de uma escritora brasileira contemporânea. Os livros dela têm muita descrição de lugares. Sua na... quer dizer, amiga deve gostar. A autora é bem famosa, teve livros classificados na lista dos mais vendidos.

— E se ela já tiver este livro?

— Ah, podemos trocar. Coloco um selo de troca. A publicação é recente. Ela não deve conhecer ainda.

— Ótimo! — Ele observa a capa do livro, a gravura em tons de rosa.

— É um romance! — digo. — Você se importa? Ou prefere algum livro sobre viagens. Temos também exemplares dos melhores lugares para conhecer na França, os vinhedos imperdíveis da Toscana, como conhecer dez cidades da Europa em dez dias, os restaurantes mais cativantes do Brasil.

— Não! Ouvi dizer que ela curte romances.

Movimento os lábios. Então, *ouvi dizer*, não quer dizer ser ela uma namorada dele, ou paquera. Acho que ninguém diz *ouvi dizer* se não conhecer intimamente a pessoa.

Leonardo continua a mexer no livro sem dar sinais de quem está pronto para ir ao caixa.

— Quer que eu peça para embrulharem pra presente? — ofereço.

— Por favor!

Dou sinal para Tati, que acabou de entregar um pacote ao cliente no caixa, e ela se aproxima. Peço a ela para embrulhar o livro.

— Posso ajudar em algo mais? — pergunto.

— Me permite fazer uma pergunta?

— Claro!

— Você tem namorado?

Ai, meu Deus.

— Não!

— Nem marido pelo que percebi. — Ele indica minha mão.

Reafirmo o não e devolvo a pergunta a ele. Leonardo meneia a cabeça negando e meu coração acelera.

— Podemos nos conhecer melhor, quer dizer, sair para jantar uma noite dessas.

Lily chegou. Este horário, entre cinco e seis horas da tarde, é o momento em que nos encontramos. Abrimos a livraria há pouco mais de um mês e avalio ser um bom momento para fazermos a análise das vendas e do nosso público.

— Como você está? — pergunta ao se sentar à minha frente.

— Muito bem! E você?

— Estou vendo! Que sorrisinho é esse? — questiona.

— Tivemos visitas hoje — diz Mari colocando a xícara de café em frente à Lily e outra para mim.

— Sério? O senhor capuccino voltou?

— Se voltou! O moço tomou coragem hoje e avançou o sinal.

Minha amiga coloca a mão sobre a boca aberta, segurando o riso e arregalando os olhos.

— Estou perdida agora com vocês duas xeretando na minha vida — brinco.

— Uau! Quero saber tudinho. Nem pense em me esconder uma vírgula sequer — Lily diz levando a xícara aos lábios.

— Ele me convidou para jantar.

Ela bate a mão na minha em comemoração.

— Pois é! Amanhã à noite.

— Uau! Rápido assim.

— Também achei e ele é um gato. Bem que estou precisando de um pouco de romance na minha vida. Não está nada bom passar as noites de sábado em companhia de Shakespeare. Amo meu cachorro, mas a verdade é que preciso de um tipo diferente de macho para me fazer companhia no momento.

— Entendo você perfeitamente! — diz Lily. — Hoje também tenho um encontro.

— Que encontro, Lily? — vocifero. — Não diga que vai sair com aquele traste do Nando, né?

— Claro que não! Isso é passado. De jeito nenhum aceito homem mandando em mim.

— E com quem você vai sair?

— Com um cara que conheci no aplicativo.

— Você não desiste mesmo destes aplicativos, né?

— E você conhece homem como? Não são todas nós que temos um senhor olhos verdes batendo na nossa porta. Não é, Mari?

Mari vem sentar a nossa mesa como havia combinado com ela. Mesmo tendo pouco tempo de convivência, ela é parte essencial da livraria e tem se mostrado tão comprometida e disponível.

Percebo ela ficar sem jeito com o questionamento da Lily e trato de mudar de assunto.

— Bem, vamos ao que interessa. Se preferirem podemos subir para analisarmos os números desta semana — faço um gesto com os olhos indicando alguns clientes sendo atendidas por Lucila. — Consegui fechar alguns dados e acho interessante vocês verem. Só não gostaria de compartilhar aqui.

— *Bora* — diz Lily pegando sua xícara de café.

Mari pega meu café enquanto carrego o notebook e acompanho as duas, escada acima.

Lily

— Nada bom, meninas — diz Nath.

— Tudo bem! É natural as contas não fecharem. Afinal, faz só um mês. — Tento amenizar.

— O movimento da cafeteria está melhorando — complementa Mari.

— Sim! — concorda Nathalia. — Mas abrimos antes do final do ano para aproveitar as vendas do Natal. Mesmo assim, o lucro é muito baixo.

Nathalia movimenta o indicador sobre o nariz dela. O olhar se perdendo no vazio. Aquele jeito de minha amiga mostrar que está avaliando todas as possibilidades. Sei o quanto seu senso de organização está trabalhando neste momento.

— Podemos ampliar algumas atividades. Pensei até em promover um Sarau de música toda sexta à noite. O que acham?

— É uma boa ideia. Eu posso fazer um recital de piano. Só não dá pra ser a mesma apresentação toda sexta.

— Conheço um músico que toparia vir tocar aqui. — Nath sugere e me encara.

— Nem pensar! *Cara*, não te entendo. Como você pode fazer esse tipo de sugestão? Ele causou mais mal pra você.

— Ele não me causou mal. Não foi ele, Lily!

— Posso saber de quem vocês estão falando? — pergunta Mari.

— Não vale a pena comentar. — Respiro fundo, meu coração está acelerado. Movimento a cabeça na tentativa de dispersar os pensamentos. — Posso convidar alguns conhecidos pra tocar. Lembra do pessoal da Casa de Cultura? Aquela que frequentei no ano passado? Então! Talvez tenham voluntários.

— E se fizermos algo diferente? — propõe Mari.

Eu e Nath damos de ombros.

— Veja bem — diz ela e faz pausa.

Mari pressiona ambas as mãos, deixando-as marcadas pela pressão. A voz está trêmula e percebo a dificuldade dela em continuar.

— Pode falar, Mari — estimulo-a.

— Com os doces nós estamos fazendo algo diferente, tipo colocando cardamomo no petit gateau, gengibre na torta de limão — enquanto fala, ela desenha as informações no ar com o dedo —, enfim, dando um novo toque ao comum e o tornando especial.

— Boa, Mari! — exalto. — Estou gostando da sua proposta. Continua.

— Um Sarau Temático — Nath intervém.

— Gostei! — digo. — Podemos vincular a histórias, inclusive. De repente, chorinho em uma noite regada à literatura dos anos 60. Chopin, Beethoven em uma referência à literatura clássica. Que tal?

— Acho que vai bombar. Vamos programar — anima-se Nath.

É muito bom ver minha amiga de novo iluminando o rosto com um sorriso. Ninguém deveria ser capaz de tirar-nos o sorriso do rosto. Infelizmente não é o que acontece. *Se não conhecer a tristeza, como irá amar a alegria*. Dizia o velho. *Ah, não tanta tristeza*, gostaria que ele tivesse entendido. Talvez nossa convivência teria sido muito diferente. Mais amor e menos dor.

Chego ao encontro combinado. O barzinho está vazio. Pudera, mal passa das oito e estamos em plena sexta. Não sei por qual razão o cara resolveu marcar esse horário. Ao entrar ele acena para mim de uma das mesas ao fundo.

— Uau! — diz ele ao me aproximar. — Você é mais bonita pessoalmente.

Estico os lábios em um sorriso. Não posso dizer o mesmo. O que estes caras fazem mesmo para deixar a aparência tão diferente da realidade. Seriam os filtros? Achava ser este recurso mais usado pelas mulheres, mas por minhas últimas experiências posso afirmar que os homens têm feito muito mais uso deles. Às vezes até de montagens. *Onde estão os olhos azuis da foto?*

Bobagem, deve ser a baixa luminosidade do bar.

Aceito o convite dele para me sentar. Júlio continua a me elogiar, falar sobre as dificuldades destes aplicativos em de fato sabermos se a pessoa é aquela da foto ou não.

— Pois é! Concordo com você. — Continuo a encará-lo procurando os olhos azuis. Nada! No máximo um castanho-claro.

Os músicos no palco atrás de mim começam os acordes de um som que evolui para o rock. Quando Júlio marcou neste bar, sabia que teria música ao vivo e isso será bom. Se a conversa não animar, a música pode ajudar.

Ele se oferece para pegar uma bebida e sai em direção ao balcão. Acompanho-o com o olhar girando meu pescoço. *Bem, nada mal de corpo. Pode render algumas pegadas. Merda, o que ele está fazendo aqui?*

Théo está sobre o tablado de madeira afinando a guitarra e concentrado no outro músico junto ao teclado. Parecendo captar meu olhar, ele se volta a mim. Nós nos encaramos. O rapaz do teclado chama a atenção dele e ele cochicha algo, colocando a guitarra apoiada na caixa de som. Fico de costas em um movimento brusco.

Não venha falar comigo. Não venha falar comigo. Não venha falar comigo.

— Como você está? — pergunta ao meu lado.

— Ótima! — Não consigo conter o sarcasmo na voz.

— Soube que vocês abriram uma livraria?

— É mesmo? Quem te contou? — Será que ele viu meu Instagram? Claro que sim. Talvez espie, assim como eu faço no dele.

— Li no jornal. Pelas fotos parece ser um lugar diferente.

Movimento a cabeça e continuamos a nos fitar.

— Algum problema, Liliane? — Júlio surge com dois copos nas mãos e desvia o olhar de um para o outro.

Então me dou conta do quanto estou tremendo por dentro. Levanto para ficar na altura dos dois homens.

— Problema nenhum! Este é Théo. — Gesticulo na direção dele e tenho dificuldade para nomeá-lo. — Um músico conhecido meu.

— Prazer! — diz meu acompanhante colocando a taça de gim sobre a mesa e estendendo a mão para o Théo.

O outro retribui o cumprimento. Se não fossem as sombras provocadas pela luz negra, diria que o rosto dele está em chamas.

— Desculpe incomodar! — pede ele. — Aproveitem a noite.

Théo se afasta. Como um ímã, meu olhar o acompanha. Achei que fosse voltar para o palco, mas não, ele some por uma das portas ao fundo.

Pego a taça de gim e tomo um generoso gole da bebida. Sento novamente e convido Júlio a fazer o mesmo.

— Ele estudou música com você?

— O quê? — pergunto atordoada.

Júlio repete a pergunta e menciona constar essa informação no meu perfil do aplicativo.

— Não! Fizemos o mesmo curso na universidade. Falando em perfil, no seu diz que adora jogar *beach tennis*. E aí, como é este esporte?

Tento me concentrar na explicação dele. *Que merda, encontrar o Théo!* Como eu poderia saber que ele está tocando aqui? E este turbilhão que ele ainda provoca em mim. *Sacanagem. Merda!*

— Tudo bem? — Júlio chama minha atenção.

A banda começa a tocar e nem preciso olhar, sei que ele voltou para o palco. O som da guitarra parece feroz.

— Sim, desculpe! Você se importa se formos para outro lugar?

A noite foi péssima. Não consegui seguir em frente com meu encontro. Dispensei Júlio alegando dor de cabeça e fui para casa. Talvez se tivesse ficado com ele, teria me distraído e não passado a noite entre pensamentos e sonhos com Théo. Sem conseguir sossegar, levantei cedo e fui direto para a Lagoa do Taquaral. Corri, corri, corri em volta da lagoa, até ficar cansada, mas a atividade física não foi suficiente para esvaziar minha mente. Voltei pro apartamento, passei na academia do prédio e fiz flexões, vinte, trinta, quarenta, cinquenta. Nada de minha mente parar de fervilhar. Precisava fazer outra atividade para eliminar essa profusão de pensamentos.

As teclas do piano estão disparadas, a nona sinfonia de Beethoven me instiga a pressionar e acelerar o ritmo, relembrando a noite passada. Só me dou conta da Nath parada ao lado do piano quando ela bate palmas.

— Que energia é essa? — questiona.

— Deu vontade de tocar um pouco. Treinar para o Sarau.

— Só ouço você tocar essa música quando está, bem, com raiva. O que aconteceu?

Nathalia contrai os lábios e me olha com um ponto de interrogação nos olhos. Ela é muito transparente. Seu rosto se transforma quando ela está feliz e se enruga quando está preocupada. Consigo decifrar suas emoções através de um simples olhar. Sei que sou tão transparente quanto ela, por isso desvio o olhar do dela e volto a dedilhar nas teclas do piano, agora deixando o instrumento propagar o dó maior e as notas se perderem no salão da livraria. Mari está ajeitando o suporte de um bolo sobre o balcão e Tati arruma os livros na estante. Um deles vai ao chão e dou um pulo.

— Lily, que lugar maravilhoso é esse? — Eu me viro para a porta de entrada da livraria e Consuelo está girando o pescoço de um lado ao outro. As rugas acentuadas pelo sorriso aberto.

— Mulher, quanta saudade. — Levanto num salto e corro ao seu encontro, me jogando nos braços dela. — Por onde você esteve? Eu mandei mensagem para a inauguração. Você não recebeu?

— Querida, perdão! — ela diz acariciando meu rosto. — Voltei ontem de Londres. Estive cuidando de Cecília, minha neta.

— Claro, você me falou que iria, faz um tempão. — Levo o indicador à têmpora tentando me lembrar quando foi.

— Eu sei! Fiquei além do tempo previsto. Precisei passar as festas de final de ano com eles. E você, minha linda? Que lugar mágico é esse?

Apresento nossa livraria para Consuelo, esta senhorinha medindo pouco mais de um metro e meio, que dedicou sua vida a ser assistente de meu pai no escritório de advocacia dele. Quantas vezes ela não me ajudou com as tarefas e compartilhou comigo um pouco do carinho de mãe.

— Adoro ler e aqui será o meu refúgio — diz ela.

— Será sempre bem-vinda! — ressalta Nathalia aproximando-se e também abraçando Consuelo.

— E é perto demais do seu apartamento, não fica nem a uma quadra de distância — ressalto. — E as coisas com o Murilo em Londres? Eles se adaptaram bem? — pergunto sobre o filho dela. Estranho como o simples fato de tocar no nome dele ainda provoca uma vibração em meu peito.

— Pois é! Fiquei além do previsto, porque aconteceu algo bem desagradável — Consuelo comprime os lábios.

— Bem, vou deixa-las à vontade — avisa Nathalia se afastando. — Consuelo, aproveite para tomar um café e comer uma de nossas delícias.

— Com certeza!

— E então, o que aconteceu?

— Infelizmente Murilo se separou. A situação não é das melhores, mas ele está aguentando bem. Enfim, é a vida! — finaliza ela. — Você deveria ter se casado com ele. Para mim você é a escolhida, minha doce menina.

— Não foi o que o destino nos reservou — digo me lembrando de novo de Théo. *Merda!*

— Conta tudo sobre esse lugar incrível e de onde surgiu a ideia.

Pego minha amiga pela mão e percorro os espaços da livraria, me encantando também com cada pedacinho desse lugar, desvencilhando-me dos pensamentos incômodos.

— Nossa, o que o Nicolau está fazendo aqui?

Ela aponta para um senhor entrando na livraria. O homem alto, de pele morena, com um chapéu e espessa barba grisalha tem sido um cliente frequente na livraria. Discreto e constante.

— Achei que ele tivesse se mudado para a capital.

Mari

O homem alto e magro, de ombros curvados e caídos, entra na livraria, como tem feito todos os sábados de manhã no último mês. Ele costuma ir direto para a prateleira onde estão os livros de Agatha Christie, folheia algumas páginas, vira o livro para a contracapa, parece estar lendo. Na sequência senta em uma das poltronas e abre o livro, de novo. Ele não vai pedir um café, comer uma fatia de bolo, pedir ajuda a alguém, tampouco dizer uma só palavra. Sei disso porque já me aproximei para lhe oferecer uma xícara de café. Nathalia já lhe ofereceu ajuda para encontrar um livro e até tentou conversar sobre a capacidade da autora preferida dele prender o leitor em suas histórias. Ele parece não se interessar por conversas, simplesmente arqueia as sobrancelhas, pega o livro que selecionou e passa no caixa para pagar. Deixa a livraria, carregando a sacola e seu chapéu.

Hoje parece não ser diferente. Porém, a mulher que está conversando com Lily se aproxima dele, ambos trocam meia dúzia de palavras. Ela o abraça, ele parece constrangido e, na sequência, o homem se despede e faz o mesmo de sempre, vai direto para a sessão de livros de suspense.

Depois que a amiga da Lily vai embora, não me aguento de curiosidade e pergunto para ela quem é aquele homem.

— Ele perdeu a esposa há alguns meses. Pobre homem — diz Lily observando-o folhear o livro da Agatha, sentado na poltrona no centro do salão.

— Tenho notado a tristeza dele todas as vezes que vem até a livraria.

Saio de trás do balcão e sigo na direção do homem. Quando me aproximo, ele eleva o olhar das páginas e me encara por sobre as lentes dos óculos de grau.

— Percebi que gosta muito dessa autora — comento indicando o livro nas mãos dele.

Como ele não responde, continuo:

— Eu ainda não li nenhum livro dela, tenho vontade. O senhor consegue me indicar algum?

O olhar dele é desconfiado. O globo ocular gira de um lado a outro. É bem cedo e a livraria tem pouco movimento, somente ele e um casal escolhendo livros infantis.

— Sabe, até criei um bolo inspirado nela. O nome é mistério.

O homem coloca o livro de lado e se levanta.

— E qual o sabor deste bolo?

— Ah, o senhor terá de provar e também tentar desvendar esse mistério.

Ele abre o sorriso de dentes amarelados e tortos, a tristeza deixa uma nuvem sobre seus olhos.

— Como é o seu nome? — pergunta.

Indico o pequeno crachá colado em meu avental azul-marinho.

— Muito bem, Mari! Posso sim lhe indicar uma boa história dela, desde que você me ofereça um pedaço deste bolo e me conte qual é o mistério.

— Se eu contar, não tem graça. Seria como se o senhor me contasse o final de uma destas histórias. Como eles dizem mesmo? — Levo os dedos ao queixo tentando me recordar da palavra estranha. — Ah, sim, *spoiler*. É isso?

— Acertou! — Ele mais uma vez abre o sorriso e então comenta sobre uma das histórias dela que ele mais aprecia: *Um Corpo na Biblioteca*.

— Nossa, credo — estremeço. — E por que o senhor gostou tanto desta história?

— Tem uma personagem muito interessante que investiga o crime. Aqui tem o livro. Já o vi. — Ele aponta para a prateleira. — Você deveria conhecer. Agora quero um pedaço daquele bolo misterioso e um café.

— Poxa, não fiz hoje, mas prometo fazer no próximo sábado. O senhor voltará para buscar um novo livro?

Ele confirma, em seguida pergunto o nome dele e Seu Nicolau parece mais descontraído. Ofereço a ele um dos bolos que trouxe hoje, feito com queijo provençal e pedaços de castanhas, o qual Lily nomeou como Dunas, em homenagem a um escritor francês. Nicolau aceita o bolo e o café. Enquanto ele comenta sobre as histórias de Agatha Christie, um aperto surge em meu peito. De um jeito especial, ele lembra meu pai, falecido quando eu tinha quinze anos.

— E então, Mari! — Lily chama minha atenção enquanto estou retirando os pratos e a xícara da mesa. — Vi você conversando com o senhor. Ele até abriu um sorriso.

— Sabe, Liliane, gosto muito de conversar. Apesar de viver imersa na culinária, sinto falta de prosa. Quando ficava em casa sozinha com minha mãe, nós conversávamos, porém variar os assuntos com outras pessoas é muito bom. Obrigada pela oportunidade de trabalhar aqui.

— Nós que te agradecemos, Mari!

Levo as louças até a pia atrás do balcão e começo a lavá-las. A livraria está vazia. Até mesmo Tati e Lucila estão desocupadas. É quase hora do almoço. Nathalia foi para o apartamento dela e deve chegar após as duas da tarde.

— E se fôssemos almoçar? — pergunta Lily. — Vamos aproveitar o baixo movimento e dar um pulo no restaurante da esquina.

— Acha que devemos? — questiono olhando para Lucila e Tatiana.

— Claro! Assim não ficamos só comendo salgadinhos. Fiz tanto exercício pela manhã que preciso repor calorias. Vamos rápido e depois as meninas também podem almoçar.

Caminhamos pela rua tranquila. A brisa das grandes árvores da calçada ameniza o calor de janeiro.

— Mari, há quanto tempo está solteira?

— Faz muitos anos, Liliane.

— Nath me contou que ele foi embora. É isso mesmo?

— Sim! Ele me deixou por outra mulher. Se mudou para São Paulo e casou com ela. Ficou alguns anos sem dar notícia, até que no ano passado voltou a nos procurar. Queria retomar a relação com a Luiza.

— *Caraca!* Tanto tempo sem aparecer e do nada volta e quer falar com a filha. Isso deve ter deixado você furiosa, né?

— Sim! Sempre acreditei que ele era meu amor verdadeiro. Abandonei os estudos, me tornei dona de casa, dediquei todo meu tempo ao casamento e ele me abandonou. Quando ele partiu, partiu também meu coração. — Levo a mão ao peito. — Era como se ele tivesse sido dilacerado no meio e se dissolvido. A ferida queima. As lágrimas não curaram, mesmo eu as tendo derramado por anos.

Chegamos ao restaurante. O garçom nos oferece uma das mesas vazias e nos sentamos. Lily pede os pratos do dia, strogonoff, arroz e fritas, além de uma jarra de suco de laranja. Este restaurante tem uma comidinha boa e com preço acessível. É muito bom ter essa possibilidade e não precisar trazer comida de casa.

— Sinto muito — ela diz quando o garçom se afasta.

— Talvez agora esteja retomando minha vida.

— Acredito que está sim. Vejo a mudança acontecendo em você. Na época em que a conheci, apesar de saber o quanto de garra você tinha, parecia haver uma pesada carga empurrando-a para baixo. Agora entendo bem o motivo. Vai por mim, não podemos deixar homens nos fazerem mal. Sei disso, porque meu pai sempre foi muito duro comigo. Ainda encontro péssimos sujeitos. Outro dia mesmo, dei um chute em um que quis fazer graça comigo, me dizendo o que deveria vestir. Imagina você, eu estava saindo com ele só há três meses.

— Foi na inauguração da livraria?

— Isso mesmo! O Nando. Ele me deu um tapa e eu revidei com um chute, de brinde ele levou umas boas bolsadas. — Ela cai na gargalhada.

O garçom volta, coloca a jarra de suco na nossa frente e enche os copos.

— Você é uma mulher corajosa, Liliane!

— Digo o mesmo de você, Mari! Além disso, é muito amorosa. Não deixe esse sentimento que brota em abundância do seu coração esfriar. Vi hoje você dando atenção àquele homem.

— Obrigada! Você é generosa.

— Não sou não! Você precisa aprender a se valorizar e ressaltar suas qualidades. Quem sabe este não é um bom momento para recomeços. Talvez seja hora de se reinventar.

Bebo um gole do suco. Meu rosto parece estar em brasa pelas lembranças e também pelos elogios da Lily. Queria muito que ela estivesse certa sobre essa história aí de me reinventar. Como se fosse tão fácil quanto uma receita de bolo, como saber o ponto certo do crescimento do pão, antes mesmo de ele ir ao forno, o ponto exato da calda para não deixar queimar, o momento exato de desligar a batedeira para o chantilly não desandar. Todas estas receitas eu sei de cor, mas me reinventar é algo tão novo que não sei se tenho ainda tempo para aprender e sentir acontecer.

Voltamos para a livraria e encontramos Nathalia ajeitando os puffs na área infantil. Essa sim está se reinventando. Muito bom vê-la com tanta disposição depois de todo o sofrimento pelo qual passou.

4

Despertar

Nathalia

— Você está um arraso, amiga! — elogia Lily entrando na livraria.

É claro que demorei muito mais que o normal para me arrumar. A escolha do vestido preto surgiu após experimentar outros 12. A cor não era boa, o cumprimento não me valorizava, o modelo me deixava vulnerável. Nunca sou indecisa, mas voltar a ter um encontro após tanto tempo embutiu em mim a insegurança da Nathalia adolescente.

— Achei melhor vir pronta! Sabe como é, né? Não quis marcar com ele no meu apartamento. Vai que o papo seja chato e além de tudo ele queira me levar para casa. Assim pelo menos, posso dar a desculpa de ter de passar na casa dos meus pais.

— Boa estratégia! Vou usar essa da próxima vez — Lily diz empurrando um dos puffs e finalizando o círculo ao redor do tapete colorido.

— E aí? O que achou? — pergunto girando o corpo e mostrando o vestido curto. — Está muito decotado? — Levo as mãos aos seios. — Deixei para colocar a sandália de salto depois, achei que ficaria chamativo aqui na livraria.

— Que nada! Está perfeito! Digna de ser uma das heroínas de Sidney Sheldon.

— Amiga, você e suas histórias de suspense.

— São as mais interessantes!

Abro o sorriso para Lily. Bem, eu certamente não me encaixaria em nenhum romance de Jane Austen ou Emily Brontë com essa roupa.

— E sério? — pergunta Lily. — Você acha que o papo dele pode ser chato?

— Pelo sim e pelo não. Vou me prevenir. Afinal não saio com alguém há mais de um ano.

Minha amiga me abraça e sei o quanto ela está, mais uma vez, me apoiando e tentando eliminar os transtornos vividos por mim na sequência de tratamento com medicamentos a que me submeti. Estremeço sob seu abraço, respiro fundo e tento dissipar as sensações querendo dominar meu corpo. Afasto-me dela e abro o sorriso, sigo na direção da estante para pegar os livros de literatura infantil para a roda de leitura que acontecerá logo mais.

Leonardo entra na livraria. Assim que o vejo, a palpitação em meu peito surge.

— Pronta?

Assenti. O papo dele não devia ser chato e se fosse o aroma de seu corpo exalando o perfume amadeirado com toque cítrico, compensaria. *Ah, com certeza compensaria.* Senti minhas pernas amolecerem sobre o salto fino da sandália.

Aceno para Lily atrás do balcão da cafeteria. Ela pisca para mim e murmura "arrasa".

Ele abre a porta do carro e indica para eu entrar. O interior está preenchido com o aroma dele, relaxo no banco deixando o cheiro me envolver. Ao entrar, ele me encara, seus olhos, à meia-luz da rua, brilham.

— Aonde iremos? — pergunto.

— Pensei em irmos a um restaurante novo em Sousas. O que acha?

— Por mim está ótimo!

Enquanto o carro desliza pelas ruas do Cambuí em direção ao Distrito, o silêncio paira sobre nós embalado pela música de Paul Simon.

— *The Sound of Silence!* — exclamo.

— Como? — ele pergunta voltando-se a mim.

— A música — Indico o painel com o nome da música em destaque no visor. — O som do silêncio.

Leonardo pergunta se eu gosto e respondo o quanto minha mãe ouvia estes estilos de música, por isso, consigo reconhecer a voz de alguns cantores. Lembro que, enquanto ela cozinhava e eu fazia a lição de casa, as músicas inundavam a cozinha.

— Sua amiga gostou do livro?

— Você acertou. A autora é uma das preferidas dela. Ficou tão animada que me mostrou outros livros que já leu.

— A garota trabalha com você?

— Sim! É uma das estagiárias. — Leonardo desvia o olhar da estrada e se volta para mim. — Você sempre trabalhou em livrarias?

— Não! Sou advogada.

— Sério? Meu irmão também é. Quem sabe um dia possa apresentá-los.

— Quem sabe? — Desvio o rosto para a pista.

A noite está escura, só os faróis dos carros na direção oposta iluminam o caminho no asfalto quase negro.

— Você não exerce mais a profissão?

— Aconteceram algumas coisas e resolvi dar um tempo. E você? Trabalha com o quê?

Leonardo conta ter montado uma Startup que cria programas para a área financeira. Sempre trabalhou com TI e decidiu montar a empresa há seis meses depois de morar um período no Rio de Janeiro.

— Estamos desenvolvendo um novo software que pode ser bem atrativo para os sites de E-Commerce.

— Parece interessante. Em informática sei só o básico. Imagino que deva ser megacomplicado trabalhar com tantos cálculos.

— A gente se acostuma. Quando era criança, sonhava em ser astrônomo. Adorava ficar olhando para o céu. Meu pai costumava me levar para acampar, íamos só eu e ele. Minha mãe e meu irmão nunca foram fã. Mas o tempo foi passando e a área de TI crescendo. Aconteceu o óbvio, optei pela carreira que me trouxesse estabilidade financeira. Bem, chegamos! — Ele indica a casa antiga transformada em restaurante.

Saio do veículo e a brisa vinda do vale atrás de nós sopra refrescante. Pego a jaqueta e a envolvo em meus ombros.

— Esfriou um pouco, né? — ele comenta antes de me ceder o braço para eu apoiar.

Agradeço pelo apoio dele, o salto fino dificulta a caminhada nos pedregulhos da calçada irregular. Deveria ter feito a opção por sapatos baixos. *Se tivesse feito, não precisaria do apoio dele.* Então, a sandália foi boa opção.

Presto atenção no caminho e o acompanho até a porta de entrada do restaurante. O ambiente é intimista. Seguindo o estilo do casarão, as arandelas de metal nas paredes deixam o espaço em meia-luz. Algumas mesas estão ocupadas e o garçom nos leva para uma reservada na lateral, bem ao lado da grande janela de vidro com vista para a cidade iluminada ao longe.

— Bonito aqui! — elogio ao me sentar.

O garçom coloca um cardápio a minha frente e outro em frente ao Leonardo.

— Passei por aqui algumas vezes e achei que poderia ser interessante conhecer. — Leonardo abre o cardápio e se detém na primeira página.

Desvio meu olhar do rosto dele e faço o mesmo.

— Nathalia, preciso te contar uma coisa.

O garçom se aproxima chamando a atenção dele.

Leonardo me pergunta o que quero beber, peço uma taça de vinho branco e ele uma cerveja sem álcool, em seguida sugere se a entrada pode ser carpaccio de filé mignon.

— Sou vegetariana! — digo descendo o indicador na página do cardápio em busca de outra refeição. — Para mim pode ser a tortinha de ervilhas com queijo.

— O mesmo pra mim — pede.

O garçom quer saber se queremos também pedir o prato principal. Desta vez Leonardo sugere Rigatoni ao Sugo, no que concordo. O garçom anota os pedidos e se afasta.

— Você estava dizendo... — eu o estimulo a continuar de onde parou ao ser interrompido.

Ele respira fundo e mexe o guardanapo entre os dedos parecendo resistente em dizer.

— Já fui casado e tenho uma filha. Você a conheceu no dia da inauguração da livraria. Lembra-se?

Pelo menos começou sendo sincero. Ponto pra ele.

— Como é o nome dela?

— Samanta!

— Lindo nome! Ela mora com sua esposa? Isso é, ex-esposa?

— Sim! Tereza mora no Rio de Janeiro. Trabalha em multinacional. Nos separamos há dois anos. Samanta sente muito pela distância entre nós. Nem sempre conseguimos nos ver com frequência.

— Deve ser difícil essa rotina. De quanto em quanto tempo você a vê?

— Pelo menos uma vez por mês. Neste último mês tirei férias e fomos juntos viajar. Por isso não consegui voltar na livraria antes. Sério, não me olhe com essa cara. Pensei muito em você neste tempo. Pode parecer loucura. Você chamou demais minha atenção.

O garçom surge trazendo o vinho e a entrada. A interrupção dele me dá tempo para assimilar o que Leonardo disse.

— Contei qual era o meu sonho de menino, e você? Qual era o seu sonho?

— Minha amiga me relembrou no ano passado que ter uma livraria era o meu sonho.

— Então, você o está realizando. Conte um pouco mais sobre ela — pede ele quando o garçom se afasta. — Como surgiu a ideia?

Conto a ele sobre a herança da Lily e a proposta que ela me fez. Oculto a parte do estar desempregada e de outros detalhes, prefiro focar minha mente em memórias mais antigas.

— Na minha infância — conto —, meu pai sempre trazia livros para casa. Ele trabalhava numa concessionária de venda de veículos e ao lado do prédio tinha uma livraria. Toda semana ele trazia um novo livro. Foi assim que me encantei pelas histórias. No início ele trazia Ziraldo, Maurício de Souza, depois eu mesma comecei a pedir a ele os títulos e fui conhecendo os romances. Gosto deles até hoje, só não tanto mais dos clichês. Um pouco de drama faz a história ser melhor, por isso coloquei o nome do meu cachorro de Shakespeare. E você? Gosta de ler? Não vi você comprando nenhum livro. Com exceção do presente da sua amiga.

— Gosto sim! Confesso que acabo lendo os digitais. Por causa do trabalho leio mais técnicos. Quem sabe você pode me indicar algum?

— Claro! Mas se você gostar das histórias de suspense, tenho certeza que Lily, minha sócia, tem melhores sugestões.

— Vocês devem ser muito amigas?

— Ela me apoiou nos piores momentos da minha vida.

Movimento o indicador na borda da taça e dou um gole na bebida. Leonardo apoia a mão sobre a minha e faz um carinho. Giro a palma e envolvo a dele. O toque é sutil, gostoso e me arrepia. Talvez seja efeito do vinho, do ambiente romântico, do toque de nossas peles quentes, do sussurrar do vento transpassando a fresta da janela. Os olhos dele têm um brilho intenso. Minha carência está a mil e este toque tem o poder de movimentar e aquecer todas as células do meu corpo. Estico os lábios em um sorriso e ele pisca para mim.

Lily

Quando ele entra, dou um salto de trás do balcão. Nando se aproxima como um tigre feroz na minha direção. Meus pelos ficam eriçados até o último fio de cabelo. O movimento da livraria diminuiu por volta das nove horas e estou fechando o caixa. Só comecei a fazer este serviço quando o último cliente deixou a loja, há poucos minutos.

— Precisamos conversar, Liliane!

Fecho a gaveta do caixa. O estrondo propaga como um chamado para Tati, arrumando as louças do café, prestar atenção em mim e vir em meu auxílio.

— Tudo bem, Lily? — Ela arregala os olhos e se volta para Nando, estagnado a minha frente.

Só o balcão nos separa. Quase posso sentir a respiração dele e meu coração salta acelerado, meu corpo treme dos pés à cabeça. Tento me recompor e engulo em seco.

— Está, Tati! Só termina de retirar aquelas xícaras — indico as louças sobre a mesa recém-deixada por um casal de clientes, minha mão treme, trato de abaixá-la —, depois pode ir. Já vou terminar aqui.

A garota sai ainda em dúvida. Eu a estimulo a seguir em frente através do olhar e me volto para o "sujeito" a minha frente. Achei que tivesse me livrado desse cara. Por que ele está aqui depois de tanto tempo?

— O que você está fazendo aqui? Eu não tenho mais nada pra falar com você.

— Liliane, foi tudo mal-entendido naquela noite. Você não responde mais as minhas ligações e nem sequer viu minhas mensagens no aplicativo.

— Entenda, *cara*, não temos mais nada pra dizer. Mal-entendido ou não, para mim acabou. Chega! — exalto.

— Perdão! — ele diz como se fosse um menininho pedindo desculpas por ter dito um palavrão. Só que a atitude dele passou muito deste grau de violência.

Coloco ambas as mãos na cintura, respiro fundo e exalo. Percebo Tatiana por trás do balcão nos encarando.

— Mesmo que você não tivesse feito o escândalo por causa da minha roupa, nós não estaríamos mais juntos. Acabou. Deu pra entender?

— Liliane — diz Tati —, a senhora quer que chame o Francisco?

De jeito nenhum queria o segurança da porta ampliando essa confusão.

— Ele está de saída. Não é mesmo?

Com os ombros caídos, parecendo muito desolado, ele assente e caminha para a porta. Antes de sair, se volta para mim.

— Achei que ainda pudéssemos conversar.

— Não tem mais porque conversarmos! Vai e aproveita a sua noite.

Nando desaparece pela porta de entrada e só então percebo o quanto estou com os punhos cerrados. Tatiana surge com um copo de água e me entrega. Tomo o líquido de um só gole e lhe devolvo o copo.

— Fiquei com medo dele — ela confessa. — Achei até que fosse assalto. Olha. — Estende o braço livre e a mão está trêmula como se tivesse acabado de levar um choque.

Levo as minhas próprias mãos ao rosto, respiro fundo e tento me acalmar. Quando libero o rosto, a pobre moça continua a me encarar.

— É só mais um idio... — *Essa não! Mais um.*

Théo está parado na porta de entrada. Provavelmente estava lá enquanto eu me recuperava do susto pela presença do Nando.

Tatiana acompanha o meu olhar.

— Já fechamos, senhor!

— Pode deixar, Tati! É um conhecido meu. Se você já guardou aquela louça, fique tranquila, pode pegar suas coisas. São quase dez horas. Peça só ao Francisco pra esperar um pouco mais enquanto finalizo aqui para fechar.

Ela assente e vai na direção da escada, deixando o copo sobre o balcão do caixa.

— O que você está fazendo aqui? — pergunto.

— Passei e vi seu carro. O segurança me disse que a livraria está fechando, mas entrei mesmo assim.

Nós nos entreolhamos e meu coração está disparado, agora por um motivo muito diferente do que com o Nando. Antes de meus olhos me entregarem, viro e me volto de novo para o caixa. Movimento os comprovantes de cartão e tranco a gaveta, metódica, automática, ritmada, simplesmente movendo as mãos.

— Como o Francisco, segurança, explicou, já fechamos — digo, sem elevar os olhos.

Théo parece acompanhar todos os meus movimentos. Tati volta carregando sua bolsa e se detém junto de nós.

— Liliane, quer que eu a espere?

Movimento a cabeça em negativa, agradeço a ela pelo dia e me despeço.

Théo continua imóvel, agora ao invés dos braços soltos, os apoia nos bolsos da calça jeans. Ele não está usando o relógio. *Por que ele não está usando o relógio?*

Desvio o olhar para o rosto dele, a camiseta azul-marinho, presente meu no seu último aniversário, é uma das minhas cores preferidas na pele dele, de um jeito muito especial a cor parece tornar os olhos cinzas mais claros.

A britadeira parece se intensificar no meu peito e está prestes a obstruir minha respiração.

— Sério, Théo! O que você veio fazer aqui?

Ele baixa o olhar, parece indeciso sobre o que dizer.

Relaxo os ombros e dou um suspiro longo e pesado. O dia foi agitado, acabei de passar por um turbilhão de emoções, não das melhores. Só agora me dou conta, do quanto de medo Nando embutiu em mim e não estou mesmo disposta a uma nova discussão que pode ser interminável com Théo.

— Sabe, foi um longo dia e de fato, não quero brigas.

— Não vim aqui para discutir. Sério! Pode acreditar em mim. Só gostaria muito de conversar com você. Será que poderíamos tomar uma bebida e comer algo? Pode ser aqui perto mesmo.

O rosto dele parece tão triste. Não vejo Théo assim há muito tempo. Talvez desde nossa última discussão quando rompemos.

— Ok! Podemos sim. Vou apagar as luzes e poderemos ir. Se importa se passarmos na minha casa? Ou podemos marcar em algum lugar. Estou aqui há mais de doze horas e preciso de um banho depois do calor infernal que fez hoje.

Théo concorda e seguimos em carros separados para o meu apartamento.

Mari

— Mãe! — Luiza chama entrando no meu quarto.

Jogo o celular nas minhas costas, como se estivesse acabado de cometer um assassinato e precisasse esconder a arma do crime. E é exatamente assim que me sinto: uma criminosa prestes a cometer o pior crime da história. A vermelhidão inunda meu rosto.

— O que você tá fazendo? — Ela estica o pescoço tentando descobrir o celular escondido.

Encostada na almofada em minha cama tento empurrar o pequeno aparelho para tentar escondê-lo dos olhos perspicazes da minha filha.

Luiza estica ainda mais o pescoço.

— Nada não! Estava aqui só me distraindo um pouco no celular. — Pego o aparelho e brinco com ele entre os dedos, fixando o olhar na tela aberta com o aplicativo.

— Ah, deixa *eu* ver. — Esperta ela avança na minha mão e toma o aparelho. — Aplicativo de relacionamento.

Se o chão se partisse ao meio, agradeceria a todos os anjos do céu. *Meu Deus, será pecado pedir isso? Quem mandou você cair na tentação, Mari? Maldita hora que fui dar atenção para a Liliane.*

Luiza desliza a tela, se detém alguns instantes lendo.

Que vexame na frente da minha própria filha.

— Hum, não está nada bom! — Ela movimenta o dedo indicador reafirmando a fala. — Gosta de cozinhar? Não é fã de esportes. E isso aqui? Tem interesse em homens maduros. Mãe, a única coisa que você vai conseguir com isso é achar um velho que gosta de se empanturrar de comida e entende que você irá cozinhar pra ele pro resto da vida. Vamos melhorar esse perfil. Essa foto não está boa não.

— Pelo amor de Deus, Luiza! Eu nem quero fazer esse perfil, só fiz pela insistência da Liliane. — Tento tirar o celular da mão dela e ela se afasta, ficando em pé, estica o braço e segura o aparelho no alto como um troféu.

— Achei uma ótima ideia. Já lhe disse, passou da hora de você refazer a sua vida. Tenho algumas amigas que se deram bem com estes aplicativos. Tem alguns inclusive que rastreiam onde estão os usuários, assim fica fácil de você buscar alguém por perto.

— É? Você só pode estar brincando. — *Loucura essa tecnologia!*

— Brincando nada! Vamos ajustar este perfil e ver no que dá.

— Cadê suas amigas? É sábado à noite e achei que você voltaria para casa mais tarde.

— O barzinho não estava legal e voltei, bem a tempo de ajudar a Dona Mari entrar no mundo digital... hehehe... — ela começa a digitar no aparelho.

Tenho até medo de perguntar o que ela está fazendo.

— Vamos pegar uma foto melhor. Essa está ótima! — Ela me mostra uma foto tirada no dia da inauguração da livraria. Gostei. Parece estar melhor da que improvisei em uma *selfie* mal tirada há dez minutos. Odeio *selfies*.

— Dá pra pegar essa? Achei que só poderia se fosse tirada na hora.

— Claro que não! É possível pegar do seu banco de imagens.

Luiza continua a pressionar a tela do meu celular com a agilidade que só mesmo ela tem. Meu uso neste aparelho é para mandar mensagens, entrar aleatoriamente no Facebook e tirar algumas fotos das minhas receitas quando preciso mandar para orientar minhas clientes nas escolhas. Atividades que tenho reduzido devido o meu tempo na livraria, mas não posso reclamar, o percentual que as meninas me pagam foi suficiente para pagar as contas neste mês e amanhã é domingo. Poderei fazer mais bolos...

— Prontinho — ela avisa me passando o aparelho.

— *Gosta da alta gastronomia? Ama passeios ao ar livre? Curte viagens a lugares paradisíacos?* Luiza, eu só faço alguns bolos e doces. Além disso, o único lugar paradisíaco que me lembro de ter ido foi na chácara da sua prima Talita em Atibaia. Sequer tenho tempo de sair no portão. Como posso adorar passeios ao ar livre?

Ela começa a rir sem parar.

— Mãe, se você não colocar essas coisas no perfil, que sei que são a sua cara, não vai aparecer nenhum cara decente. Vai por mim! Esse perfil vai bombar no aplicativo. Ah, não falei, ouça o plim. Recebeu uma mensagem.

Não! Não! Deixa passar um tempo antes de responder. Senão vai parecer que você está desesperada.

— Onde você aprendeu tudo isso? Quero dizer, a usar estas artimanhas?

— Já usei aplicativos de encontros várias vezes. Minhas amigas também usam.

— Menina, menina! — repreendo, tentado conter o riso. Só mesmo Luiza.

— Agora vamos cuidar do seu perfil no Instagram.

— Nem tenho conta. Prefiro usar o Facebook.

— Para com isso, você vai adorar o Insta e depois também podemos fazer alguns vídeos para o TikTok quando você estiver criando seus quitutes na cozinha. Ai, estou mega-animada. Sempre quis fazer isso pra você. Mãe, você é muito jovem, inteligente e capaz. Tenho certeza que vai bombar nas redes sociais. Veja, vou colocar a foto deste bolo maravilhoso que você fez para a cafeteria. Ah, você também vai poder fazer alguns *stories* quando estiver lá, mostrando os livros e o lugar. Isso vai aumentar a visita de clientes.

— Verdade? Bem que vejo a Liliane e a Nathalia fazendo estes vídeos. Se é por uma boa causa, vamos lá, filha.

Luiza começa a me ensinar a usar o Instagram, como postar fotos, escrever legendas e dar *destaque* na publicação, como ela mesma disse. De pronto minha filha postou três fotos de doces que fiz nesta semana.

— Vou mandar mensagem pras minhas amigas seguirem você e também para as donas da livraria. Ah, e tem também nossos parentes. Vou seguir o perfil deles — ela avisa com desenvoltura enquanto digita no celular.

Os *plins*, provavelmente do aplicativo de encontros, continuam a soar no aparelho e vão me deixando curiosa para saber de quem são as mensagens. Muitas vezes evitamos as mudanças na vida, mas não nego, o aquecimento em meu peito e a vontade de dar pulinhos aumentam com essas novas possibilidades de experiência.

— Bem, já passou algum tempo. Bora lá ver de quem são as mensagens no aplicativo. Hum...

— Dá aqui esse celular. — Tomo o aparelho da mão dela. — Só me diz onde vejo as mensagens.

Luiza me orienta e abro uma a uma. O primeiro, um viúvo com cinquenta anos, só diz morar na região de Campinas. Tem interesse em esportes, gosta de viajar e curtiu o meu perfil. O segundo, um jovem de 29 anos. Descarto esse. Não sou tão moderna assim. Tem mais duas. Amando, que nome é esse? Ou ele errou alguma letra, ou está de brincadeira. Começo a rir.

— Deixa *eu* ver as mensagens, mama.

Minha filha pega o Smartphone e franze as sobrancelhas.

— Erros de português grotescos, nem pensar — diz ela. — Gostei deste. Ele parece sério e também gosta de alta gastronomia. Que tal?

O homem é bonito, pele morena, barba espessa com alguns fios brancos, cabelos curtinhos e parece ter olhos carinhosos.

— Acho que sim! Vamos dar um alô pra ele.

Digito algumas palavras respondendo em qual cidade moro, pergunto o mesmo a ele, se curte beber um café. Esse seria um ponto essencial se pudesse exigir algo sobre mim. Até acho que posso. Por sorte ele retorna com um: *Claro, quem não gosta de cafés?*

— Marca um encontro com ele! — exclama Luiza saltitando na beira da minha cama.

— De jeito nenhum! É a primeira vez que entro nessa coisa e já quer me ver marcando encontros?

— Óbvio, mama! Foi pra isso que você entrou, não foi?

Comprimo os lábios e avalio a sugestão da minha filha.

Vamos lá, conhecer esse tal de Jorge. Pelo menos espero ser esse o verdadeiro nome, pois não menti o meu e começo a concordar com Luiza, as informações sobre mim ficaram muito melhores.

5

Decepções

Nathalia

A conversa de Leonardo não era de jeito nenhum chata. Queria poder mandar mensagem para Lily, contando o quanto esse homem é interessante. Ele me contou que estudou na capital São Paulo. A ideia da Startup surgiu no último ano da faculdade, porém ele não se entregou a ela. Preferiu arrumar emprego fixo. Depois da separação entendeu que era hora de dar uma guinada na vida profissional e resolveu correr atrás daquilo que não abandonava seus pensamentos, abrir a própria empresa. Mudou do Rio para Campinas e se desafiou.

— Você também resolveu mudar sua vida? Por isso abriu a livraria?

— Gostaria que tivesse sido assim, mas não. Foi diferente. — Suspiro.

— Diferente como? — pergunta sincero.

— Ainda é muito difícil falar sobre isso.

Leonardo toma minha mão apoiada sobre a mesa, a envolve entre as suas, e abre o sorriso.

— Entendo se não quiser contar — diz parecendo perceber que o assunto me incomoda. — Bem, aceita continuar a tomar um vinho na minha casa.

— Acho um pouco cedo para isso.

— Não se preocupe. Só gostaria que pudéssemos continuar a nos conhecer. Também podemos ir para um barzinho, se você preferir. Estou aberto a sugestões.

— Pode ser na sua casa.

O apartamento dele fica a duas quadras da livraria. Agora consigo entender o porquê de ele passar quase todos os dias para pegar seu capuccino.

Ele abre a porta e estende a mão para me dar passagem. A ampla porta da sacada está aberta e a cortina se movimenta no ar, dando passagem ao vento fresco. O tecido balança sobre a estante na lateral. Abaixo da TV tem uma pilha de livros. Cruzo a sala e aproximo do móvel para pegar o exemplar que está no alto.

— Samanta gosta de ler?

— Sim! Talvez esse seja um grande ponto favorável entre vocês.

— Quantos anos ela tem?

— Nove! Nem acredito no quanto ela está diferente a cada vez que a vejo.

— Você parece ser um bom pai. — Devolvo o livro na estante.

— Isso é um ponto favorável pra mim?

Leonardo está a menos de dois metros de distância, sorriso aberto e a cabeça inclinada para a lateral. O tom avermelhado da face faz os olhos dele terem um brilho especial.

— Com certeza! — sussurro.

Se ele tivesse dado o primeiro passo para estar perto de mim, eu o agarraria. *Meu Deus, que homem*. Como se lesse meus pensamentos ele dá três passos e toca minha mão a envolvendo com a sua. Ele eleva a outra e faz um carinho em meu rosto com o indicador, os arrepios florescem na pele espalhando do rosto para o pescoço, braços, pernas. Sinto meu corpo aquecer. Fecho os olhos e percebo o rosto dele se aproximando. Lábios macios envolvem os meus, nossas línguas se espalham dentro da boca, reconhecendo o território, explorando, instigando desejos e sensações.

— Queria muito fazer isso a noite toda — ele afirma e volta a unir nossos lábios.

Agarro-me a ele, apalpo seu bumbum. Aproximo ainda mais nossos quadris. Entrego-me ao beijo e as carícias reconhecendo o corpo dele. Sua mão sobe pela lateral do meu tronco. Suspendo sob o toque querendo que ele avance.

O telefone toca me tirando do turbilhão de desejo. *Será o meu?*

— É o meu! — Leonardo diz. — Desculpe! Deveria ter desligado.

Movimento a cabeça saindo do transe enquanto ele vai até a mesa de jantar e pega o aparelho sobre ela.

— Olá, princesa! Aconteceu alguma coisa? Passa das dez.

Ofegante pelo beijo, saio para a sacada e apoio os cotovelos no parapeito. Não quero ficar ouvindo a conversa dele com a filha, porém os ruídos de um choro e vozes alteradas ultrapassam o espaço entre nós. *Droga!* Só faltava essa, meu momento romântico ser interrompido pela filha dele. *Não seja egoísta Nathalia*.

O movimento de carros na rua, dez andares abaixo de mim, está intenso, congestionamento, buzinas e a algazarra de vozes de um grupo na esquina, em frente ao bar, chegam até a varanda, abafando a conversa dele no telefone. Noite de sábado movimentada. Até havia me esquecido dessa agitação. Pudera, não tenho saído muito. Talvez não só pela falta de companhia, me acostumei ao recolhimento na pandemia. Quem sabe toda essa galera lá embaixo também está voltando à ativa e aproveitando cada momento. Mais um motivo para agitarmos a livraria com boa música, peças de teatro. Preciso enviar mensagem para Lily.

Cansada de observar o movimento da rua, retorno à sala. Leonardo está no mesmo lugar. Passaram-se quanto tempo? Dez? Quinze minutos?

— Isso não vai acontecer, Samanta. Sua mãe está aí? — O tom de voz calmo dele não condiz com a vermelhidão em seu rosto.

Aceno com a mão, chamando a atenção dele e gesticulo que estou de saída.

Leonardo pede para eu aguardar com um gesto da mão. Não obedeço, pego minha bolsa sobre o sofá e destranco a porta.

— Só um instante, Samanta. — Ele deixa o aparelho de lado. — Por favor, Nathalia, espere um pouco.

— Está tudo bem. Vou pedir um carro no aplicativo — aviso e saio pela porta.

Por sorte o elevador está no andar. Abro a porta e disparo o botão para o térreo. *Que droga!* E eu achando que minha noite seria mágica com toda aquela conversa de conexão imediata. O que eu esperava, nem conheço o cara. *Aff, e ele ainda vem com pacote. Sábado à noite é hora de a filha ligar?* Até parece um encontro às escuras. *Droga!* Foi um encontro às escuras.

Tiro o celular da bolsa e abro o aplicativo. Tem um carro há menos de cinco minutos. Confirmo a corrida. Melhor mandar mensagem também para Lily.

"*Amiga, tive ótimas ideias para agitarmos a livraria*."

Mal o porteiro destrava o portão de saída do prédio, sinto uma mão em minhas costas.

— Quer me matar de susto — digo voltando-me ao Leonardo parado ofegante, segurando o portão aberto.

— Desculpe! Isso não estava nos meus planos.

— Está tudo bem! O carro está chegando.

— De jeito, nenhum! Eu vou levá-la para casa.

— Não se preocupe, em menos de dez minutos estarei em casa. Obrigada pelo jantar.

O carro para junto à calçada e antes que eu possa entrar, Leonardo pega a carteira do bolso, retira algumas notas e dá para o motorista pedindo desculpas e cancelando a corrida.

— Sério? — digo colocando as mãos na cintura. — Espera! — dirijo-me ao motorista.

— Não vou te deixar ir pra casa sozinha. Podemos voltar e tomar aquele vinho?

— Melhor não! Tive um dia cheio e quero mesmo ir pra casa.

— Desculpe! Surgiu uma crise e não tenho como deixar de lado.

— Como eu disse, tudo bem! — reforço abrindo a porta do veículo.

— Não está tudo bem! — Ele parece lamentar. — O que você vai fazer amanhã?

O motorista tamborila os dedos na direção. Coloco um pé dentro do veículo e sento no banco.

— Almoçar com meus pais. Por quê?

— Será que posso mais uma vez lhe convidar pra jantar? — Ele me impede de fechar a porta, colocando o rosto bem próximo a mim.

— Acho que não vai rolar.

— Por favor? Prometo que darei o melhor de mim. Vou cozinhar pra você.

Começo a rir. A expressão dele ajuda a minha decisão, mas não é só isso. O hálito tão próximo me traz de volta a sensação do beijo. Concordo em um sussurro.

— Posso te buscar na sua casa?

— Não! Melhor eu vir com o meu carro.

— Ok! Mereço a sua falta de confiança em mim, farei de tudo para recompensar esta noite. — Ele promete elevando a palma da mão.

Sai do veículo e fecha a porta.

O motorista arranca com o carro. Fios de esperança brotam na minha mente e minha imaginação voa para além do beijo, aquecendo partes mais baixas do meu corpo. Sei bem que mesmo se este relacionamento não durar, quero muito saber como é a sensação de estar perto dele de novo. Pego de volta o celular e peço ao motorista carrancudo para me deixar em outro endereço. O homem bufa e acelera mais o veículo.

Lily

Saio do banho e o encontro sentado na poltrona em frente à TV, folheando uma revista de moda, tirada da pilha das muitas depositadas sobre a mesinha de centro. Sei que Théo não deve estar prestando atenção nas imagens, tampouco lendo as matérias. Quando este homem está folheando algo desinteressante pra ele é porque *algo* muito mais perturbador tira o sossego dele. Era assim quando estávamos juntos e ele tinha um dia difícil no escritório, ou quando seu irmão mais velho sofreu acidente de moto e ficou hospitalizado.

Théo solta a revista na mesa e fica em pé.

— Você ainda compra essas revistas?

— Não muito. Sequer tenho tido tempo para as leituras que gosto.

— Ter dois empregos não é fácil.

— É, mas vou me ajeitando. Tem sido uma nova experiência.

Théo assente e morde o lábio inferior, mais um sinal de que algo não vai bem.

— Não deve ter sido para ler minhas revistas que você me procurou? Ou é? Se for, posso emprestá-las.

Ele cruza os braços em frente ao peito e solta um pesado suspiro.

— Descobri que o Bernardo está manipulando alguns clientes para um novo escritório que ele abriu em São Paulo.

Tenho de me esforçar para fechar a boca.

— *Caramba!* Eu sabia! — Levo a mão à testa. — Cretino, ladrão, f...

— Descobri nesta semana.

— Você o demitiu, né?

— Não, Liliane!

— E tá esperando o que pra fazer isso?

— Preciso reunir provas.

— Eu cansei de te avisar sobre ele. Boa coisa não era. Depois de tudo o que ele fez pra Nathalia e você ficou defendendo o cretino.

— Ele era meu amigo. Confiava nele tanto quanto você na Nathalia. Fui eu quem o convidei para trabalhar na empresa.

— Como você descobriu?

— Foram alguns indícios. Ainda estou investigando.

— E por que você resolveu me contar isso agora?

Théo não responde. Ao invés disso, vai até a janela do apartamento e olha para fora. As costas dele curvadas. Cruzo os braços para não correr até ele e abraçá-lo.

— Não sei, Lily! Talvez por este ter sido o motivo do nosso último rompimento. Por eu não deixar de pensar em você um minuto sequer nos últimos meses. Enfim, acho que diversos motivos. — Ele se volta a mim.

— Théo, não foi por isso que rompemos. Você sabe, né? Tá, não faz essa cara. Esse foi um importante motivo. O que você queria? Ficou defendendo aquele boçal e não me deu ouvidos. Ah, sério, estou bem feliz por você ter descoberto as falcatruas dele.

Ele parece muito desolado, porém a raiva flui em mim agora e não posso deixar de descarregar a emoção que me acompanhou por todo esse tempo.

— Bem feito pra você, Théo! Esse pacto de fidelidade masculina deixa vocês cegos.

— É, Lily? E quanto a você e a Nathalia. Não foi o mesmo que aconteceu?

— Conheço a Nathalia desde minha infância.

Ele leva as mãos ao rosto e quando as retira, o cansaço pesa em seu rosto.

— Desculpe — pede vindo ao meu encontro.

Ajeito a camiseta sobre o short jeans, disfarçando minhas mãos tremendo.

Théo segura em meus braços e fica muito perto, tão próximo que consigo sentir a respiração dele em meu rosto e, *merda*, isso faz me lembrar dessa boca. *Ah, merda!* Meu coração dispara.

— Desculpe, por ter duvidado de você. Desculpe por ter feito isso conosco.

— Agora é tarde! — sussurro.

— Diz que você não pensa em mim, como penso em você. O que sentíamos não é algo passageiro. Não passou para mim. Passou para você?

Théo me abraça e tento resistir o quanto posso ao impulso de agarrá-lo. De me deixar envolver mais uma vez em seu carinho, mergulhar no seu toque, senti-lo e deixar que ele me sinta com toda a paixão.

Permaneço rígida e ele beija minha testa, inspira, e parece querer sentir meu cheiro tanto quanto quero sentir o dele.

— Nenhum pedido de desculpas apagará sua falta de confiança em mim.

— O que você quer, Lily?

— Não sei, Théo!

Ele tenta beijar minha boca. Desvio e o beijo toca meu rosto. Théo comprime os lábios.

— Você ainda faz meu coração vibrar — confessa e estou pronta para ceder, mas a nossa última discussão surge como um flash na minha mente.

— Eu não posso dar o que você quer!

— Só quero você!

Movimento a cabeça freneticamente em negativa e me afasto dele, cruzo os braços firmes em frente ao peito.

A tristeza ofusca os olhos dele. Sou incapaz de fazê-la diminuir.

Théo solta os braços, como se não tivesse mais argumentos, e sai do meu apartamento.

Então, desabo no sofá, as lágrimas queimam meus olhos. Lembrar das nossas noites quentes, de nossas manhãs efervescentes, dos lábios macios dele, de seu toque, do sussurrar em meu ouvido enquanto transávamos. Tudo se combina em um misto de saudade, perda e emoções que só posso extravasar. Também não posso mais continuar. Não sou capaz de ir adiante com ele.

A campainha toca.

Levanto num salto e enxugo as lágrimas. Théo voltou. Corro para o banheiro e lavo o rosto. Fica pior, mais vermelho, constato na imagem refletida no espelho.

— Lily! — Quatro batidas na porta.

Corro para abri-la. Nathalia arregala os olhos ao me ver. Dou passagem para ela e despenco no sofá.

— Mulher, você está péssima. — Ela senta ao meu lado e me abraça. — O que aconteceu? Encontrou o Nando?

— Quase isso!

Afasto-me do abraço dela e conto-lhe sobre a noite nebulosa, inclusive a descoberta de Théo a respeito do BBC. Do Bernardo Babaca Cretino. Minha amiga estremece, esfrega ambas as mãos e percebo o pânico tomando conta dela de novo, assim como vi em diversas vezes no último ano. Trato de lhe devolver o abraço.

— Ele terá o que merece. Você não precisa mais ficar neste estado.

— Eu deveria estar melhor.

Nathalia levanta e anda de um lado a outro na pequena sala.

Decido mudar o foco dela e pergunto sobre o encontro com olhos verdes. Ela derruba os braços para as laterais.

— Foi tudo bem até a página três, na quatro ele recebeu um telefonema da filha e me deixou plantada na sacada do apartamento dele.

— *Vixi*, será que dá pra fazermos um balanço destas relações fracassadas das nossas vidas?

— Melhor não! — Ela volta e senta no sofá ao meu lado de novo. — Só preciso ressaltar o resultado, nós duas sozinhas em uma noite de sábado.

Levanto, chacoalho meu corpo e estendo as mãos na direção dela.

— Vamos fazer o que fazemos de melhor, estourar pipoca, abrir um vinho, nos esparramarmos nesse sofá e mergulhar em alguma série.

— Hoje vamos aderir a comédias *pastelão*. Nada de suspense, nem romance. Chega de dramas e romance pra nós duas.

Mari

Chego ao Nebline, uma das famosas docerias do Cambuí, às três da tarde, horário combinado com Jorge. Minhas mãos soam de expectativa, o misto de medo e ansiedade me consomem desde essa manhã, ou melhor, desde ontem à noite quando aceitei encontrar o homem do aplicativo. Desistir foi uma opção martelando em minha cabeça, no entanto, tomei coragem, vesti a mesma roupa da inauguração, o tubinho preto e cá estou.

Um homem acena para mim de uma mesa no canto, sigo na direção dele.

— Prazer, Mari! É muito bom conhecê-la.

Aceito a mão estendida por ele.

Jorge me indica a cadeira a sua frente.

— Lugar bonito! — elogio correndo os olhos pelo espaço.

O grupo de senhoras na mesa ao lado conversam baixinho, como se compartilhassem segredos. O casal com duas crianças, um bebê e uma menina pequena não fazem tanto silêncio, o bebê grita e bate a colher na mesa. A mãe tenta contê-lo e a menina de laço rosa no cabelo cacheado faz um esforço para levar a grande xícara até a boca.

— Você mencionou gostar da alta gastronomia — Jorge diz me passando o cardápio — e pensei que este seria um bom lugar. O dono venceu um destes concursos de culinária. Aquele em que fazem bolos. Não me lembro bem do nome. — Ele coloca a mão sob a barba.

É um homem bonito. Seus olhos parecem sinceros.

— Que seja doce? — arrisco.

Jorge abre o sorriso e movimenta a mão em frente ao rosto.

— Isso mesmo! Você quer tomar café ou prefere suco? — oferece abrindo o próprio cardápio. — Prefiro café e uma água. Aos domingos, gosto de sair para apreciar um bom café. Aqui tem também variedades de doces.

— Vou querer também café e provar algum doce.

Volto minha atenção ao cardápio.

— Gostei de você ter aceitado o convite.

Elevo o olhar.

— Desculpe, essa é a primeira vez que uso o aplicativo e nunca fiz isso antes. Sabe, de encontrar um desconhecido? Não sabemos nada um do outro. Foi minha filha quem fez meu perfil e algumas das coisas lá nem são verdadeiras.

— Já que estamos sendo sinceros, tive muitos encontros pelo aplicativo, alguns são superficiais e outros renderam algo mais.

Remexo na cadeira. O garçom se aproxima e Jorge pede um croissant e dois cafés, além da água. Volto-me ao cardápio e escolho o doce vencedor do concurso, feito de chocolate. O rapaz de avental é gentil e nos agradece pelos pedidos.

— Então, Mari, essa é uma boa oportunidade de nos conhecermos. Fale-me sobre você.

— Não há muito a dizer. Sou uma mulher simples que gosta de cozinhar e depois de muitos anos me dedicando a minha casa e filha comecei a sair do casulo para trabalhar fora. E você? O que faz da vida?

— Bem, fui casado por vinte anos e estou separado há cinco. Este mundo da solteirice não é tão novo para mim.

— Seria ousadia minha perguntar por que não deu certo seu casamento?

— Tivemos bons momentos e momentos ruins, como todo relacionamento. Daí um belo dia ela se virou para mim e disse que não dava mais.

— Essa situação deve tê-lo machucado.

— Ela descobriu o câncer e no momento em que soube da doença pediu a separação. — A amargura na voz dele jorra como uma calda em ebulição.

— Sinto muito!

Jorge solta o ar com força.

— Desculpe tocar neste assunto — peço.

— Tudo bem! Afinal se não contarmos nossas experiências como iremos nos conhecer.

— E vocês tiveram filhos?

— Tivemos dois filhos. Ambos estão cuidando da própria vida. Não precisam mais de mim. E você? Fale-me sobre a sua filha. Qual o nome dela?

Conto sobre Luiza e também sobre a livraria. A experiência de estar de novo saindo rotineiramente de casa como não fazia há anos. Não tenho coragem de falar sobre o rompimento do meu casamento ou sobre o pesar que me causa, assim como percebi causar a Jorge o próprio fim do seu relacionamento. Prefiro falar sobre assuntos mais amenos e pergunto sobre seus próprios *hobbies*.

— Um dia desejei sair pelo mundo — diz ele — e conhecer a América do Sul. Isso foi na juventude, talvez planeje conhecer algum dia. E você, tem alguma viagem planejada?

— Se eu tivesse oportunidade de sair e viajar para algum lugar fora do Brasil, gostaria que fosse para aprender algo novo. Como gastronomia. Sonhar e desejar são coisas que desapareceram da minha vida. Agora, conversando com você, surgiu a lembrança de um desejo que tive quando comecei a fazer meus doces. Tinha vontade de conhecer a gastronomia francesa. Faço alguns ensaios de comidas tradicionais da França, como este croissant que está comendo. — Aponto para o prato de Jorge, com o famoso pão francês adornado por minúsculas folhagens verdes.

— O tempo voa! Talvez seja interessante escolhermos alguns dos nossos desejos para realizar antes que a vida nos atropele.

— *O seu futuro será sempre brilhante* — digo.

— Bonito!

— Não é minha reflexão, e sim de uma autora que estou lendo, Louise Hay. Ela diz mais ou menos assim: *Só porque os anos estão passando não significa que a qualidade da nossa vida deverá despencar automaticamente*. E te digo, estou tentada a concordar com ela.

6

Luz ou Sombra

Nathalia

Chego à casa de Leonardo pontualmente às sete horas. Está difícil conter o receio de que a noite passada se repita, ainda mais depois deste dia repleto de situações difíceis. Meu carro enguiçou e terei de chamar o mecânico, um gasto não previsto. A conversa com Lily na noite anterior também me tirou o sossego ao reviver a lembrança daquele BBC. O calafrio percorre meu corpo e tento manter o passo firme para não desmoronar.

Desço do elevador e o aroma de algo assado me carrega até a porta do apartamento dele. Qualquer que seja o prato que ele preparou, já me conquistou pelo cheiro.

— Bem-vinda de volta — diz ao abrir a porta.

— Uau! Você cozinha de verdade? O que teremos?

— Ratatouille.

Leonardo abre a passagem para a sala impregnada com o aroma do ragoût de legumes. A mesa está arrumada com pratos, taças e uma cesta de pães. O contraste entre o jogo americano xadrez azul e o prato branco chama minha atenção por me lembrar da própria arrumação que minha mãe fez hoje. Coincidência ou não, as mesas estão parecidas. Também tem dois castiçais com velas não acesas.

— Você prefere vinho tinto ou branco?

— Tinto!

Apoio minha bolsa na cadeira da mesa de jantar logo à entrada. Ontem não reparei em como a sala é distribuída, ao lado da mesa de jantar tem um aparador de bebidas e taças. Nenhum enfeite, tampouco flores, como eu sempre tenho em minha sala, somente uma grande pintura abstrata, mesclando tons de vermelho e laranja, na parede lateral, e a foto da filha ao lado da TV e da pilha de livros infantojuvenis. O ambiente é sóbrio misturando cinza e preto nos móveis e no tapete entre o sofá e a estante.

— Seu apartamento é bonito! — elogio aceitando a taça estendida por ele.

— Obrigado! Comprei há pouco tempo. Com a separação, vendemos a casa onde morávamos e a *grana* foi suficiente para comprar este.

— Por quanto tempo foram casados?

— Dez anos.

— Uau! Muito tempo! Você desligou o forno?

— Ah, não!

Leonardo dispara em direção à porta, onde deve ser a cozinha. Sigo atrás dele. Ele retira o assado do forno e coloca a travessa sobre a pia.

— Acho que não queimou — constato.

A base da travessa transparente está marrom, mas não parece queimada. O aroma dos pimentões e da abobrinha preenche o ambiente.

— Hum, tem também um cheiro de azeite.

— Seu olfato é aguçado.

— Com certeza, este é um dos meus superpoderes — brinco. — Muito bonito! — indico o colorido dos legumes se intercalando, pimentões, tomates, abobrinha. Minha boca saliva. Bebo um gole do vinho tinto, a adstringência domina meu paladar. — Você sabe mesmo cozinhar.

— Este também é um dos meus superpoderes — ele avisa repetindo minha própria frase.

Leonardo pisca para mim e abre a geladeira, retira a travessa com salada de folhas, levando-a à mesa.

Eu o acompanho e caminho até a estante, pego a foto sobre ela. A menina de olhos verdes e cabelos castanhos cacheados exibe um sorriso sem dois dentes na frente.

— Ela é muito bonita! — exclamo sincera.

— Nesta foto ela tem sete anos. O tempo passa rápido — Leonardo diz pegando a fotografia da minha mão e ele mesmo a observando. — Preciso substituir essa foto. Só não fiz ainda, pois ela me lembra de um momento muito especial, quando fomos só eu e ela acampar, logo após a separação.

— Como te disse ontem, você parece ser um paizão! Meu pai foi pra mim e isso fez muita diferença — minha voz sai num sussurro.

A lembrança de meu pai, hoje na hora do almoço, tentando chegar ao sofá, o rosto abatido e quase sem forças, me desmorona. Tão diferente da serenidade que ele sempre demonstrou por toda a minha vida.

Leonardo pergunta qual é o problema e eu lhe conto sobre a doença do meu pai.

— Sinto muito!

— Acredito que ele ficará bem. — Tento a todo custo me convencer.

Ele concorda e em seguida parece ter uma ideia.

— Está com fome? — Balanço a cabeça em negativa. — Ótimo! Podemos aproveitar e degustar um pouco mais este vinho. — Eleva a taça e me passa a dele para eu segurá-la.

Em seguida começa a arrastar o sofá em direção à janela colocando a peça de frente para a porta da varanda, num instante ele escancara ambas as portas de vidro.

— Eu deveria colocar alguns bancos nesta varanda — diz ele arrastando o sofá em direção à janela —, enquanto não é possível, dá pra improvisar.

Leonardo estende a mão na direção do céu. O azul sem nuvens está povoado de nuances alaranjadas moldando a faixa indefinida no mosaico de cores quentes. A visão do pôr do sol daqui é muito diferente da janela do meu apartamento.

— Lindo! Ontem não notei o quanto é possível ver o céu aqui. A paisagem livre, como uma tela sendo pintada a cada instante.

Aceito a mão estendida por ele e lhe passo a sua taça, antes de ambos nos sentarmos, roçando nossas pernas.

— Da janela do meu apartamento só vejo prédios e mais prédios.

— Espero por um bom tempo não ter esta visão obstruída. Nenhum novo edifício e nenhum bloqueio para este espetáculo.

Ficamos observando a cena fascinante de cores alaranjadas e formas indefinidas sendo substituída pelo azul-marinho da noite de verão. Entre toques e carícias, contamos um pouco sobre nós. Digo a ele o quanto amo histórias que me levem a conhecer novos lugares e ele me conta o quanto gosta da experiência de estar em novos lugares. Acampar, fazer trilhas e estar junto à natureza é sua atividade preferida. Enquanto conta, ele desenha com o polegar as linhas de meu rosto, passando pela sobrancelha, contorno do nariz, lábios. Sinto meu corpo arrepiar e me aconchego mais nele. Exalo o ar e inspiro sentindo seu cheiro, sobressaindo à mistura de aromas do assado na cozinha.

— Se você quiser, poderemos jantar.

— Será ótimo!

Leonardo acende as velas e comemos trocando palavras, sabores e carícias. Ele contou sobre sua habilidade para cozinhar, vinda do pai que adora fazer um churrasco e se enveredar na cozinha. Os pais dele são separados. A mãe mudou para a capital com o segundo marido e o pai continua a morar em Campinas.

Acabamos de comer e o ajudo a levar a louça para a cozinha, com objeção da parte dele, mas não me importo, parece tão natural. Poderia me sentir constrangida, tímida ou até mesmo acanhada. Nada disso acontece. Apesar de prever uma noite desastrosa, sou felizmente surpreendida. Leonardo sabe ser gentil, atencioso. O som suave do jazz preenche a sala enquanto conversamos.

— E onde você conseguiu essa cicatriz — pergunto quando retornamos para a sala.

— Foi meu irmão, o Beco. Comentei sobre ele? Então, brigávamos de socos na infância e adolescência. Um dia ele me empurrou e bati o queixo no degrau da escada. Voou sangue pra todo lado. Resultado, cinco pontos — ele indica a cicatriz. — Você não tem irmãs ou irmãos?

— Não! Infelizmente. Gostaria muito de ter. Acho que deve ser muito bom ter irmãos. Percebo que sempre rola uma cumplicidade. Talvez por isso seja tão próxima da Lily, minha sócia.

Leonardo abre o sorriso e em seguida pega minha mão. O efeito da bebida, da música e do ambiente só intensificam o arrepio pelo toque. Ele se aproxima e sobe com a narina pela curva do meu pescoço, ampliando a sensação avassaladora em meu corpo. Giro o rosto e encontro sua boca, nos perdendo no beijo ardente. As respirações estão aceleradas. Passo a mão pelo peito dele, de volta no abdômen pressiono a pele macia, o músculo rígido.

— *Caramba*, isso é muito bom! — sussurro.

— Mais do que o prato que fiz? — Ele abre o sorriso.

— Dá pra ficar com ambos? — Roço a língua no pescoço dele.

Ele arqueja e começa a me arrastar na direção do que deve ser o quarto dele.

— Hoje não! — digo antes de ele seguir no caminho.

O desejo flui em mim, porém me conheço, se tomar a decisão de fazer sexo casual, amanhã estarei pior. Preciso resgatar meu equilíbrio e não é me jogando assim nessa relação incerta.

— Compreendo! Quer voltar na sacada para continuarmos a conversar?

— Adoraria, mas amanhã acordo cedo e minha semana será agitada.

— Você estacionou o carro aqui perto?

— Não vim de carro! — informo sem entrar em detalhes que está quebrado.

— Vou te levar!

Recuso e ele é incisivo na resposta.

Dentro do carro dele o oriento pelo caminho que separa nossos apartamentos. A distância não é longa, porém seguimos quase o tempo todo em silêncio só fazendo um comentário sobre o movimento nas ruas neste final de noite de domingo.

— Precisarei fazer uma viagem nesta semana e devo retornar em dez dias. Podemos nos ver de novo?

Ufa! Tomei a decisão certa de não me deixar envolver por ele. Se tivesse deixado rolar ficaria muito decepcionada comigo mesma.

— Não sei! — indico o prédio do meu apartamento.

Leonardo estaciona em frente.

— Quero muito encontrar você de novo. — Ele desliza o dedo em meu rosto. A sensação de formigamento é imediata.

— Quando você voltar, me procura e veremos no que dá!

— Posso ficar com seu número de celular?

— Você sabe onde me encontrar.

Abro a porta e desço do carro.

Leonardo acena antes de sair com o veículo. Há algo nele que me deixa com um pé atrás. Por quê? Ele é bonito, atencioso, gostoso e supereducado. Ah, deixa pra lá, talvez hoje não seja um bom dia para avaliar pessoas.

Duas semanas se passam sem qualquer notícia dele. Melhor assim, penso ao selecionar o último exemplar para a roda de leitura que acontecerá hoje na livraria. Esse tipo de encontro tem movimentado e conquistado novos clientes. Precisamos iniciar os saraus de música, vou cobrar Lily. Giro o corpo com a pilha de livros na mão e dou de cara com Leonardo.

Ele caminha na minha direção com os lábios repuxados num sorriso e segura uma pequena caixa.

— Você voltou? — questiono surpresa.

— Disse que voltaria. — Ele me estende a caixa.

Com as mãos tomadas pelos livros não consigo pegar. Faço um sinal para Tati e ela vem ao meu socorro. Estendo para ela a pilha e a oriento a ajeitá-los próximo ao tablado.

— Presente pra mim? — pergunto aceitando a caixa estendida por ele. Retiro o grande laço amarelo e abro a caixa. Dentro a brochura de capa dura desbotada em tons de vermelho. — *O Mercador de Veneza*? É uma edição antiga. Folheio o livro de páginas amareladas, apesar de desbotado em algumas partes da lombada, o exemplar está em excelente estado.

Elevo os olhos para Leonardo. Ele dá de ombros, com o sorriso brincando em seus lábios.

— Achei que flores e chocolate seria clichê demais.

— Obrigada! Deve ter sido difícil encontrar o livro.

— Visitei uma feira de livros raros em busca de algum que parecesse com você. Pelo nome do seu cachorro avaliei ser esse uma boa escolha. — Ele aponta para o livro suspenso em minha mão.

— Perfeito!

— Comprei entradas para uma peça de teatro. Topa ir comigo? Será no sábado à noite.

Como recusar o convite depois deste presente surpreendente e perfeito. Aceito, e o sorriso dele se expande chegando a brilhar os olhos. Cada célula do meu corpo parece entrar em combustão. Ele abaixa e me dá um beijo no rosto.

— Posso pegá-la no seu apartamento? — Meneio a cabeça confirmando.
— Ótimo! Aqui está meu número do celular. — Ele me passa dois vouchers.

Pego da mão dele, são os ingressos para a peça de sábado, no verso tem um número escrito à caneta.

— Nossa diversão está em suas mãos agora.

Em seguida vai até o balcão, pede o capuccino e sai da livraria, não sem antes piscar para mim. Fico atordoada carregando em uma mão o livro e na outra os vouchers.

Lily

— A minha infância de menina sozinha deu-me duas coisas que parecem negativas, e foram sempre positivas para mim: silêncio e solidão...

Enxugo a lágrima descendo pelo meu rosto. O poema de Cecília Meireles sendo declamado por Nathalia em pé sobre o tablado na livraria lotada poderia ter sido escrito para mim.

— *Mais tarde foi nessa área que os livros se abriram e deixaram sair suas realidades e seus sonhos, em combinação tão harmoniosa que até hoje não compreendo como se possa estabelecer uma separação entre esses dois tempos de vida, unidos como os fios de um pano.*

Uma salva de palmas ressoa no salão. Minha amiga agradece e passa a palavra a Lala, a escritora local, que ficou encarregada da organização dessa semana dedicada à poeta Cecília.

— Ela deixou um legado maravilhoso — comenta Nathalia em frente ao caixa.

Hoje assumi a função de ficar no caixa e à distância observo a movimentação de pessoas indo e vindo, algumas parando para tomar café, outras entrando para comprar um livro e outras se detendo para ouvir e participar da roda de leitura, inclusive as amigas da filha de Mari, Luiza.

— Você parece triste. É pelo reencontro com Théo?

— Não o encontrei mais! Nossa discussão não deve tê-lo estimulado a me procurar. — Suspiro. — Não é por isso! Nesta semana tenho pensado muito na minha mãe. Como teria sido minha vida se ela não tivesse partido. Se me comportaria de forma diferente em meus relacionamentos. Será que somos mesmo reflexo de nossa criação? Se for, cadê a liberdade de nossas escolhas?

Nathalia arregala os olhos castanhos e sei que filosofei em excesso.

— Posso te perguntar o mesmo? Onde está a mulher animada com total domínio de suas escolhas? Não posso acreditar que você depois deste reencontro com Théo ainda duvide que a melhor escolha é reatar com ele. Por favor, amiga!

— Dá licença que o senhor quer pagar. — Aponto para o homem parado logo atrás dela aguardando para ser atendido.

Nathalia revira os olhos e volta para junto do grupo conversando sobre o trabalho de Cecília Meireles.

Pego o exemplar do livro de Napoleon Hill, *Atitude Mental Positiva*, estendido pelo homem à minha frente, e reflito se eu mesma não preciso ter uma atitude mais positiva. O homem parece impaciente para eu cobrar logo e tento me concentrar no manejo da maquininha de cartão.

Consuelo entra na livraria e acena para mim da porta de vidro. Sinalizo para Lucila, retirando as cadeiras do círculo formado para a roda de leitura, vir assumir meu lugar no caixa. Consuelo não vem até mim e parece aguardar que eu vá ao encontro dela. A mulher está de sorriso aberto e me indica a prateleira de livros.

Ao me aproximar, ela estende a mão.

— Venha! Quero que você me ajude a selecionar alguns livros. Murilo virá daqui a alguns dias e passará um tempo por aqui. Quero ter em casa livrinhos para estimular na Cecília a língua portuguesa. Sabe como é, né? —

ela diz caminhando comigo até a sessão de livros infantis. — Murilo não a estimula muito e eu acho importante, afinal, ela também é brasileira.

— Por falar em Cecília, nesta semana estamos homenageando a escritora. Você quer vir em algum encontro de leitura? Tivemos um hoje e na sexta, amanhã, teremos outro. Quer vir?

— Ah, eu adoraria!

Eu a ajudo a escolher meia dúzia de livros de escritoras contemporâneas, repleto de gravuras e também de boas reflexões.

— Quer tomar um café comigo? — convido.

— Ótima ideia! Mas vocês não vão fechar? — ela pergunta correndo os olhos pelo espaço quase vazio.

A roda de leitura se dissipou e a maior parte das participantes foi embora. Apesar de ser quase oito horas, não sinto vontade voltar para casa e respondo que podemos ficar mais um tempinho.

— Está bem! Ah, será que tem aquele crème brûlée regado com flores de lavanda? Como era mesmo o nome? — Ela leva a mão ao queixo.

— Beauvoir! Em homenagem à Simone, a escritora francesa. Cada semana Mari inova em alguma receita e cabe a nós escolhermos o nome. Esse fui eu que escolhi.

— *Que nada nos limite, que nada nos defina, que nada nos sujeite*. — declama ela. — Por que essa carinha triste?

— Tenho pensado muito em minha mãe — digo a ela colocando a xícara de café à sua frente acompanhada de uma fatia de bolo. — Sinto muito! Não temos o crème brûlée, mas este bolo é de lavanda.

— Está ótimo! — Consuelo dá uma garfada no bolo. — Por isso mesmo me lembrei dessa frase da autora francesa. Sua mãe gostava dela e me fez ler alguns livros. Nunca seria minha escolha e devo confessar, ainda não é.

— Consuelo, sei que já lhe perguntei isso um milhão de vezes, você acha que se o meu pai fosse mais amável, minha mãe não teria partido. Qual será o motivo dela ter ido embora?

Ela apoia o garfo no prato, flexiona a sobrancelha e sei que vai me dar um pequeno sermão, porém não consigo evitar. Consuelo é o único elo me vinculando a minha mãe.

— Leila não era uma mulher fácil. Arrisco dizer, inclusive, que ela devia ter algum problema mental. — Consuelo movimenta os dedos no ar. — Apesar de nunca ter entrado em detalhes, ela deixou a própria família pra trás quando veio do sul. Sequer sabemos se era mesmo de lá. Então, vou repetir o que disse milhares de vezes, Liliane, sua mãe não tinha qualquer dificuldade em abandonar ninguém. Ou talvez a grande dificuldade dela fosse criar laços. Sempre se esquivou de ter amigas. Eu era uma das poucas pessoas com quem ela conversava e sempre foram conversas superficiais. Nunca sobre o que sentíamos.

Consuelo envolve com sua mão meu punho apoiado sobre o balcão como se quisesse me ajudar a dissolver a incompreensão dentro de mim.

— Alfredo, seu pai, foi apaixonado por ela. Ele a mimou desde o momento em que a conheceu como secretária daquele amigo dele, como era o nome?

— Luiz. O padrinho do casamento deles.

— Nunca mais o vi! Será que morreu? — Ela gira os olhos parecendo tentar se lembrar do homem. — Bem, para ser sincera, não acredito que ela gostasse do seu pai. Leila era sonhadora e o casamento pode não ter trazido o que ela imaginou em seus sonhos. Vivia às voltas com livros e mais livros, histórias românticas e revolucionárias.

— Você acha que ela se apaixonou por alguém e por isso partiu?

— Não sei! Também não entendo porque você resolveu abrir essa livraria. Ficou linda, concordo! No entanto, estar nesta casa... — Ela movimenta a cabeça parecendo inconformada. — Por que resolveu mantê-la, Lily? Só para realizar o sonho de sua mãe?

— Qual sonho?

— Ter a própria livraria. Chegou a comentar isso comigo algumas vezes, seu pai foi contra. Já lhe contei.

— Sim! Talvez tenha sido esse o motivo, mas há outros.

— Você tem esperanças que sua mãe volte?

Não consigo responder à pergunta de Consuelo. Fixo o olhar no centro do salão e memórias de nós duas dançando neste lugar surgem como flashes.

— Bem, enfim, Lily, a vida é também de perdas e abandonos. Veja o Murilo, achou que seria feliz a vida toda e agora está aí, sem rumo. Espero que vocês possam se encontrar. Ele vai gostar muito de falar com você.

Concordo e indico a ela o café, que deve ter esfriado. Estendo a mão e pego um garfo na gaveta de talheres, dou uma garfada na fatia de bolo. A massa dissolve na minha boca. Tantos abandonos. Veja Mari, a tristeza daquela mulher. Nem consigo imaginar o sofrimento dela.

Mari

Sábado a livraria fica cheia e agitada. Mais da metade dos bolos que trouxe pela manhã já foi consumida. Corro para a pequena cozinha e busco os ingredientes para preparar pelo menos mais dois. Sei que Nathalia virá só no final da tarde e Lily com as meninas se revezam para atender aos clientes. É a primeira semana de fevereiro e este período do ano me faz lembrar quando Alfonso foi embora, logo após Luiza retornar ao ano letivo. Por isso a agitação me alivia. Tiro o pacote de farinha de trigo do armário, busco o leite na geladeira e algumas frutas vermelhas congeladas no freezer. As amoras, cerejas e morangos darão um recheio fenomenal para o bolo. Misturo o leite aos ovos batidos, a cascata branca esparrama na vasilha fazendo contraste com meus pensamentos dos últimos perfis que vi pelo aplicativo de encontros. Os homens parecem tão iguais. Todos em busca de algo novo e parecendo nunca encontrar. Talvez as cicatrizes, como as minhas, não os deixem fazer diferente. Como se fossem cisnes no grande lago, ostentando seu poder em meio ao balanço da água e só deixando o movimento os levar sem direção definida.

— Mari — Lily chama da porta. — Tem um senhor perguntando por você.

— Por mim?

— Sim! Quer que eu te ajude? — Ela indica a massa sendo movimentada sob minhas mãos.

— Quem é, Liliane?

— Aquele homem da Agatha Christie.

— Ah, Seu Nicolau. Deixe-me terminar aqui e já vou. Não posso deixar a massa, senão ficará solada.

— Ficará o quê?

— Solada. É quando o bolo não cresce.

— Ah, entendi! Digo para ele esperar um pouco?

— Sim, por favor.

— Vou mostrar a coleção de capa dura da escritora preferida dele que chegou. Assim o homem se distrai e quem sabe, resolve levar alguns.

— Ótimo! — respondo enquanto ajeito a massa na assadeira para levar ao forno.

Para não me distrair e deixá-la queimar, coloco um alarme no celular.

Encontro Seu Nicolau junto a Lily. Ela folheia o livro e ele movimenta a cabeça de um lado a outro parecendo negar qualquer sugestão que ela esteja fazendo.

— Olá! O senhor chegou em um bom dia. Estou preparando o bolo que comentei. Aquele chamado Mistério.

— Então, Dona Mari, não é por isso que estou aqui.

Lily dá de ombros nos deixando.

— Em que posso ajudar, senhor?

O homem movimenta a cabeça de um lado a outro parecendo impaciente.

— Será que tem um lugar mais reservado para conversarmos.

Corro os olhos pela livraria. Em meio ao grupo de crianças correndo no tapete colorido, algumas mulheres conversam junto à sessão de romances. Dois casais estão batendo papo e as mesas da cafeteria estão ocupadas.

— Acho que podemos ir lá fora. Ao ar livre poderemos conversar melhor — sugiro.

Seu Nicolau balança a cabeça concordando e sigo na direção dos fundos do salão direto para o jardim. A essa hora da manhã o sol invade boa parte do espaço. No gazebo, dois rapazes acabaram de se levantar deixando as xícaras vazias à mesa.

Indico o espaço recém-desocupado e a cadeira para que o homem possa sentar.

— Perdão! — pede. — Sei que mal nos conhecemos, mas vi em você uma boa pessoa, por isso gostaria de lhe pedir um favor.

— Se eu puder ajudar.

— Não sei se a senhora sabe, mas minha esposa ficou doente por um longo período. — Ele faz uma pausa e parece aguardar minha confirmação.

Assinto sem jeito, pois não foi ele quem me contou a história. No entanto, se ele mesmo pergunta, não deve ter problema, por isso continuo a movimentar a cabeça e o homem não diz mais nada. Ele só retira o chapéu da cabeça e fica esfregando a aba.

— Pois bem, pois bem. Acontece que tive ajuda de uma boa mulher. Ela foi cuidadora da Rosa e depois continuou me ajudando quando minha esposa partiu. E... — ele coloca a mão na testa. O rosto dele está vermelho.

— E o que, Seu Nicolau?

— ...o nome dela é Guilhermina e mesmo depois da morte da minha esposa, ela ainda continuou a morar em casa. Ela faz o serviço, cuida da comida, pra mim está muito bom. Acontece que ela ajuda a filha a criar uma neta. Há algum tempo essa filha arrumou um cara. No começo parecia tudo lindo e maravilhoso, sabe como são estes começos, né? Só que o cara começou a ficar violento. A situação chegou ao caos e como a filha não consegue deixar o cara, ela trouxe a neta para morar com ela, na *minha casa*. Agora, veja essa situação, estou com as duas dentro de casa. Não que não queira ajudar, não é isso, veja bem, entenda, quero ajudar.

— Poxa, complicado, né? — Não estou entendendo no que posso ajudar, deve ser apenas desabafo.

Como se percebesse minha dúvida, Seu Nicolau complementa:

— Então, Dona Mari, vim aqui para saber se é possível arranjar uma ocupação pra essa menina. Faz uma semana que ela está lá em casa, amuada em um canto, não quer ir pra escola, nem fazer nada.

Difícil. Expliquei para ele que esta não é uma decisão minha. Eu também sou funcionária na livraria. Apesar de me solidarizar com a situação, pouco posso ajudar.

— Minha filha está estudando psicologia. Posso ver se ela consegue um tratamento psicológico pra menina.

Seu Nicolau avalia por alguns instantes a sugestão.

— Sim, é que tinha pensado ser bom ela ter uma ocupação. Algo em que possa se distrair e não ficar remoendo a situação. Por isso, pensei na livraria. Sei lá, ela poderia ajudar a arrumar estantes, tirar o pó, ou fazer algo mais. Aqui parece um lugar estimulante.

O homem gesticula e gesticula, mãos para cima, mãos para baixo, segura a aba do chapéu, em movimentos desesperados enquanto seu rosto continua a exaltar a vermelhidão.

E agora? Meu Deus, como, de novo, tento explicar para ele que não consigo empregar a menina?

— Quantos anos ela tem?

— Não sei, posso perguntar.

— Certo, também vou perguntar para a Liliane e a Nathalia se elas têm algo pra menina fazer. Quem sabe elas têm uma ideia.

— Ah, Dona Mari, a senhora pode fazer isso? Ficarei muito grato.

— Sim, Seu Nicolau. Vou conversar com elas. Agora preciso mesmo voltar para a cozinha ou meu bolo corre o risco de queimar — aviso antes mesmo de meu celular disparar o alarme.

Como diria meu pai, a menina é o próprio *bicho do mato*. Claro que Liliane e Nathalia quiseram conhecê-la. Seu Nicolau retornou com ela no início da tarde. Na livraria não tão cheia, as donas puderam conversar com a garota. Olhos profundos e desconfiados sondavam cada espaço do salão, enquanto ela só movia a cabeça respondendo às perguntas que fazíamos. Braços cruzados na frente do peito rejeitando qualquer aproximação.

Ofereci um pedaço de bolo, ela arregalou os olhos, e nada respondeu. Liliane perguntou se ela estudava, se gostava de ler, se conhecia histórias. A resposta para a primeira foi o movimentar de cabeça para cima e para baixo e as outras para as laterais. Ainda que os movimentos fossem fechados, os olhos não paravam de vasculhar o espaço.

Luciana é seu nome, tal qual uma massa não sovada, ela permanece dura e sem brilho. Levou algum tempo até que a menina soltasse uma frase: "*Na minha casa não tem livros.*". Em resposta à pergunta da Liliane se ela já tinha visitado uma livraria. A resposta da garota partiu meu coração, ver uma jovem tão bonita nas sombras.

7

Desejo

Mari

— Valha-me Deus, que não tivemos violência física em nossa família — diz minha mãe após eu contar sobre Luciana.

— Concordo, mãe!

— Além do mais, você tinha um ótimo marido. Ele até te ajudava a arrumar a mesa. Lembra? Pena que você não conseguiu segurá-lo. Terrível, né? — Solta um suspiro como se essa constatação fosse dolorosa demais para ela.

— Pois é! — Respiro fundo. Levanto do sofá no qual me dei o direito de sentar após retornar de um sábado agitado na livraria. — Vou preparar a *janta*. A Luiza foi num show e nem sei que horas volta.

— Ela me contou sobre o apartamento novo do Alfonso. Disse que é enorme. — Dona Alzira me segue até a cozinha, arrastando a perna recém-curada da fratura de fêmur. — E o filho dele também está se dando bem com a Luiza. Bom isso, né?

— Sim, mãe. — Travo os dentes. — Pensando melhor, vou tomar banho. — Desvio dela e vou direto pro banheiro.

— Volta logo. Tô com fome.

— Coma um pedaço do bolo que eu trouxe! — grito do corredor pisando firme no chão de madeira e tentando deixar a raiva descer para os meus pés ao invés de pressionar o peito.

Entro no quarto e pego o celular. Tem algumas mensagens no aplicativo de encontros. Uma do Jorge, não tenho mais notícias dele desde nosso encontro há duas semanas. Tem duas de homens desconhecidos. Clico no perfil deles. Alto, magro, gosta de esportes e *curte* aventuras. O outro provavelmente tem idade para ser meu pai. Abro a do Jorge, ele me convida para tomar um drinque. São oito horas e a mensagem foi enviada às quatro da tarde. A imagem dele contando sobre a ex-esposa com raiva refletida nos olhos faz a sensação de dizer *não* chacoalhar meu peito. *Vou passar dessa*, como diria minha filha.

Digito "olá" para o magro alto. Ele se denomina "esportista". *O que tenho mesmo a perder?*

Mal chego à porta do bar, me arrependo. Prestes a pedir ao motorista do Uber para dar meia-volta e retornar para casa, reparo no homem parado junto à calçada. Apesar do movimento de gente ao redor dele, o rapaz se destaca no meio de um grupo de casais. Deve ser ele, o "esportista". Mal consigo ver o rosto à meia-luz da rua. Respiro fundo, pago a corrida e desço do carro.

Com as mãos no bolso da calça jeans ele se aproxima, abre o sorriso.

— Sou Vicente! Você é a Mari? — pergunta ao estender a mão.

Só então percebo o quanto a minha está trêmula e suada, passo sobre o tecido do vestido antes de aceitar o cumprimento.

— Ufa! Ainda bem — ele diz. — Achei que havia me enganado.

Português correto. Bom sinal. É um homem bonito, a barba feita, algumas sardas ao redor dos olhos parecendo amendoados. Vicente me convida para acompanhá-lo na entrada do bar. O ambiente está quase na penumbra e sigo o homem abrindo caminho na fila de pessoas ao nosso redor. A cara de espanto de Luiza quando contei minha intenção de sair, ainda me deixa inquieta. "*Você vai sair a essa hora? A vovó está lá na sala reclamando que está comendo sozinha.*". "*Faça companhia para ela e aproveite a pizza que pedi pelo aplicativo.*", respondi enquanto passava o batom vermelho, símbolo da minha ira, naquele momento. Pobre Luiza, não deve ter entendido nada.

— Você quer beber o que, Mari? — Vicente pergunta ao nos sentarmos nos banquinhos das pequenas mesas rodeando o salão. O som da banda de rock explode meus ouvidos.

— Desculpa! Eu não deveria estar aqui. Decidi marcar o encontro num momento não tão bom. Nem tenho experiência com estes aplicativos.

Ele balança a cabeça como se entendesse.

— Não se preocupe! No começo é difícil, mas nos acostumamos. Há quanto tempo você está sozinha?

Apoio os cotovelos na mesa e passo as mãos no rosto. Fecho os olhos tentando dominar as sensações em meu corpo. O ir e vir de uma tremedeira interna.

— Há alguns anos. Vou ser sincera, esse é meu segundo encontro depois de uma década separada e nem sei se quero estar aqui. Desculpa! Não se ofenda, por favor.

— Você já pediu desculpa duas vezes e nem pedimos nossa bebida ainda.

— Desculpa! — Meu rosto queima e deve estar da cor do meu batom.

— Não precisa se desculpar. Vamos pedir nossas bebidas e depois aproveitamos para nos conhecer melhor. Se não for bom pra você, está tudo certo, pegamos Uber separados e voltamos pra casa. Por ora, que tal vivermos esta experiência?

— Certo! — Abro o cardápio estendido pelo garçom. — Vou querer uma batida com vodka, pode ser de morango.

— Perfeito! Para mim uma cerveja. — Ele devolve o cardápio ao garçom e se volta a mim. — Está com fome?

Sinto meu estômago revirar e faço um gesto em negativa.

Vicente se aproxima e toca minha mão. O hálito dele provoca sensações adormecidas, começo a tremer. *Meu Deus!* Solto o ar em um longo suspiro pela boca entreaberta.

O garçom aparece com as bebidas. Brindamos os copos e ele pergunta:

— E aí, Mari! O que lhe fez aderir ao aplicativo?

Tomo um gole da bebida. Doce e refrescante. Preciso de um tempo para me concentrar. Vicente aguarda o meu momento, enquanto toma um gole da cerveja. Sempre sem tirar os olhos do meu rosto que deve estar vermelho. Bem, se ele está vermelho, chegou a hora de me soltar. *Já que vim*. Conto a ele um pouco de minha história, partes como o abandono, pulo, só menciono o tempo de separação e como estou agora vivendo novas experiências de trabalhar em uma livraria. Ele menciona gostar de livros, fala sobre alguns autores que desconheço e também sobre filmes. Posso perceber que ele tem postura de alguém a quem o dinheiro não faz falta. Sua roupa parece ser de *marca*, como as que as meninas da livraria usam, e seu perfume deve ser importado. O cheiro amadeirado parece me querer levar direto para sentir mais de perto.

— E você quer também viver novas experiências? — A pergunta vem acompanhada de uma massagem suave do indicador dele no dorso da minha mão, que sobe suavemente pela linha de uma veia imaginária chegando até meu punho.

Remexo na cadeira desconfortável e tento voltar a respirar. Engulo em seco. Como não respondo, ele continua:

— Se quiser viver novas experiências, eu adoraria fazer parte delas.

— Bem... eu... — tento me recompor e engulo em seco, de novo. — Sim... talvez...

— Ok, vamos passar a parte de nos conhecermos aqui e depois vemos no que vai dar. — Ele se afasta e recosta no banco, leva a cerveja à boca e pisca para mim, provocando um frenesi em minhas partes mais adormecidas.

A proximidade, a bebida e o bate-papo vão me deixando relaxada. Quando percebo estou no segundo copo e Vicente pede uma porção de aperitivos para comermos. A comida veio em boa hora. Em meio aos bolinhos, fritas, vodka, morangos e boa conversa, intensifica em mim a vontade de ir além com esse homem.

O cheiro amadeirado dele e o deslizar de sua boca em meu pescoço provoca paralisantes e ao mesmo tempo turbulentas sensações. Estamos deitados na cama do hotel, onde chegamos há poucos minutos e já estou em brasa, vibrando por cada toque. Onde estava com a cabeça quando ele me perguntou se queria seguir em frente e não fui incapaz de discordar? Provavelmente em partes há muito adormecidas do meu corpo que agora parecem mais sobressalentes.

— Você é uma bela mulher, Mari! — A mão dele suspende meu vestido e desliza em direção a minha nádega.

Levo a mão tentando detê-lo. Há décadas um homem não me toca. Sequer me lembro das sensações que tive da última vez em que Alfonso fez amor comigo, porém se forem sensações parecidas com essas quero muito mais.

Vicente cessa os beijos no meu pescoço e me encara. Ele está sobre mim e continua com o olhar fixo no meu.

— Quer desistir, Mari?

A pergunta dele traz de volta a conversa que tive com minha mãe nesta noite. Algo além do desejo se incendeia em mim. Solto a mão segurando a dele e respondo:

— Não! Vamos em frente.

Com meu consentimento, ele começa a remover meu vestido. À meia-luz nem me importo com as gordurinhas sobressalentes, com a celulite na barriga, com os pelos em excesso que sequer pensei em raspar. Só quero que ele continue a me tocar e faça a raiva ser substituída pelo desejo. Não há um só ponto do meu corpo onde a mão dele não explora. Minha visão está turva e minha mente silencia com o desabrochar de sensações. *O que é isso?* O homem é bom! Muito bom!

Lily

Mais um sábado à noite sem diversão. Aperto o controle remoto da TV, canal vai, canal vem, nada na Netflix, nada na Amazon Prime, nada em lugar nenhum. Vou assistir a série que comecei semana passada, suspense e desaparecimentos na pequena cidadezinha americana. *Aff.. não quero nada disso.*

— Cadê a emoção da sua vida, Liliane?

Sei bem onde ela está. Pego o celular. Nenhuma chamada, nenhuma mensagem. Se Nathalia não tivesse ido ao teatro, ligaria para ela. Pelo menos ela deve estar se dando bem.

Abro o Instagram e vou direto para a conta dele. A foto postada há alguns minutos é do Vidottinho, distante menos de quinhentos metros do apartamento. Levanto e vou até a janela. Até consigo ver o telhado da casa onde ele está. Corro para o quarto, abro o armário, tiro o vestido preto curto e o sapato baixo. Tenho de correr antes de me arrepender dessa decisão.

Entro no bar, assim que nos entreolhamos, não há sequer um pingo de arrependimento em mim.

Théo vem em minha direção.

— Bom te ver por aqui — ele diz.

— Estava quente demais no apartamento e resolvi sair pra tomar uma bebida. Quer me acompanhar?

Théo assente e me indica uma das mesas vazias do bar. Ele me espera sentar e vai até o balcão pedir nossas bebidas. Enquanto gesticula, meus olhos percorrem seu corpo, seu jeito de menino sorrindo em resposta a algum comentário do barman, suas mãos de dedos longos segurando o copo estendido. Partes muito conhecidas do meu corpo começam a aquecer.

— E daí? Pode ser só uma noite regada a bom sexo e nada mais — murmuro pra mim mesma.

— Gim tônica? — Ele coloca a taça à minha frente. — Acertei?

— Você me conhece bem. — Encaro seus olhos cinzas, a sobrancelha quase coberta por alguns fios do cabelo escuro caindo na testa. Contenho o ímpeto de removê-los.

Ele puxa a cadeira e senta à minha frente, colocando o próprio copo sobre a mesa.

— Coca? — questiono indicando o copo.

— Estou dirigindo.

— Você, como sempre, megacertinho.

Théo começa a rir e toma um grande gole do refrigerante.

— Nem tanto — diz ele —, certinho mesmo seria se fosse água.

Também bebo um gole do gim. O amargo da tônica mascara o sabor do álcool.

— Lembra daquela festa na universidade? Aquela em que fiquei de fogo. Não ria. Foi só aquela vez, você sabe? E foi por um bom motivo, consegui colher mais de mil assinaturas para não trocarem a administração da cantina.

— Como me lembro. Você parecia uma estudante rebelde, só faltando hastear a bandeira.

— Não era justo eles quererem tirar a concessão da Dona Antônia, só porque o sobrinho do diretor precisava colocar a franquia dele lá, né?

— Você deveria ter se mantido na profissão de advogada — ele diz movendo o indicador para mim, como se reforçasse a afirmação.

— Deus me livre de ser tão certinha. Prefiro a criação, a liberdade de estar em movimento e não me submeter a regras.

— Sei bem! — ele diz e baixa os olhos.

Loucura ou não, sei exatamente o que este gesto significa. Remexo na cadeira, bebo um grande gole da bebida.

— Bom, não é sobre o por que bebi, mas sim o que aconteceu. Foi nesse dia que nos conhecemos? Lembra?

Théo assente e apoia os antebraços na mesa, se aproximando. Repito o gesto dele e ficamos muito próximos.

— Parece que foi há séculos. Nós tínhamos quanto? Dezoito anos?

— Você dezoito e eu vinte. Você no primeiro ano de direito e eu no terceiro. Não me lembro de conhecer alguém tão determinada. Quando você subiu no balcão da cantina e anunciou o abaixo-assinado, exigindo que todos ali assinassem com uma energia voraz, não houve quem não aderisse. Duas horas depois a manifestação tinha centenas de assinaturas.

— Era justo eu comemorar. Dona Antônia permaneceu administrando a cantina por mais alguns anos.

— Verdade!

— Foi também nessa noite que o velho me expulsou de casa.

A lembrança da fúria e dos gritos do meu pai me faz estremecer na cadeira. Tento me conter e levo a taça aos lábios.

— Isso ainda te pega demais, né?

Théo toca minha mão sobre a mesa e acaricia o dorso dela em suaves toques de vai e vem.

Estremeço de novo, só que agora por outro motivo. Há uma corrente eletrizante nos unindo, não posso negar. Fecho os olhos e me delicio com o toque.

— Sabe, desde aquele primeiro momento, quando te vi sobre aquela mesa, sabia que era uma mulher diferente.

— Louca e rebelde? — Escancaro os olhos e o sorriso.

— Linda e guerreira! — Théo passa a mão nos cabelos, afastando da testa pequenas pontas rebeldes. — Sabe quantas vezes nós já ficamos e nos separamos nestes quase dez anos?

— Não tenho ideia — mentira! Lembro de cada momento, de cada reencontro, das brigas, das discussões, do deixar rolar e nos envolver na cama.

— Vezes demais pra mim. Foram tantas vezes que é demais pra mim — repete.

Afasto a mão dele e faço movimento para me levantar. Ele a segura firme e me encara.

— Ficar pra quê se vamos começar a brigar? — vocifero. — E você depois vem com o papinho do casamento.

— Eu não te pedi em casamento, Liliane — ele diz, a mandíbula está rígida.

Théo tem razão, ele jamais mencionou essa palavra, porém isso sempre ficou presente em mim, como uma brasa quente marcando minha pele e meus pensamentos.

Solto minha mão, presa sobre a dele na mesa, e seguro a cabeça com ambas, apoiando meus cotovelos na mesa. A música do Capital Inicial, *Primeiros Erros*, explode no bar, a letra parece uma reprise de nossa própria história juntos. Elevo o rosto e encaro Théo. Ele permanece com a mandíbula travada. Uma mulher esbarra em nossa mesa e ele desvia o olhar antes de voltar a atenção ao meu rosto, de novo. O bar está começando a encher, boa parte das mesas estão ocupadas e tem muitas pessoas em pé com seus copos na mão, alguns gingando ao som da música ambiente.

Elevo a mão até a minha fronte e deslizo lentamente o dedo indicador seguindo a linha do rosto na direção do pescoço até chegar à curva do decote do vestido, mantendo meus olhos colados ao dele, apesar da pouca luminosidade percebo seus olhos mudando de cor. Sei exatamente onde quero chegar, foi para isso que me aprontei e corri até ele. Théo sabe também. Não há limites para nossa atração. Se há algo que nos une eternamente e parece nos prender um ao outro como um nó bem feito é essa atração avassaladora.

Algo toca minha perna, contraio-a num reflexo e relaxo. Os dedos dele sobem pela minha coxa deslizando e abrindo espaço sob o tecido do vestido. Com o movimento do bar e a música trincando alto, duvido que alguém nos perceba.

— Vamos sair daqui — ele diz de súbito afastando a mão e se colocando em pé. — Para seu apartamento ou para o meu?

Aceito a mão estendida por ele e o sigo abrindo caminho pela fila de pessoas na boca do caixa. Fico na ponta dos pés e sussurro próximo da sua nuca.

— Para o meu!

Claro que sei dos inúmeros motivos para me arrepender desta noite, mas só o que quero é que Théo continue a descer essa boca gostosa em meu pescoço. Deitado sobre mim, na cama, a calça jeans dele contrasta em aspereza na minha pele. Entrelaço minhas pernas nele, prendendo-o a mim enquanto meu sutiã é jogado para junto do vestido, ao lado da cama. Minhas unhas passeiam nas costas dele num movimento contínuo e ritmado, os músculos rígidos, firmes, ele geme e eleva a cabeça, buscando meu rosto, talvez para ter certeza do meu consentimento para seguir em frente. Levo minha boca ao encontro dos lábios dele, doces como a Coca, doces como ele é. O calor e o fogo dos nossos corpos misturando-se à doçura. Ele segura minha nuca e leva a outra mão até a calça, solto minhas pernas ao redor do seu quadril e faço o trabalho de tirar a calça dele, rápida e sem perder o contato com sua boca. Abro as pernas para receber Théo mais uma vez. Solto um grito quanto estamos unidos e ele geme.

— Quanta falta você me faz — sussurra.

Também senti falta dele, muita falta. Instigada pela pressão de suas mãos em minhas nádegas, imponho o ritmo e elevo os quadris, aproximando-nos mais e mais e fazendo o que sei que ele ama, contraio os músculos interno pressionando os dele até o orgasmo acontecer. O poder do desejo, do fogo em ascensão e da explosão interna jorrando e dissolvendo-se até no suor colando nossos corpos.

Nathalia

— Obrigada por isso — agradeço a Leonardo ao sairmos do teatro.

Ainda me sinto embriagada pelas risadas provocadas pelo humorista de Stand Up. Precisava muito dessa distração. Há tempos não saía para assistir a uma peça de teatro, tampouco show humorístico. Foi um ótimo programa para finalizar a semana de trabalho intenso na livraria e preocupações em casa com meu pai.

— Foi um prazer! — diz ao entrelaçar seus dedos nos meus.

— E como foi sua viagem? — Projeto o rosto em frente ao dele.

O rosto dele está tenso.

— Boa! Fui pro Rio. Estamos desenvolvendo um aplicativo, em parceria com uma ONG, que trará conteúdos de assessoria financeira para microempreendedores de baixa renda.

— Interessante! E a sua filha? Você a viu?

— Sim! A mãe dela decidiu aceitar um emprego em Atlanta.

— Nos Estados Unidos? *Caramba!* Como você está?

Leonardo dá de ombros e continua a caminhar por entre um grupo de jovens lotando a praça de alimentação do shopping. Sigo ao lado dele, também me desviando de duas garotas batendo papo e totalmente alheias de que estão obstruindo a passagem.

— Não sei qual atitude tomar. Foi para me dar essa notícia que ela ligou naquele sábado. Lembra?

— E sua filha não quer mudar?

Ele confirma. Agora entendo o desespero na voz da menina.

— Bem, chega de intromissões em nossas noites. Que tal se fôssemos a um restaurante e depois decidimos o que fazer. Topa?

— Não tenho qualquer plano para as próximas vinte e quatro horas.

Paramos em uma pizzaria, amo pizzas, é um alimento perfeito para mim. Acabei de descobrir que ele também é fascinado por massas, depois de uma boa picanha, como ele mesmo quis frisar. Minha cara deve tê-lo desestimulado a continuar comentando sobre suas habilidades culinárias com a carne.

— Acho que vamos passar o resto de nossas vidas juntos — ele diz.

Quase engasgo com o pedaço de pizza

— E acredito que devemos começar hoje — complementa.

— Sério? — Coloco o garfo de lado e o encaro. — Essa cantada funciona pra todas? Ou você foi estimulado pelo humorista do Stand Up?

Ele começa a rir e coloca os talheres de lado, apoiando os cotovelos sobre a mesa, aproxima seu rosto do meu.

— Agora é sério, você deve ter jogado um feitiço em mim, porque estou muito, muito, muito hipnotizado por você.

— Ficou ainda pior — digo na brincadeira, mas também tentando conter a britadeira que se forma em meu peito.

Leonardo se afasta e continua com o sorriso aberto, pega o garfo e dá outra garfada na pizza, enquanto mastiga, dá de ombros, como se não se importasse com minha opinião sobre a cantada *barata* dele.

— Hoje nós vamos pra sua casa — intimida ele. — Lá você não terá como escapar.

Enquanto como um novo pedaço de pizza cai a ficha de que ele tem razão. Nos nossos encontros anteriores, escapei dele. Fui embora na primeira noite por causa do telefonema da filha e na seguinte, nem me lembro mais o motivo.

— Fui embora porque você estava ocupado atendendo a uma ligação — provoco.

Ele retira o celular do bolso, gira a tela do aparelho para mim, a foto da filha é a imagem de fundo, e em seguida aperta o botão lateral. A tela escurece, fica preta.

— Hoje não teremos distrações — avisa.

Distraída do mundo fico eu totalmente imersa no beijo dele, agarrados na cabine do elevador, nem sequer percebo quando para no meu andar. É ele quem separa nossos lábios para sairmos.

Tenho dificuldade com a chave do apartamento, Leonardo precisa pegá-la da minha mão e destravar a porta. Mal ela abre o cachorro avança nele.

— Shakes, não! — disparo.

— Uh! A fera. — Ele abaixa para conter o avanço do cachorro.

Sei que Shakes não vai morder, ele é mais manso que um coelhinho. Só quer fazer festa pela nossa chegada.

— Me dá cinco minutos — digo a Leonardo antes de correr para o banheiro, deixando-o na sala com o cachorro pulando nas pernas dele.

Sento no vaso sanitário. *Minha lingerie está adequada?* Sim! Acertei.

Pelos beijos imagino que o sexo possa ser maravilhoso. *Será que ele tem camisinha? Deveria ter voltado a tomar pílulas. Pílulas pra que se não transo com ninguém há meses? Droga!*

Levanto do vaso e pego a escova e o creme dental, começo a escovar os dentes com fúria deixando a água escorrer pela torneira. Dois toques na porta. Ele entra e me pega acabando de escovar os dentes.

— Acho que terei de fazer isso também — pega o creme dental e esparrama no dedo. — Se você não tem escova extra, terei de usar a sua.

Arregalo os olhos e cuspo o creme dental na pia. Baixo a cabeça e lavo a boca, uma, duas, três vezes.

— Ok — ele diz pegando água com a mão, bochechando em seguida. — Da próxima vez trago a minha.

Vou pegar a toalha e ele me impede, a mão dele segura a minha por trás e ele me beija. O gosto ácido do creme dental se espalha por nossas bocas, queima, incendeia. Não é o sabor, é a mão dele também passeando pela minha coxa que vai me tirando do chão. Com a outra ele pressiona a curva da minha lombar. Estou encostada na pia e entrelaço a perna na dele. Leonardo tenta me suspender. Tenho um momento de lucidez.

— A pia pode não nos aguentar — sussurro junto aos lábios dele.

— Onde tem um lugar seguro? Pretendo passar a noite aqui e, como eu disse, não quero distrações. — Os olhos dele brilham com a diversão das próprias palavras e algo mais.

Começo a rir e o arrasto comigo para o quarto, o cachorro vem atrás, pulando como se ele também fosse fazer parte da diversão. Faço um carinho na orelha dele, antes de fechar a porta, deixando-o para fora.

Aciono a luminária. O quarto fica à meia-luz. Dou o passo que nos separa e junto nossos lábios, pressiono as nádegas dele e ele me toma mais junto de si, sinto o corpo dele pulsando. Afasto-me só para poder tirar o vestido e Leonardo me impede.

— E se o sexo for mais intenso que o beijo?

Sei bem o que ele quer dizer.

— Você não quer continuar?

Leonardo movimenta a cabeça e pergunta o mesmo. Minha resposta é pegar na barra do vestido e o removê-lo pela cabeça. Fico de calcinha e sutiã, ele arqueja, me aproximo e decido continuar exatamente de onde havíamos parado há dois segundos. Ele entende a minha deixa e só o que nos separa são os passos que damos até a minha cama. Tão rápido quanto removi o vestido, tiro a camisa dele. As outras peças, Leonardo as faz desaparecer num instante. Pele contra pele, giramos na cama invertendo as posições. Descubro que o beijo não chega nem perto das sensações que ele consegue despertar em mim. A mão dele sobe pela minha coxa e seus dedos pressionam o ponto sensível. Estou tão excitada que a medida que ele me pressiona explodo no orgasmo. Sem nem mesmo conseguir me recuperar a boca dele já está colada de novo a minha. Shakes resmunga junto à porta do quarto, o lamento só tira minha atenção por segundos, minha mente está entorpecida pelo furacão que meu corpo se tornou. Giro sobre Leonardo ficando sobre ele.

— Espera - sussurra e estica o braço, pega a calça e tira a camisinha do bolso.

— Homem prevenido! — digo.

— Avisei que não queria distrações.

— Mentiu, já estou distraída — provoco.

Ele volta para a cama e se encaixa sobre mim, eleva meus braços para o alto e começa a me tocar de novo. Mãos experientes deslizam em minha pele despertando o desejo. Diferente de outros com quem transei, tímidos ou apressados, ele é carinhoso e ao mesmo tempo seguro. Suas mãos e bocas sabem exatamente onde me tocar e como me tocar. Voltamos a juntar nossos lábios e agora, nossos corpos. Solto minhas mãos e as entrelaço em suas costas, apalpando, pressionando. Quando ele me penetra, um gemido escapa da minha garganta e é abafado pela sua própria boca. Impondo o ritmo ele estimula meu corpo a vibrar mais uma vez e o percebo chegando ao limite. Gemidos, bocas, línguas e fluidos se chocam. Ele treme e eu desabo quando o clímax acontece.

Leonardo desliza para o lado, mas ao contrário dos outros não se afasta. Ele me puxa para mais perto dele, entrelaça sua mão na minha e me encara.

— O sexo foi muito mais intenso que o beijo — constata beijando a ponta do meu nariz.

Ao invés de responder, enrosco meu rosto na curva do pescoço dele e aproximo ainda mais nossos corpos suados. Ele me envolve e, apesar de exausta, percebo o quão assustador isso é para acontecer em tão pouco tempo de convivência. Porque não é só o sexo. É a sincronia, a atração e a paixão nos colocando em uma dança ritmada e envolvente.

8

Reflexos

Mari

Achei que a noite de ontem iria me fazer dormir até tarde, mas passei a madrugada rolando na cama até o sol nascer e poder levantar. Preciso estar em movimento e a desculpa perfeita, caso minha mãe e Luiza perguntem sobre eu ter madrugado, são as encomendas que terei de entregar nesta tarde. Se fosse um domingo normal dormiria até as oito pelo menos. Só que não é um domingo normal. Voltei pra casa às duas da manhã, entrei de mansinho e me enfiei no quarto, atitude que não tomo desde minha adolescência.

Continuo a movimentar a massa do bolo na vasilha, que bati na mão para não ligar a batedeira. *Que noite!* Não sei onde estava com a cabeça. Foi bom. Tento me convencer. E foi mesmo. Aquelas sensações...

— Bom dia, mama!

Dou um salto e desequilibro a vasilha, a massa se esparrama pela bancada da pia.

— Por Deus, Luiza! Como pode me dar um susto desse logo de manhã?

— Perdão, mama! Perdão, perdão, perdão — pede ela desvirando a bandeja com os resquícios de massa que não derramou.

— Pode deixar — aviso.

Irritada, trato de pegar o pano e começar a remover o líquido espesso.

— Você fez café? — ela pergunta e senta na cadeira junto à mesa.

— Está na garrafa e tem pão no forno. Só não desliga porque deixei aquecendo para o bolo. Ah, meu Deus. O bolo que terei de fazer outro.

— Você tá meio assustada. É resultado da noite de ontem? Chegou tarde, né, Dona Mari?!

— Não é da sua conta, mocinha.

— Sei! — Ela revira os olhos. — Só toma cuidado pra não se meter em fria com esses aplicativos. Tem muito cara sacana neles.

— Acha que não sei me defender. — Fico de costas para tentar ocultar a vermelhidão que deve ter tomado conta do meu rosto. *Irresponsável, você Mari. E se o cara fosse um bandido?* O calafrio percorre meu corpo.

Trato de pegar outra vasilha e começar a preparar a nova massa. Agora usando a batedeira.

— E como foi o show ontem?

— Legal! — Ela tira o pão do forno e volta a se sentar à mesa. — Preciso falar com você um assunto sério.

— Assunto sério? — Deixo os ingredientes de lado e foco na minha filha.

Luiza se serve do café e começa a preparar o pão, pega a espátula, passa manteiga, os movimentos dela vão me dando aflição.

— Fala logo, menina! Quer me matar de preocupação?

— Então, está quase na hora do estágio. É melhor começar a procurar logo, porque este é o último ano.

— Sei! Você me disse que a faculdade ajuda vocês a encontrarem. Tem tantas clínicas nesta cidade.

— Aí é que está, mama. Tem um lugar onde quero muito estagiar e eles começaram a fazer o processo seletivo. Pensei em me candidatar.

— Que excelente notícia, filha! O assunto é sério sim, mas não vejo problema. Acredito que você tem muita chance de conseguir.

— Pois é, o problema é que a clínica é em São Paulo e terei de morar um tempo na casa do papai.

Nathalia

Estamos deitados em minha cama. Sei que o dia deve estar claro lá fora, mas não consigo abrir os olhos. A respiração dele está lenta, deve estar acordado. Enlaço sua cintura e o puxo mais junto a mim, encaixo meu rosto na curva de seu pescoço. Ele busca minha mão e entrelaça nossos dedos envolvendo minhas costas, nos aproximando mais. O corpo dele está quente, inalo seu cheiro.

— Dormiu bem? — Leonardo sussurra em minha orelha.

Agarro a ponta do lençol e cubro minha boca. Meu hálito pela manhã não deve ser dos melhores e prefiro não compartilhá-lo.

— Foi estranho. Não estou acostumada a dormir com alguém na minha cama.

Do mesmo jeito em que cubro minha boca, ele também o faz.

— Vamos falar assim agora? — diz exagerando na rouquidão da voz.

Começo a rir e ele retira ambos os tecidos separando nossas bocas.

— Estranho de um jeito bom? Ou de um jeito ruim?

Reflito por alguns instantes das vezes que me aninhei a ele durante a noite e ele me puxou para mais perto. Da respiração dele no meu pescoço, do entrelaçar de nossas pernas.

— De um jeito bom! — avalio.

— Ótimo! — ele beija a ponta do meu nariz. — Está com fome?

Assinto.

— Vou preparar algo pra nós — diz e salta da cama.

Fico o observando sair do quarto, só de cueca. Antes de passar pela porta pega a camiseta jogada no chão e a veste.

— Volte logo pra eu tirá-la de novo — peço.

Leonardo pisca para mim e desaparece na direção da cozinha. Shakes saltita na porta do quarto e o acompanha. *Cachorro safado, traidor.* Mal chegou outro macho, ele já se alia a ele.

A contragosto jogo o lençol para o lado e levanto. Preciso de um banho. Pego minha roupa. Os sons da água na torneira da pia do banheiro me avisam que Léo está escovando os dentes. *Caramba, ele pegou minha escova*. Dou de ombros e escolho o vestido que vou usar, pego o florido e sigo na direção do banheiro. Ele não está, ouço os barulhos vindos da cozinha, abrindo a geladeira. É muito bom ter alguém fazendo o meu café da manhã. Não tenho esse privilégio desde que deixei a casa dos meus pais. Quanto tempo faz mesmo? *Nossa, já faz cinco anos.*

Abro o chuveiro até a água aquecer. Entro sob a ducha, fecho os olhos e aproveito o jato morno massageando meu rosto. Leonardo é surpreendente, nenhum outro homem conseguiu me fazer sentir tão exclusiva. Ele sabe o que dizer, sabe onde me tocar, sabe me fazer sentir segura. Há uma conexão forte entre nós, como se nos conhecêssemos antes desta noite.

Saio debaixo da ducha. Percebo ele entrar no banheiro. Sei que em breve terei companhia e abro a porta embaçada do boxe. Ele se despiu e está de sorriso aberto. Um sorriso lindo e safado.

— Não resisti a vir tomar banho com você. O café pode esperar?

— Com certeza! — Abro espaço para que ele se junte a mim.

Divido o espaço, a ducha e algo mais.

— Sabe que o seu projeto de criar possibilidades às pessoas que querem crescer me instigou a colocar em prática uma ideia que tive ao abrirmos a livraria?

— Me conta. — Leonardo abre o armário para pegar as xícaras.

— Então — começo a contar enquanto fixo os olhos nos ovos que estou batendo para fazer a omelete —, quero abrir a livraria para escolas visitarem e fazerem rodas de leitura. Principalmente as escolas da periferia, talvez providenciar alguns comes e bebes durante o encontro, estimular o envolvimento deles com livros. — Elevo os olhos para ver a reação dele a minha ideia.

Leonardo está sério segurando na mão a caixa com a tarja preta.

— Você está tomando isso? Pra quê? — Não há crítica em sua expressão, só uma grande interrogação.

Solto o ar exasperada.

— Precisei por um longo período. Há algum tempo não tomo.

Ele questiona o motivo e há uma pesada súplica carregando seu questionamento.

— É uma longa história!

— Estou aqui e quero ouvi-la.

A ansiedade toma conta do meu peito. Só falei sobre esse episódio da minha vida na terapia, nem mesmo meus pais sabem o motivo de meu desligamento do escritório. Reviver esse período ainda provoca em mim a impotência, a não reação, a revolta. Respiro fundo, saio da cozinha e vou até a sala. Shakes me acompanha como que para me dar força e apoio. Pego meu diário, abro nas páginas iniciais e volto para junto de Leonardo.

— Lembra que te contei que sou advogada? — ele assente e puxa o banco se acomodando na pequena bancada a minha frente. — Pois bem! Eu trabalhava em um escritório de advocacia. Entrei para estagiar e fiquei depois de formada.

Leonardo está sério, parece prestar toda a atenção em mim. Estendo para ele o diário aberto. Ele pega da minha mão, acomoda-o sobre a bancada e começa a ler.

Não consigo descolar meus olhos do rosto dele, a expressão de expectativa vai se tornando rígida, rugas se acentuam na testa e o maxilar deixa a cicatriz mais evidente. Ele respira fundo e solta o ar devagar, como se precisasse desfazer a opressão no peito. Conheço bem essa sensação, posso até mesmo revivê-la, por isso é tão difícil resgatar essa memória.

Leonardo vira a página e continua concentrado. Quando ele vai virar a próxima, estendo o braço e tiro o diário da mão dele.

— Acredito que por *isso* você deve ter noção do motivo pelo qual tomei *isso* — aponto a caixinha de tarja preta sobre a bancada.

Fecho o diário, trago-o junto ao peito e me abraço, segurando-o firme entre meus braços.

Ele levanta do banco e cruza o pequeno espaço entre nós me abraçando. Por algum tempo ficamos assim e sou grata por ele estar perto de mim, me acolher até a opressão passar, respiro fundo e aos poucos meu peito começa a desobstruir. Soluço e ele me pressiona mais junto dele. Eu e o diário. Como se percebesse o momento exato da minha ansiedade baixando, ele eleva meu rosto, segura meu queixo e remove outra lágrima teimando em cair.

— Você é a mulher mais incrível que conheci, a mais corajosa, a mais linda, a mais competente. Jamais acredite no contrário. Se disserem é porque *essa pessoa* não chega nem aos pés de quem você é.

Seria fácil acreditar em tudo, como se o simples ouvir melhorasse nossa autoestima.

— Eu nem deveria estar te contando tudo isso. Acabamos de nos conhecer.

— Você tem toda razão, poderei usar isso contra você no tribunal quando for acusada de partir meu coração.

Afasto-me dele e começo a rir. Rir e soluçar, rir e soluçar. Descruzo os braços e coloco o diário fechado sobre a bancada. Levo a mão ao rosto tentando remover qualquer indício de lágrimas.

— Você é péssimo com suas cantadas e piadas!

Ele dá de ombros parecendo nem se importar com minha crítica.

— Ainda não viu nada. Hoje vai conhecer meu pai.

— O quê? Ficou maluco? Não vou a lugar nenhum.

— Vai sim! Você me disse que não tinha nenhum compromisso pelas próximas vinte e quatro horas e só se passaram doze.

Lily

Ele foi embora de novo. Théo foi embora de novo. Passar a noite juntos foi um deslize da minha parte. Maldito desejo que fica me tirando do prumo. Puxo o travesseiro impregnado com o perfume e suor dele. *Caramba!* É muito bom.

Jogo o travesseiro, afasto o lençol e pulo da cama. Preciso de um banho. Precisava de muito mais, precisava agora do meu piano para extravasar. A caminho do banheiro paro na sala, fixo o olhar no espaço vazio. As marcas dos pés do instrumento marcam o assoalho de madeira. Não o tenho mais aqui, nenhum dos dois, nem Théo, nem o piano.

Sigo para o banheiro, ligo a ducha e entro embaixo do jato frio. Quero muito aplacar esse vazio, deixar a água escorrer e levar. Há tempos não me sinto assim. Essa sensação que me acompanha às vezes.

Saio do banho e pego o celular.

— Nath, quer passar o domingo comigo?

Sem resposta.

— Podemos ir almoçar com seus pais?

Nada.

Será que a noite dela foi boa? Se não tivesse sido ela teria vindo para o meu apartamento. É o que fazemos com frequência, procurar uma a outra em momentos de solidão.

Não sei por que estou assim, talvez pelo fato de Théo ter saído de madrugada. Deveria ter pedido a ele para ficar, porém fui incapaz de expressar meu desejo. Simplesmente nos olhamos, ele pareceu lamentar ter de ir e eu lamentei vê-lo partir. Nem um de nós fez qualquer movimento para alterar nada. Continuamos na dança do ir e vir, sem nunca nos encontrar de fato.

Movimento a cabeça dispersando os pensamentos que só reforçam a sensação de vazio. Abro a janela da sala. O sol está a pino, é domingo e há um dia lindo lá fora. Deixo a janela e volto para a sala. Tem uma pilha de tarefas me esperando hoje, a revisão de roteiros para gravar vídeos de um cliente, a transformação de textos para *copywriting*, a planilha com minha programação financeira, totalmente furada e deprimente.

Sobre o amontoado de papéis da agência, o livro que trouxe ontem da livraria, *Foco,* de Daniel Goleman. Abro a página marcada com a frase:

"A capacidade de tirar nossa atenção de uma coisa e transferi-la para outra é essencial para o nosso bem-estar."

Coloco o livro de volta sobre a pilha, retorno ao quarto e visto a calça legging e camiseta, prendo o cabelo e saio do apartamento, abandonando tudo o que me faz refletir e só deixando o sol queimar minha pele.

9

Conflitos

Mari

O que aconteceu, Mari? — pergunta Liliane sentando na minha frente.

Por ser segunda de manhã, nem esperava encontrá-la. Ela só chega no final da tarde, porém hoje, mal entrei na livraria, deparo com ela organizando os livros deixados espalhados na noite de sábado, no qual saímos apressadas devido ao compromisso da Nathalia.

— Dificuldades em casa! — confesso e debruço minha cabeça nos braços apoiados sobre a mesa. Saber da decisão de Luiza tirou-me o sossego e partiu meu coração. Nem consigo conceber minha vida sem minha filha ao meu lado. Fui incapaz de demonstrar qualquer apoio à decisão dela. Nem em meus piores pesadelos poderia imaginar seu desejo em morar com o pai.

— Posso ajudar? — Liliane se prontifica.

— Infelizmente, não! São problemas que terei de lidar.

— Estão relacionados aos encontros pelo aplicativo. — Ela arrisca.

— Nem me fale sobre isso! — A situação de Luiza me fez desfocar completamente da culpa por meu encontro às escuras. — Fiz uma loucura.

— Duvido! Você não tem cara de quem faz loucuras. — Ela começa a rir.

Elevo a cabeça e a encaro, os brilhantes olhos verdes parecem zombar de mim. Como se percebesse que não estou brincando, ela fica séria.

— Ok, conta pra mim. O que você fez de tão terrível que está com essa cara de culpada.

— Saí com outro homem.

— Mulher, você está arrasando. Conta mais que eu quero saber. Parece bom demais.

Suspiro e confesso:

— Foi bom demais mesmo. Posso dizer que a melhor transa da minha vida.

— Uau! E o que está pegando?

— O arrependimento. Nem sei o que me levou a fazer isso. De verdade, sei sim. Minha mãe encheu meu *saco* e fiquei transtornada. Já não estava legal por causa de Luciana. — Aponto a menina no canto junto à Tatiana conversando provavelmente sobre o livro que a vendedora tinha na mão.

— Entendo! Não esquenta. Se a transa foi boa é o que importa. Curtiu? Feito!

— Queria que fosse simples desse jeito seu, jovem, descolada, só que não sou assim.

— Claro que você é jovem!

— Eu sempre fiquei em casa, nunca me dei a esses momentos. De repente, pareço outra pessoa. Bebi e saí com um homem que nunca tinha visto na vida. Não me parece certo.

— O que está acontecendo? — Nathalia pergunta, puxando a outra cadeira e sentando junto a nós.

— A Mari teve um encontro às escuras que pegou fogo. — Liliane coloca a mão na boca tentando em vão segurar o riso.

Eu a reprimo através do olhar.

— Que máximo, Mari!

— É só que agora ela está arrependida.

— Tá bom! Chega de falar de mim. E ela? — Aponto para Luciana, agora retirando outro exemplar da estante.

— Bem, como as aulas não retornaram a convidamos pra ficar um tempo aqui se quisesse. A garota é menor. Tem só dez anos. Sem chance de a empregarmos. No entanto, se pudermos ajudar oferecendo um ambiente melhor para ela se distrair. — Nathalia movimenta os ombros.

Neste instante, o Senhor Nicolau entra na livraria.

— Aí vem seu amigo, Mari — Lily avisa. — Só espero que ele não queria nos pedir para empregar outra garota.

Não, o Seu Nicolau não queria pedir outra ajuda, ele só veio para agradecer por ajudarmos a menina e saber se tinha um pedaço da torta que comentei com ele. Desta vez ele quis encomendar direto comigo para levar para casa. Será bom ocupar minhas mãos à noite. Assim também não preciso falar com Luiza. A raiva ainda está explodindo no centro do meu peito.

Nathalia

Leonardo: *Estava pensando se você não quer, assim, fazer algo diferente na quinta à noite.*

Nathalia: Só vamos nos encontrar na quinta?

Leonardo: *Você só quer me encontrar na quinta?*

Leonardo e eu estamos há quase dez minutos trocando mensagens no WhatsApp. Ontem saímos da casa do Fernando, seu pai, no final da tarde. O irmão dele, Beco, não estava. Disseram que ele tem ficado mais tempo em São Paulo, na casa da nova namorada. O pai é tão brincalhão quanto Léo. Assim que cheguei, perguntou ao filho se ele continuaria a levar mulheres bonitas na casa dele. Fiquei chocada com a provocação, mas entendi ser só brincadeira. *Seria só mesmo brincadeira?*

Leonardo: *Nathalia?*

O *plim* da mensagem me tira do devaneio.

Nathalia: Perguntei primeiro!

Leonardo: *Que horas você sai da livraria hoje?*

— Gente, que cara é essa? — Lily chega ao meu lado tentando espiar a conversa na tela do celular.

Afasto o aparelho do alcance dela e digito.

Nathalia: Oito!

Leonardo: *Perfeito! Vou levar o jantar.*

Digito combinado, incluo um emoji de beijo e fecho a tela.

— Como você é xereta! Quem te chamou para a conversa?

— Amiga, nem preciso perguntar com quem você estava conversando. O final de semana deve ter sido quente, né? Seu risinho e a carinha corada não enganam. Essa relação deve estar boa.

— *Miga*, nem me fale, ele é ótimo. Um sonho. Carinhoso, generoso, gostoso, e tantos outros *osos* que é melhor nem comentar. Acho até que você precisa me beliscar. Ah, ele tem uma filha e comentou comigo que ela chegará no próximo final de semana. Ele quer também que eu a conheça.

— Rápido assim.

— Eu sei! Estou até com medo. — Estremeço.

— Posso imaginar! — Lily torce os lábios.

O tom de voz dela não é dos melhores e há um desânimo que tem a acompanhado nas últimas semanas. Há tempos não via Lily assim.

— Vamos parar de falar de mim. Quero saber o que você está fazendo aqui nesta hora da manhã. — Gesticulo para a livraria vazia. Só Tatiana e Lucila estão arrumando as prateleiras, e Luciana sentada num dos puffs na área infantil, debruçada como um coelho assustado sobre as páginas do livro *O Mágico de Oz*, que entreguei para ela. — Não é por excesso de trabalho, imagino.

— Vim porque quero falar com você. Mandei mensagem ontem e nada.

— Desculpa! Até li suas mensagens, mas meu final de semana foi meio corrido.

— Pois é, o meu não. Quer dizer, no sábado foi, mas isso não vem ao caso agora. — Ela movimenta a mão agitada. — Enfim, tomei uma decisão. Quero ficar trabalhando só na livraria. A dupla jornada está me estressando e acredito que pelo aumento do movimento, precisamos contratar mais alguém. Então, prefiro que seja eu.

— Lily, acho cedo para você tomar essa decisão. Só neste mês nós conseguimos tirar algum dinheiro daqui. E isso não é suficiente para superar o que você ganha na Agência.

— Você que pensa, amiga! Meu salário não é dos melhores e estando aqui o tempo todo posso ampliar o marketing e trazer mais clientes. Engajar mesmo. O que você acha?

— Precisamos avaliar melhor — digo com convicção. — E o dinheiro para pagar as suas contas?

De fato, agora, Lily está me preocupando ainda mais. Tenho receio dessas decisões imediatas que minha amiga costuma tomar. Nem sempre elas trazem bom resultado.

Lily

Não precisava convencer Nathalia da minha decisão. Estamos sentadas na cafeteria, é quase hora do almoço e por hoje avisei na Agência que iria tirar folga para descontar do meu banco de horas. Talvez por isso também decidi tomar essa decisão, trabalhar aos domingos para dar conta de trabalhos a novos clientes que fecharam contratos recentes está desmotivante.

— Vou me mudar pra cá — respondo ao questionamento da Nathalia. — Assim, reduzo o aluguel. No mais não tenho grandes despesas, só alimentação e uma coisinha ou outra. Estando aqui também posso me desfazer do meu carro. Mal tenho usado.

— Quer voltar a morar no seu velho quarto?

— Ele está vazio. Posso trazer as coisas do apartamento. O meu piano está aqui e sinto falta dele nas minhas poucas horas de folga.

— Você tem certeza, Lily? Digo isso porque não quero você fazendo coisas que se arrependerá.

— Tenho pensado nesta mudança em minha vida há algum tempo. Talvez tenha sido esse um dos motivos de ter insistido em abrir a livraria. Claro que amo minha profissão. Adoro pensar em estratégias de marketing, escrever *copywriting* e até trabalhar com divulgações em redes sociais, porém tem uma parte do meu trabalho que não me anima, como a criação de sites, logos e outras atividades que tomam meu tempo e esgotam minha paciência. E nestes últimos tempos é o que mais tenho feito. Além disso, com essa dupla jornada deixo a música de lado. Mal consigo tocar piano. Essa maratona de tarefas é o que tem me desanimado. Preciso da criação, do movimento, de deixar fluir minhas inspirações, até mesmo para criar letras de músicas. Desde o momento em que tomamos a decisão de abrir a livraria, há mais de seis meses, não tenho me dedicado a fazer o que me motiva.

Minha amiga movimenta a cabeça e repuxa os lábios. Ela ainda parece em dúvida.

— Já tomei minha decisão! — aviso e saio na direção do meu antigo quarto, galgando os degraus da escada.

Apesar da Nathalia não parecer me apoiar, já tomei a decisão. Ela é muito centrada. Sempre foi assim. Precisa do máximo de segurança para tomar uma decisão. Muito diferente de mim. Nunca tive medo de mudanças. Ou tive. Sei lá. Só sei que precisei aprender muito cedo a aceitá-las. Ou as aceitava ou ficava paralisada. Foi assim quando minha mãe foi embora, foi assim quando o velho me expulsou de casa, foi assim quando tive de tomar a decisão de romper com Théo.

Entro no quarto que um dia foi meu, toco o dedo no interruptor. A luz ressalta o vazio. Nem um móvel, nem um enfeite. O cômodo só não está totalmente desocupado porque algumas caixas de livros foram armazenadas sob a janela. Dou um passo na direção dela e a abro. O sol forte do meio-dia invade o quarto. O piso de madeira foi restaurado, como de toda a livraria, e as paredes pintadas. Posso isolar uma parte do piso superior, ficar com o banheiro e fazer uma saleta onde era o quarto de hóspedes. O antigo quarto dos meus pais está tomado pelo estoque e continuará assim. De jeito nenhum quero usar aquele espaço. Solto um longo e pesado suspiro.

Nathalia surge à porta. Se ela veio de novo tentar me fazer mudar de ideia, começaremos a brigar. Abro a boca e ela me interrompe.

— Você tem certeza? — gesticula indicando o espaço do quarto.

— Tenho, amiga! Acho que preciso lidar com alguns fantasmas.

— Por falar nisso, você tem visita.

— Quem é?

— Desce que você verá. — Ela pega minha mão e me arrasta para o salão da livraria.

— Murilo! — chamo ao descer a escada.

— Nossa, quanto tempo! — ele diz e me abraça.

Aconchego nos braços dele descendo a mão por suas costas. Seu cheiro é o mesmo do qual me lembro, um misto de amadeirado e cítrico. A recordação me faz abrir um sorriso.

— Ainda usa o mesmo perfume — brinco me afastando dele.

— Você também, chocolate e baunilha. Lily borralheira. — Murilo segura minha mão enquanto nos reconhecemos.

Não faço ideia do quanto devo ter mudado aos olhos dele após sete anos, no entanto, para mim parece que o tempo não passou. A sensação de segurança que Murilo sempre me passou por ter estado junto comigo em momentos difíceis permanece. Só percebo algumas rugas ao redor dos olhos e a sombra de tristeza.

— Como você está? — pergunto.

— Levando. — Ele move os lábios e desvia o olhar.

— Vamos sentar lá fora. — Indico a direção do gazebo.

Murilo se volta para a área infantil.

— Cecília está comigo! — avisa ao indicar a menininha de cabelos loiros e longos prestando atenção a um livro oferecido por Tati.

— Claro! Sua filha — Solto da mão dele e vou na direção da menina. Abaixo e pego o livro oferecido por Lucila abrindo as páginas do conto de fábulas para a garota.

Cecília se parece muito com Murilo, o olhar desconfiado dele quando criança. Porém também há traços de Catarina. Os lábios finos e rosados.

— Você gosta de livros? — pergunto a ela que move afirmativamente a cabeça. — De quais histórias você mais gosta? De princesas? Fadas?

— Gosto do monstro que adorava ler. — A voz é aguda e firme.

— Essa é das minhas! — exclamo para Murilo, em pé ao nosso lado. — Tenho um que você vai amar também.

Levanto e vou até a estante. Retiro o exemplar de *O Touro Ferdinando*.

— Conhece esse? — dirijo-me a ela.

Cecília nega girando o pescoço de um lado a outro.

— Que tal você conhecer enquanto converso com seu pai lá fora — indico o gazebo. — Se você quiser, pode ir conosco. Tudo bem?

— Quem é você? — pergunta desconfiada.

— Sou Liliane, amiga do papai. Nós brincávamos juntos quando tínhamos a sua idade.

É o máximo que posso dizer para ela. Contar que nós tivemos muito mais que brincadeiras infantis deve estar além da capacidade de ela entender.

A garota pega o livro da minha mão e senta no tapete colorido abrindo a primeira página exaltando a gravura laranja com o cartaz "*O touro feroz Ferdinando.*".

Pego na mão de Murilo e o levo comigo até o quintal. Dentro da livraria há alguns clientes, mas fora o espaço é só nosso.

— O que aconteceu? — pergunto aos nos sentarmos sob o gazebo, protegendo-nos do sol forte do meio-dia.

— Minha mãe não te contou?

— Por incrível que pareça não. — Consuelo adora conversar e fofocar, no entanto, não quis falar sobre os motivos da separação. — Para ser sincera não me senti à vontade de perguntar.

— E agora você quer saber?

— Claro que quero.

— Catarina me traiu.

— Como assim? Ela era maluca por você. Engravidou pra te fisgar — levo a mão à boca —, desculpa! Ok, eu sei. Você não acredita nisso.

— Bom, nós tivemos bons momentos, daí a relação desgastou. Um dia ela me confessou estar apaixonada por outro cara. Enfim, achei melhor nos separarmos. Por enquanto estou com a guarda de Cecília.

— Você vai voltar para Londres?

— Sim! Tirei alguns dias de descanso pra vir ao Brasil.

— Sua mãe me disse que você está em uma grande empresa como designer gráfico.

— Sim! Trabalho na Land Rover.

— Uau! Você sempre foi excelente profissional. Sabia que se daria bem.

— Pelo visto você também. — Ele indica a livraria.

— Estamos começando. É uma grande mudança pra mim. Resolvi deixar a carreira de marketing e sigo testando essa nova experiência.

— Você sempre foi admirável para enfrentar desafios, Lily.

— Alguns não por opção. — Fixo o olhar no jardim e nas pequenas flores coloridas da impatiens brilhando sob a luz do sol.

— Eu sei! — ele lamenta. — Senti saudades.

Murilo envolve minha mão junto das suas e a acaricia.

— Também senti.

— Podemos sair para jantar? O que você acha?

— Acho ótimo!

— Perfeito! Vou levar a Cecília para almoçar. Combinei com minha mãe de irmos ao shopping. Ligo mais tarde pra combinarmos.

— Quer meu telefone? — ofereço o acompanhando ao ficar em pé.

— Não é necessário. — Ele abre o sorriso.

Meu coração dá um salto no peito e mordo o lábio.

— Já tenho! — Ele se aproxima e beija meu rosto.

Murilo se afasta e sigo-o de volta para dentro da livraria. Será muito bom ter uma nova companhia agora que Nathalia está focada nessa nova relação. Quem sabe meus domingos não tenham um pouco mais de diversão.

10

Possibilidades

Mari

A sensação de pesar por ter brigado feio com Luiza não desaparece. Fiquei tão brava que nem sequer me sentei para almoçar com ela e minha mãe. Conheço minha filha, ela é ótima menina, mas quando coloca uma ideia na cabeça não a tira por nada e no quesito temperamento, ela é muito mais parecida com o pai do que comigo. Como se já não bastasse minha situação com Luiza, recebi mensagem de Vicente, meu encontro do aplicativo no sábado.

Vicente: *Você é uma mulher apaixonante. Pensei em você nesta manhã.*

Meu Deus!

Corro o olhar pela livraria, por sorte ninguém por perto. Nathalia e Lucila estão arrumando alguns exemplares de livros recém-entregues e Lily se despede do rapaz alto e bonito que veio visitá-la. A menina com ele parece animada carregando um livro fininho, o qual a vi folheando e murmurando algo com os lábios enquanto parecia ler uma das páginas. O rapaz e a menina saem e Lily vem na minha direção, mãos para trás e passos saltitantes exibindo o largo sorriso.

— Quem é o rapaz? — pergunto apontando para a porta.

— Um amigo!

— Ele me pareceu bem mais que um amigo — digo sincera —, seu rosto está corado.

— E o seu também!

Abaixo o rosto ocultando os sinais de minha própria timidez.

— Mari, será que você pode me ajudar?

Elevo o olhar. Lily está debruçada sobre o balcão à minha frente.

— Claro, Liliane!

— Preciso de uma força para ajeitar uns cômodos lá em cima. Vou me mudar para cá.

— Sério?

Liliane começa a relatar sua decisão de pedir demissão e entregar o apartamento alugado. De imediato me coloco à disposição para ajudá-la a organizar o novo espaço. Essa mulher é muito corajosa. Nathalia é sempre focada, organizada e dócil, mas Liliane tem uma força que transparece nos gestos mais simples. Sei que a infância dela não foi fácil e que os relacionamentos também não são dos melhores, ela parece diariamente buscar motivos para se animar. Tenho muito que aprender com ela e talvez com os livros.

— Também posso te pedir um favor?

Ela arregala os grandes olhos verdes e movimenta a cabeça confirmando.

— Você entende mais de livros do que eu. Tem algum que você pode me indicar para ajudar a lidar com essa nova fase da minha vida? Assim, essa fase de tantas mudanças.

— Com certeza, Mari! Tem livros ótimos, inclusive escrito por mulheres, que podem, e muito, clarear suas ideias. Tem os de não ficção, também tem os de histórias de ficção que são inspiradoras. Ah, vou te indicar algumas biografias. Essas são fantásticas e eu adoro.

— Obrigada! Você é demais!

Chego em casa à noite carregando a pilha de livros. Assim que entro, minha mãe vem ao meu encontro. Ela observa o pacote na minha mão e movimenta a cabeça de um lado a outro parecendo inconformada.

— Mais livros? Vamos ter que desocupar os armários da cozinha. Nem cabem mais tantos livros aqui em casa. Sem falar no dinheiro que você deve estar gastando com eles.

— A Lily me emprestou alguns e só comprei um.

— Você está estranha, primeiro sai sábado à noite, depois nem almoça conosco e ainda briga com Luiza. Esse trabalho não está te fazendo bem. — Ela aponta o dedo na minha direção. — Você nem assiste mais a novela comigo.

Não quero brigar. Estou cansada.

— Certo, mãe. Preciso preparar uma encomenda e depois do jantar assisto um capítulo com a senhora, está bem?

Ela assente e vai direto para o sofá, senta e liga a TV.

Segurando os livros na mão, dou atenção ao jornalista comentando as notícias do dia, um acidente com vários carros, o roubo de uma casa lotérica, só notícias alarmantes.

— Você deveria voltar a fazer suas encomendas e só.

Respiro fundo.

— E a Luiza? Não chegou?

— Ela ligou e disse que chega logo.

Deixo minha mãe na sala e vou para meu quarto, ao entrar coloco os cinco livros sobre a cama. As indicações da Lily parecem interessantes. Vou começar com a biografia da atriz americana. Esse parece ser dos bons. Se pudesse começava agora mesmo. *Como os livros podem ter um poder tão grande de nos fazer apaixonar pelas histórias?* A televisão, sem dúvida, também chama a atenção, mas tenho descoberto que a sensação de querer voltar a ler uma história é mais estimulante. Quem sabe elas me mostrem algum caminho para dispersar essas emoções turbulentas.

Lily

Quarta-feira e a livraria está lotada. Tento ajudar Mari a organizar a cafeteria. Este movimento deve ser por causa do final das férias escolares. As pessoas parecem alvoroçadas para aproveitar até o último minuto e esse tem sido um espaço divertido para todas as idades.

— Lily, seu celular está tocando — avisa Nathalia ao meu lado com o aparelho na mão. — Hum, número desconhecido e chamada pelo FaceTime — ela arqueia a sobrancelha.

Pego o aparelho da mão dela e atendo a ligação. Gesticulo para Nath continuar a retirar as xícaras da mesa.

— *Não disse que ligaria*!

— Murilo, você *quase sempre* cumpre suas promessas.

— *Diz uma vez que não as cumpri*?

Vasculho a memória em busca de algum episódio e não consigo me lembrar de nenhum. Murilo é sincero e direto. A cada vez que marcávamos de sair, ele pontualmente me esperava no portão da minha casa, dessa mesma onde estou agora. Só não me chamava por receio do meu pai soltar sua ira sobre mim.

— Por ora *você está salvo* — repito a mesma frase a qual ele sempre me recebia em nossas escapadas.

Nathalia, pegando as louças sujas da mesa recém-desocupada me encara e movimenta a cabeça parecendo aprovar minha conversa.

Nem posso responder a ela, Murilo observa todos os meus movimentos na chamada de vídeo. Caminho na direção da porta de saída da livraria. A pequena fila de clientes se forma para conseguir lugar em uma das mesas da cafeteria. Passo por eles e paro no jardim ao lado da quaresmeira pendendo de flores rosa.

— *Fico feliz em saber, Lily borralheira.* — Mais um *bordão* dos velhos tempos.

— Acabei de me teletransportar para a nossa adolescência.

Ele suspira do outro lado e sei o quanto deve estar pensando nas mudanças que tivemos em nossas vidas. Na dele principalmente.

— E então? O que você conta de novo?

— *Como está a programação pro seu final de semana?*

— Esperava o convite pra jantar — digo reforçando a suavidade na voz e piscando para ele.

— *Podemos também, mas estou muito a fim de passar alguns dias no litoral. Topa me fazer companhia? Você terá de trabalhar?*

— Darei um jeito. Não perderia reviver nossas escapadas pra Ubatuba de jeito nenhum.

— *Posso passar para pegá-la na sexta de manhã?*

— Combinadíssimo. Até!

Desligo e levo o celular ao peito. Mordo o lábio inferior. É incrível como situações e sentimentos do passado podem permanecer presentes em nossa memória e provocar reações no corpo todo. Meu coração está acelerado. Murilo e eu fomos muito mais que amigos.

— Ei moça! — o rapaz na fila chama minha atenção. — Você trabalha aqui? Tem prioridade para idosos? — Ele aponta a senhora junto dele, cabelos grisalhos, agarrada na própria bolsinha como se ali tivesse um tesouro.

— Claro! Vou ver uma mesa pra vocês.

Encaixo o celular no bolso da calça e volto para dentro da livraria. Com todo esse movimento, só a minha disponibilidade exclusiva aqui não será suficiente. Precisaremos de reforços em breve.

Nathalia

Léo, ao meu lado, parece escutar com atenção a palestra do astrônomo detalhando o local de cada planeta, Marte, Vênus, Júpiter. Até parece loucura, mas nunca estive no Observatório. Convidei Lily diversas vezes para me acompanhar, porém não é o programa preferido dela e ela me enrolava. Quando surtei por mais um furo na programação, ela me confessou gostar mais do dia que da noite. A noite tinha seus mistérios, só que a escuridão não era algo a qual ela optava. Por sempre ter a expectativa de conhecer esse lugar, estar no Pico das Cabras poderia ser um presente. No entanto, hoje não é o foco da minha atenção as grandes constelações, Ursa Maior e Órion, a posição dos astros, sua beleza, tampouco a energia do lugar banhado pela luz da lua e pela quantidade de informações compartilhadas. Diante de provavelmente mais de cem bilhões de estrelas no universo, meu foco hoje é outro.

Seguro com mais firmeza a mão dele, entrelaçada na minha.

— Está gostando? — Léo pergunta.

Fico na ponta dos pés para chegar bem próximo à orelha dele e sussurro:

— Amo a vista do seu apartamento e quero muito apreciar esse céu maravilhoso de lá. — Selo o pedido com um beijo no pescoço dele.

A pele sob meus lábios arrepia e ele engole em seco. Num instante sua boca está colada na minha, a língua explorando. Ah, como eu amo seu gosto. Preciso de toda a concentração para cessar o beijo e lembrar onde estamos. Apesar de a única luminosidade ser a do céu, há várias pessoas ao nosso redor e não quero plateia para reafirmar o quanto esse homem mexe comigo. Não preciso dela.

— Vamos embora!

Ele me puxa pelo braço como se estivéssemos fugindo, chegamos ao carro sem fôlego.

— Quantos minutos levaremos para chegar até o apartamento? — Léo me puxa para junto dele no banco, voltando a colar nossos lábios.

— Depende do quão rápido você conseguir ser.

Léo desliza a mão por minha coxa, pressionando-a com os dedos. Meu corpo todo entra em combustão. Arqueio o centro dele na direção da sua mão, instigando-o a continuar. Ele eleva o rosto e gira o pescoço em várias direções. As sombras da noite nos ocultam. Não há ninguém por perto. Todos ainda devem estar ouvindo a palestra, temos pelo menos meia hora. Tempo mais que suficiente. Tiro minha bota, ele capta minha intenção e coloca o banco para trás, pega a carteira e tira a camisinha. Assim que ele a desembala, sento no colo dele, bato o cotovelo no volante e começo a rir. Meu riso é abafado pela boca dele. Só descolo nossos lábios para retornar ao meu banco e tirar a calça jeans. Maldita escolha de roupa, porque não vim com um vestido.

Tenho pressa e nem sequer removo a calcinha, só a ajeito antes de sentar nele de novo. Léo também já se livrou da calça e está pronto para mim. Quando ele consegue me posicionar, afasta a calcinha com os dedos fazendo-me soltar um gemido, e me penetra, cada célula minha entra em ebulição. Ele geme e inicia o movimento até nossos corpos se contraírem explodindo no orgasmo. Ofegante, ele afasta meu rosto pousado no seu ombro, remove alguns fios de cabelos caídos sobre minha face. Os olhos dele brilham, ele mordisca meu lábio inferior.

— *Caramba*, Nathalia! Você é muito, ah.

Bagunço o cabelo dele e corro os olhos ao nosso redor. Nada, nem ninguém. Só o balançar de algumas folhas nas árvores próximas.

— Gostei mais dessa experiência do que conhecer o Observatório. — Começo a rir e ele me acompanha.

— Concordo! E que tal se continuássemos a observar o céu e outras coisas mais no meu apartamento?

— Superaprovo! — Deslizo no pequeno espaço de volta ao banco do carona, pegando minha calça jeans no piso. — E o quão rápido você consegue chegar lá?

11

Desconhecida

Mari

A mulher entra na livraria e parece perdida. A roupa dela é tão colorida que sua figura se mistura na decoração. Algo nela me é familiar. Será o longo cabelo negro encaracolado ou a maneira com a qual arqueia as sobrancelhas. Ao me ver, atrás do balcão na cafeteria, ela vem na minha direção. Os longos braços balançam junto ao corpo esguio.

— Você é Mari? — Ela coloca as duas mãos sobre o balcão. Apoio a xícara que estou segurando no escorredor antes de assentir. — Sou Del, a mãe de Luciana.

— Ah, aconteceu algo com ela? — pergunto alarmada. — Não a vi por aqui estes dias.

— Ela tá bem.

— Que alívio! — A mulher está me encarando, não parecendo entender nada sobre a minha reação. Algo alarmante me ocorre. — Desculpe perguntar, ela voltou pra sua casa? — Estremeço diante da ideia de a menina ter voltado a morar com a mãe e o padrasto.

— Não! Vim *visita* ela na casa da minha mãe. É... na casa do Seu Nicolau.

— Entendo! Bem, em que posso ajudar?

A mulher tira as mãos do balcão e esfrega as palmas uma na outra.

— Desculpa, moça! Tô procurando emprego e como esse lugar — ela movimenta a cabeça de um lado a outro vasculhando com o olhar toda a livraria — é novo. Quem sabe não tão precisando de ajuda.

— Não sou dona daqui, mas posso falar com as donas.

Nathalia só vem à tarde nesta sexta-feira, Liliane estava por aqui. *Onde mesmo?* Talvez tenha subido para seu novo quarto.

— Se quiser esperar, uma das donas está por aqui, logo ela deve aparecer.

Lily desce a escada se esforçando pra carregar uma mala de roupas. De imediato, a mãe de Luciana vai ao encontro dela e oferece ajuda com a bagagem. Ela agradece e deixa a mulher auxiliá-la.

Faço sinal com a mão para que ambas se aproximem do balcão. A área dos livros está movimentada hoje, mas a cafeteria permanece tranquila, talvez pelo horário, quase onze da manhã. O movimento é sempre mais intenso ao abrir, meio da tarde e início da noite.

Apresento Lily para a mãe de Luciana e conto-lhe do pedido da moça.

— Qual o seu nome? — Lily pergunta a ela deixando a mala junto ao balcão.

— Delilah, mas pode me chamar de Del.

— Sério? Que nome diferente. É bonito. Gostei. Então, Delilah, preciso conversar com a Nathalia, minha sócia. Confesso a você que não sei se poderemos contratar mais alguém.

— Faço *qualque* coisa, moça. — A mulher suplica cruzando as duas mãos em frente ao peito. — Faxina, limpeza, organização. *Qualque* coisa mesmo.

— Você tem referências?

— Faz um tempo que não trabalho, já fiz faxina e fui atendente em uma loja no meu bairro. Nunca tive registro.

Lily e eu trocamos um olhar e a percebo me pedindo auxílio.

— Que tal se a Delilah, é isso mesmo? Pedisse uma carta para a mulher da loja onde ela trabalhou?

— Certo! — Concorda Lily. — Pode ser assim. Deixe seu número também para lhe retornarmos.

Liliane vai até o caixa e pega papel e caneta. A mulher anota com mãos trêmulas o número do celular. Em seguida, ela agradece e sai da livraria, em passos não tão rápidos quanto os que a trouxeram até o balcão. Ela parece bem desanimada. Eu a entendo. Talvez quisesse uma resposta afirmativa ao seu pedido.

— Mulher bonita! — comento.

— E triste! Percebeu nos olhos dela uma sombra de tristeza? Já vi essa mesma sombra nos olhos de outras mulheres.

Lily parece bem impactada com a mãe de Luciana.

— Você vai falar com a Nathalia sobre ela?

— Vou sim! Deixe-me ficar com esse telefone — ela pega o pedaço de papel e coloca no bolso —, mas por ora vou para a minha viagem.

— Fico feliz por você ir viajar com o moço bonito — digo.

— Obrigada pela força no final de semana. Não queria deixar a Nathalia com toda a responsabilidade de cuidar da livraria.

— Gosto muito de ficar por aqui. Além do mais não tenho nada programado, a não ser a rotina de sempre.

— E os *matches* dos aplicativos?

— Deixei de lado. Por enquanto os livros me bastam.

Lily

Pego minha mala e saio da livraria quase saltitante de expectativa para a nossa viagem. Pareço até a adolescente de dezesseis anos quando viajava com o amigo de dezoito, recém-habilitado.

Murilo está com a SUV branca estacionada em frente a casa. Resisto à vontade de dar alguns passos para trás. Nossa viagem terá companhia. Consuelo acena da janela do veículo. Ao lado dela, Cecília parece entretida com um brinquedo no cadeirão.

— Lily, espero que não se importe. Adorei saber que Murilo convidou você para vir conosco. É a primeira vez que Cecília vai à praia aqui no Brasil.

— Nossa, que experiência ótima pra ela. — Não consigo evitar o sarcasmo na voz.

Murilo pega a minha mala e a leva direto para ajeitá-la no porta-malas. Ele me lança o olhar de súplica. Talvez esse grupo de acompanhantes também não estivesse nos planos dele.

Entro no veículo e espero ele fazer o mesmo.

— Aluguei um Airbnb. Você se importa?

Tem como dizer que sim, depois desta grata surpresa das acompanhantes? Ajeito-me no banco do passageiro. Consuelo dá dois tapinhas no meu ombro.

— Também sugeri irmos para o Guarujá em vez de Ubatuba. Amo aquele calçadão das Pitangueiras.

Murilo só gira o globo ocular na minha direção e comprime os lábios. Ele toca meu joelho e sei que este é um pedido de desculpas.

— Está tudo bem, Consuelo! — Recosto no banco.

Murilo dá partida no motor do carro e seguimos na direção da rodovia. Esse final de semana promete. Engraçado como quando o tempo passa nos esquecemos de alguns comportamentos, e nossa memória só vem à tona quando estes mesmos comportamentos provocam reações incômodas. Convivi com Consuelo por toda a minha vida, quando pequena ela costumava frequentar minha casa e conversar com minha mãe. Não é que não goste dela, eu gosto, mas esse jeito de se envolver sempre e não dar espaço ficava nítido em diversas vezes, talvez por isso, Murilo tomou a decisão de se mudar para Londres. Nunca chegamos a conversar sobre o real motivo, porém esta forma sufocante dela tratá-lo, também devia o chatear.

Conforme o carro desliza pela rodovia, vou deixando minha frustração se dissolver. Consuelo relembra episódios de nossa infância, quando eu e Murilo corríamos no quintal da casa dela, montávamos barraca e acampávamos ali mesmo, estimulados pelo pai dele. Há nostalgia na voz dela quando menciona o marido César, que morreu quando Murilo tinha 21 anos. Cecília é um encanto e me oferece chocolate de um pacote agarrado com propriedade nas pequenas mãozinhas. Entre boas lembranças, risos e certa tristeza, chegamos ao Guarujá logo no início da tarde e antes de irmos almoçar, paramos no apartamento para deixar as bagagens.

— Vocês deveriam dar uma volta na praia — sugere Consuelo após sairmos do restaurante. — Vou voltar para o apartamento e colocar a Cecília para descansar. No final da tarde poderemos ir todos juntos à praia. O que acham?

— Boa ideia! — concordo.

— Tem certeza, mãe?

— Absoluta! Vá, vá — ela diz nos empurrando em direção à calçada. — Vocês merecem um tempinho sozinhos.

Assim é Consuelo, certas vezes intrometida e em outras generosa. Ou seria esta atitude uma intromissão também? Decido ficar com a primeira opção e pego na mão de Murilo.

— Vamos lá obedecer a sua mãe. — Pisco para ele e saímos cruzando a avenida na direção da praia deixando as duas para trás.

— Sabe que só vim nesta cidade uma única vez. Foi quando seu pai nos trouxe para passar o feriado de Carnaval. Eu tinha quanto — levo a mão ao queixo — 13 anos?

— Sim! E eu tinha acabado de completar 15.

Giro as mangas da camiseta no ombro e tiro a sandália. O chão quente me faz correr até a areia. O sol está a pino e a água reflete o verde intenso, com as ondas quebrando e se dissolvendo em partículas. A praia está tomada por guarda-sóis coloridos. Giro o pescoço para trás e Murilo está me observando do calçadão. Faço um aceno e o convido a se juntar a mim.

Ele tira o próprio tênis, dobra a calça e vem ao meu encontro.

— Obrigada! — agradeço, quando ele se junta a mim na areia, à oportunidade de me desligar um pouco da rotina e fazer algo diferente.

— Por ter trazido você para o passeio com minha mãe e filha a tiracolo? — A voz dele carrega o sarcasmo.

— Merda, Murilo! Onde você achou que isso era um bom programa pra nós? Veja bem, eu gosto da sua mãe. Simplesmente se você tivesse me dito que ela viria junto, teria evitado essa surpresa.

— Desagradável pelo visto.

Começo a rir e me rendo à cara dele de pura súplica.

— Por isso não te contei. Ela insistiu tanto e não tive como dizer não. Porém — ele coloca o indicador em minha direção —, da próxima vez direi não. Afinal, não tenho mais 15 anos.

— Fato! — reforço a afirmação movendo o dedo indicador na direção dele.

O grupo de adolescentes joga frescobol próximo a nós na estreita faixa de areia. Murilo eleva a mão e remove alguns fios do meu cabelo caindo no rosto, bagunçados pelo vento, e os coloca atrás da minha orelha. O gesto reverbera em mim um arrepio. Seguro a mão dele e o encaro. Seu rosto está corado pelo calor.

— Você também tem a sensação de que o tempo não passou? — pergunto.

— Onde foi que nós nos perdemos no meio do caminho, Lily?

— Você foi cursar universidade na capital, eu escolhi ficar em Campinas, perto do meu pai, você conheceu a Catarina, ela te seduziu. Tá, não me olha com essa cara.

Ele revira os olhos.

— E você o Théo. Quando voltei, você namorava ele.

— Fato! Mas a verdade é que eu e você nunca fomos namorados. Sempre achei que você só me curtia e nada mais. Daí o Théo chegou, meu pai me expulsou de casa e minha vida virou uma bagunça.

Só tinha Nathalia e Théo para me apoiarem.

— Talvez eu achasse que nossa ligação era muito mais forte que laços de compromisso. Um encontro de almas onde cada um captava o humor do outro pelo simples olhar, pelo toque da mão, pela expressão do rosto.

— Mas você entendeu que precisava de um compromisso com Catarina. Não é mesmo?

Murilo desvia o olhar do meu rosto para o mar. Essa conversa está muito séria e a opressão em meu peito vai substituindo a alegria por estar na praia.

— Vamos caminhar. — Tomo a mão dele e o arrasto comigo na direção da água.

Nathalia

Chego atrasada na Lagoa. É meio-dia e marcamos para as onze. Léo saiu cedo do meu apartamento para pegar a filha no aeroporto. Concordamos ser melhor eu os encontrar depois. Quanto menos causar impactos nessa primeira vez, melhor. Afinal, vou conhecer a filha dele. Samanta parece ser uma menina especial, adora livros, é vegetariana e deve gostar muito do pai dela. São tantas afinidades que já me sinto próxima da garota, mesmo antes de conhecê-la.

Tive de passar na casa dos meus pais antes de vir. Como poderia não passar se minha mãe mandou três mensagens:

"Filha, você consegue passar aqui? Seu pai não passou bem a noite e preciso da sua ajuda."

"Tudo bem! Não precisa mais. Ele melhorou."

"Você vem pro almoço?"

Talvez tivesse sido melhor não passar. A imagem do meu pai ofegante e repetindo que está tudo bem ainda preenche meus pensamentos. Como se fosse possível alguém ficar bem quando não consegue respirar o suficiente para fazer atividades simples como caminhar no jardim.

Verifico o celular mais uma vez e Léo não viu minha mensagem. *Deveria ter ligado pra ele.*

Atravesso o portão de entrada em meio ao tumultuo que um domingo de manhã, em pleno verão e com o céu limpíssimo, provoca nas pessoas para saírem de casa e se aproximar um pouco da natureza. Fico na ponta dos pés para tentar avistá-los e nada. Caminho pela trilha circundando a lagoa, a sombra das árvores ameniza o calor, mas, *caramba*, está muito quente. Tanto que o suor começa a escorrer da minha testa. Limpo com os dedos. Que vacilo chegar atrasada.

Percorro três dos tantos quilômetros da trilha quando os avisto sentados sob a sombra de uma árvore junto à margem. Eles parecem animados. A garota pega algo dentro de um saquinho de papel e atira na água. O baque do que deve ser um pedaço de pão cria ondas e ela solta gritinhos de felicidade. Léo ajeita o cabelo da menina atrás da orelha. Há tanta cumplicidade entre eles como se ainda compartilhassem o dia a dia. Pai e filha em um momento de afeto. Dou um passo para trás e o solavanco quase me faz perder o equilíbrio.

O homem me segura. O suor escorre da testa dele.

— Desculpe, moça! — ele diz me soltando e se afasta.

— Nathalia! — Léo levanta da grama e acena para mim.

Abro o sorriso sem graça. Sigo na direção deles. Samanta também levanta, porém não vem ao meu encontro como o pai dela.

— Filha, vem conhecer a Nathalia — ele chama.

— Tive de passar na casa dos meus pais — justifico.

Leonardo abre o sorriso, parecendo entender, toma minha mão e me leva para perto da garota, imóvel na margem da lagoa. Ela não se dirige a nós, o olhar continua fixo na água.

— Olá, Samanta! — Toco no braço dela e a menina se afasta.

— Filha, diga olá para a Nathalia. — Ele envolve os ombros dela. — Estava contando da livraria e do quanto vocês podem ter em comum.

— Seu pai me disse que você gosta muito de ler.

A garota desvia o olhar e não responde.

— Quem sabe podemos escolher um livro novo e — tento colocar firmeza na minha voz — bem legal pra você. Tem alguns de ilustrações fantásticas que chegaram.

— Só leio livros em inglês. — O queixo dela se projeta para o alto.

Quase dou um passo para trás.

— Bem, temos também. — Tento me recompor e não demonstrar a surpresa pelo tom de voz dela. — Você prefere?

— Minha mãe só conversa comigo em inglês. Ela é muito inteligente.

Comprimo os lábios e movimento a cabeça assentindo.

— Que tal se fôssemos almoçar? — Leonardo diz quebrando o clima. — Estou faminto — ele ressalta a expressão movimentando a mão sobre o abdômen.

— Será ótimo!

Giro nos calcanhares e sigo na trilha deixando os dois alguns passos atrás de mim. Só que Leonardo me alcança e caminhamos juntos, com Samanta pendurada na mão do pai.

12

Turbulência

Mari

Segunda de manhã, chego cedo à livraria. Trabalhei o domingo todo para poder entregar algumas encomendas das poucas clientes que ainda mantenho e também preparar os salgados para iniciar a semana na cafeteria. Hoje precisei vir de Uber, tem muitas coisas para carregar. Nem pensar em pegar ônibus. Não achei boa opção ficar espalhando cheiros e aromas nas pessoas logo no início da manhã. O próprio motorista do Uber perguntou se eu não queria vender alguma das "coisas boas" que ele estava sentindo o cheiro. Tive de dizer não ao pobre homem. Não tenho tempo, nem ingredientes, tampouco disposição para replicar tudo. Talvez eu deva mesma pedir a Nathalia e Liliane para contratar mais alguém.

Pago a corrida e me preparo para descer do carro. Pego a sacola com as assadeiras sobrepostas e envolvo a vasilha com o crème brûlée pré-preparado. Abro a porta e coloco as pernas para fora, ajeito a vasilha no colo e estendo a mão para pegar a sacola, pesada demais para carregar só com uma mão. Tenho dificuldade em sair do veículo. Levo um susto e quase a tombo quando sinto duas mãos aliviando o peso da vasilha no meu colo.

— Obrigada! — balbucio para a moça. — Levo alguns segundos para reconhecer a mãe de Luciana. Saio do carro e fecho a porta. — Gratidão pela ajuda.

— Imagina! Dona Mari, desculpe vir tão cedo, mas preciso *mesmo* voltar a falar com as donas.

— É cedo! Pouco mais de nove horas e a livraria só abrirá as dez.

— Será que posso esperar? — pergunta.

O rosto dela tem tanta expectativa que não consigo recusar.

— Acredito que pode. Por que então não me ajuda a abrir a loja e colocar estas coisas pra dentro?

De imediato ela abre o sorriso e assente freneticamente.

Liliane retornou da viagem, assim que entramos ela desce a escada. A pele clara dela ganhou um bronzeado, suas bochechas estão vermelhas. Está mais linda. Tem certo espanto quando ela fita minha acompanhante. Trato logo de esclarecer nosso recém-encontro e justificar a entrada da mulher comigo.

— Certo! — diz. — Se você quiser esperar a Nathalia chegar, poderemos conversar juntas e ver se temos algo para você fazer aqui e, principalmente, se poderemos arcar com mais o custo de outra funcionária.

— Dona, eu me contento com qualquer serviço. Preciso mesmo é de um emprego.

— Enquanto a Nathalia não chega, será que ela pode me ajudar com estas coisas — indico com o queixo a sacola pesada em minhas mãos e a bandeja na mão da mulher.

— Claro! Vão lá. Vou acabar de me arrumar e em breve abriremos a livraria.

Nathalia é centrada, correta e bondosa. Percebi que apesar de ser mais uma restrição a elas, decidiu dar o emprego a Del, como já me habituei a chamá-la. A mulher me ajudou a ajeitar a cozinha para começar a semana, limpou e organizou o balcão de salgados, removeu as marcas dos vidros expositores. Sem nem ao menos eu pedir. Posso dizer que ela é proativa, assim como a Luiza mencionou algumas vezes que sou.

— Onde você mora? — pergunto, depois que Nathalia e Liliane a liberaram para começar a trabalhar. Ela ficará sob minha responsabilidade e além de fazer a faxina na casa, ajudará com os serviços da cafeteria.

— Tô morando com a minha mãe na casa do patrão dela. Ela ajeitou um colchão no quartinho pra mim e Luciana.

— Você decidiu deixar sua casa?

— Não era minha. Por isso preciso do emprego. Quero fazer o melhor pra minha filha e até agora só fiz bobagem.

— Sei bem como é! — digo relembrando do quanto foi difícil cuidar sozinha de Luiza, da insegurança de não conseguir colocar comida na mesa, de não dar o melhor a ela. Passar necessidades. Teve uma vez que comemos sopa por uma semana por não ter mais dinheiro pra comprar comida, até que decidi comprar fiado na venda perto de casa e começar a fazer bolos pra vender. — Se você não desistir e voltar atrás vai conseguir. É isso que os livros e a própria vida têm me ensinado.

Nathalia

Samanta chega parecendo um bichinho acuado. Cabisbaixa, ela eleva suavemente o olhar, correndo os olhos por todo o espaço da livraria e parecendo perdida.

— Tudo bem mesmo se a deixar aqui? — pergunta Leonardo.

— Claro!

— Volto para buscá-la daqui a duas horas. Pode ser? — Ele parece indeciso se deve ou não deixá-la.

— Óbvio. — Tento ser o mais confiante possível. Afinal, eu sugeri deixar a garota passar um tempo comigo na livraria. Preciso tentar me conectar com ela e estar neste espaço familiar faz parecer mais fácil.

Ele beija meu rosto, em seguida faz o mesmo com a filha, antes de nos deixar. Não faço ideia por onde devo começar a interagir com ela. A menina parece tão fria e distante quanto estava no domingo.

— O cachorro é seu? — ela indica Shakes deitado sobre o tapete colorido.

Confirmo. Foi ideia da Lily que eu o trouxesse hoje. Cachorros, livros e doces podem ter o poder de encantar uma criança. Talvez sim eu esteja usando de artimanhas para fazer essa conexão, mas como disse minha amiga, no amor e na guerra vale tudo. Será?

— Eu o levei ao veterinário hoje - justifico me aproximando dele.

— Ele está doente?

Flexiono os joelhos abaixando na altura do cachorro para fazer um carinho na grande orelha. A garota se aproxima. É fim de tarde e dentro da livraria só tem um grupo de mulheres escolhendo livros, diferente do gazebo que está com quase todas as mesas ocupadas nessa sexta-feira.

— Não. Ele está bem. Pode tocá-lo, é mansinho — estimulo. — O nome dele é Shakespeare.

— Por que o nome dele é esse? — Ela aponta para o cachorro.

— Você sabe quem foi Shakespeare? — Samanta nega com um aceno de cabeça. — Foi um grande poeta. Ele viveu na Inglaterra no século XVI.

Samanta parece tomar coragem e também faz carinho na orelha do cachorro. Em seguida ela vai até a estante de livros, retira um exemplar e senta no tapete, ao lado do cachorro. Abre o livro *Anne de Green Gables* enquanto continua a tocar com receio nos pelos de Shakes deitado ao lado dela.

— Conhece essa história? — pergunto.

— Minha mãe disse que a personagem é meio bobinha.

— Anne é uma menina positiva, consegue ver beleza em muitas situações. As boas histórias são as que geram conexões com quem somos, aquelas que ficam presentes em nossa memória e nos inspiram em diversos momentos da vida.

Samanta baixa os olhos e folheia algumas páginas. A garota parece ter personalidade forte. É determinada e rebelde, mas há um olhar de carência o qual às vezes identifico, fazendo baixar as minhas próprias barreiras e continuar tentando me conectar com ela.

— Está com fome?

— Você vai me levar para comer hambúrguer? Não como carne!

— Também não! Acho que ficará mais fácil escolher o que vamos comer.

— Você cozinha?

— Às vezes, mas hoje vamos provar uma das delícias preparadas pela Mari. — Gostaria de acrescentar que não sou boa na cozinha quanto o pai dela, mas avalio ser um abuso e poderia deixá-la bem incomodada. Não quero aumentar o atrito entre nós.

— Posso pegar o cachorro? — Ela indica Shakes deitado no tapete.

— Vamos deixá-lo aqui por enquanto. Lá fora deve ter um lugar para comermos. — Aponto o gazebo. Antes de me virar, indico o livro. — Pode levá-lo, se você ainda não leu a história, acredito que irá gostar.

A menina pega o livro e sai em disparada na direção do quintal.

Lily

Decido aceitar o convite de Murilo para irmos a um barzinho em Barão Geraldo, o movimento naquele distrito tende a ser intenso nas sextas à noite. Acabo de passar o rímel quando a campainha toca. Ajeito o vestido no corpo e dou uma última olhada em meu reflexo no espelho. *Hum, parece bom*.

Apago a luz e desço as escadas da livraria iluminada parcialmente pela luz amarela. Só o barulho do sapato no assoalho ressoa no imenso salão. Até estranho essa calmaria na imensa casa, onde durante quase doze horas pessoas de diversas idades e gostos circularam por aqui.

A campainha toca de novo. *Murilo impaciente*.

Acelero o passo e abro a porta.

— Olá, Lily! — Théo cumprimenta.

— Como você soube que estou morando aqui?

— Fui até o seu apartamento e o porteiro me disse que você não morava mais lá. Então, liguei pra Nathalia. Posso entrar?

— Claro que pode. — Libero a entrada para ele e fecho a porta.

— Posso saber por que você está fugindo? — ele questiona parando no meio do salão e me encarando.

— Não estou fugindo. Só estive ocupada com a mudança e várias outras coisas que estão acontecendo.

— Nem mesmo para atender as minhas ligações ou responder as minhas mensagens?

Théo tem razão não quis mesmo falar com ele. Vi suas mensagens e fiquei observando o celular com a foto dele enquanto ele ligava. Não fui capaz de atender. Fiquei com raiva por ele ter saído do meu apartamento de madrugada e ainda estou.

— Você também deixou o emprego?

— Como você sabe?

— Liguei lá também. Você vai sair? — Ele indica com a mão meu corpo de cima a baixo.

— Sim! O que você quer, Théo?

— De verdade, gostaria de não querer nada! — desabafa emitindo um suspiro. — Se eu conseguisse parar de pensar em você, seria mais fácil.

— Por que não tenta? Se pensasse tanto em mim não deveria ter escapado da minha cama na madrugada.

Ele não responde, só ameniza o olhar sério e se aproxima. O sorriso brinca em seus lábios. Quase desmorono. Como se soubesse o tanto que mexe comigo, e ele sabe, toma minha mão entre as suas e vai subindo em um movimento leve e sutil, fazendo todo meu ser arrepiar. Fecho os olhos e retenho o ar.

A campainha toca. Abro os olhos e me afasto de Théo para abrir a porta.

— Já escolhi aonde iremos — diz Murilo à porta. — Ah, oi! — Ele beija meu rosto e avança para dentro do salão.

Théo se aproxima e encara a nós dois.

— Ah, o *amigo* Murilo voltou! — O sarcasmo pesa na afirmação dele.

Théo sequer me espera falar, tampouco Murilo. Ele passa por nós e antes de entrar no carro, estacionado bem em frente ao portão da livraria, volta-se a mim.

— Continue fugindo, Lily! Algum dia você vai conquistar o que mais deseja.

Ele abre a porta do carro e sai cantando pneus.

— Sinto muito! — pede Murilo.

— Pelo quê? — sussurro. Mal consigo soltar o ar.

— Não sabia que vocês ainda estavam juntos.

— Não estamos! — minto. — É só resquícios do passado. Vou pegar minha bolsa e podemos ir, está ficando tarde e os lugares devem estar cada vez mais cheios.

Saio na direção da escada e começo a subir os degraus. Quem ele pensa que é para saber o que eu mais desejo? *Merda, Théo, você tinha de aparecer justo hoje. Ainda fica me acusando de fugir. Que tipo de garota pensa que sou?* Escapa da minha cama, me abandona, e agora quer exigir devoção. *Me poupe*!

13

Laços de Família

Mari

Decido substituir a raiva me consumindo por uma conversa franca com Luiza. Preciso ser sincera com minha filha. Essa coragem não surgiu do nada, se fosse há alguns meses, teria só concordado. Não posso dizer que estes meus acessos de raiva estejam me deixando melhor do que o silêncio, porém o fato é que mudei. De alguma forma mudei nestes últimos meses. Talvez tenha sido os livros ou as conversas francas com Lily e Nathalia. Enfim, voltei a ter amigas depois de tanto tempo vivendo só em função da minha casa e da minha filha.

Para conversar com Luiza, não quero ficar em casa, prefiro mudar de ambiente e a convidei para comermos um lanche. Neusa, minha irmã, pegou minha mãe logo cedo e passará o final de semana com ela, o que me liberou para pedir a minha filha para me encontrar na livraria.

— Aonde você quer ir? — pergunto a ela enquanto ajeito um bolo recém-assado sobre o balcão.

Luiza dá de ombros. Nós mal nos falamos nessas semanas e ela parece tão enraivecida quanto eu estava. Sua atitude também demonstra distanciamento, ela raramente fica em casa e tem evitado se encontrar comigo.

— Poderemos ir naquele hamburgueria que você adora — sugiro.

— Pode ser!

Tiro o avental e aviso a Del que estou de saída. Ela tem se mostrado uma excelente ajudante. Gosta muito de conversar, no entanto, raramente fala sobre si. Também não quero perguntar. Só o que sei é que está tentando manter-se no emprego, ganhar algum dinheiro e conseguir ficar com a filha, assim como eu tenho tentado.

Luiza me acompanha, ainda de cara fechada. A hamburgueria fica só a algumas quadras e seguimos a pé pelas calçadas, ela ao meu lado, emburrada, e eu tentando me preparar para a conversa. Assim que sentamos nos bancos da hamburgueria começo.

— Filha, não quero ficar assim com você e sinto que se não voltarmos a conversar, eu ficarei mal e você também. Que tal se fôssemos adultas e falássemos com clareza?

— Eu fui adulta e falei com clareza para você e o que recebi em troca foi uma enxurrada de palavrões de que não penso em você, onde já se viu querer morar com *aquele* — finaliza repetindo minhas palavras e dando ênfase à última palavra.

— Ok! — Respiro fundo. Tento conter minha reação de ficar na defensiva. — Agora quero saber de você o motivo de querer fazer estágio na capital?

— Sei lá, mama! Quero fazer algo novo, conhecer pessoas novas, ampliar minhas possibilidades. Sabe o quanto gosto de me movimentar. Só achei que seria uma boa escolha. Não imaginei que você ficaria irada e atiraria as panelas em mim.

— Não atirei panelas em você! Foi um choque saber da sua vontade de morar com ele.

Ela abre a boca para falar e imagino as argumentações que vêm. Coloco a palma da mão na frente dela e continuo:

— É eu sei, estão retomando a relação, deve estar sendo bom, porém ainda preciso evoluir muito para conseguir não me importar. No entanto, amo você e quero que faça a melhor escolha pra sua vida. Isso pode incluir também ter de mudar de cidade. Não te prometo não me importar e fingir que tudo está as mil maravilhas, mas vou te apoiar no que precisar.

Os ombros dela parecem relaxar, ela movimenta os lábios de um lado a outro e estende a mão tocando a minha sobre a mesa.

— Mama, na verdade, penso neste estágio há mais de dois anos. Por isso também quis retomar a relação com o papai. Não te contei antes porque previa que sua reação seria como se a tivesse traído. Minha intenção não foi essa, só quero novas possibilidades. Não quero afrontá-la.

Retiro minha mão debaixo da dela, cubro meu rosto com ambas as mãos, respiro fundo, antes de voltar a encarar minha filha.

— Certo, Luiza! Faça o que achar melhor.

Dois anos, dois anos e ela não me disse nada. *Meu Deus, ainda preciso de muita evolução.*

Nathalia

A cada minuto que passo com ele me surpreendo mais. Leonardo chegou à casa dos meus pais carregando a garrafa de vinho e a caixa de bombons. Seria fofo se ele tivesse os trazido para mim, porém foi mais surpreendente porque ele levou para meus pais. Essa não é a primeira vez que trago um namorado em casa. Desde minha adolescência foram alguns, talvez quatro se contar Fabinho, um colega da faculdade que acabou se tornando namorado por algumas semanas. No entanto, isso não me impediu de ficar tão ou mais ansiosa do que se fosse o primeiro.

A mesma ansiedade pareceu dominar minha mãe por toda a manhã, enquanto ia e vinha do forno para o fogão, relatando a receita do risoto de camarão que estava fazendo com a torta de legumes e queijo que preparou para mim.

— Será que ele gosta, Nathalia? — perguntou inúmeras vezes, mesmo diante de minhas constantes afirmações.

— Como alguém que morou no Rio pode não gostar, mãe?

Mal ele entrou, meu pai começou a contar piada. O riso entre eles aliviou minha ansiedade e antes mesmo de nos sentarmos para comer, os dois debatiam sobre a escalação dos times para a nova temporada do Campeonato Brasileiro de Futebol. Meu pai nunca encontrou nessa casa ressonância para sua paixão pelo esporte, minha mãe e eu fugimos desse tema. Perceber essa conexão entre eles me alivia. E é muito bom ver meu pai sorrir durante esse período denso do tratamento dele com tantos medicamentos e a necessidade do auxílio do respirador para dormir.

— Nathalia nos contou que sua filha ainda mora no Rio.

— Por pouco tempo. Em breve ela mudará com a mãe para o exterior.

— Deve ser difícil deixá-la partir — meu pai constata.

A voz dele está fraca, percebo os sinais do cansaço por ele ter conversado durante tanto tempo. O ar parece desaparecer de seus pulmões e ainda que ele tente buscar reabsorver, precisa de toda força para respirar.

— Tivemos sorte por Nathalia ter cursado universidade aqui — comenta minha mãe. — Ela até cogitou cursar na capital na mais conceituada faculdade de Direito. Passou no vestibular, mas tomou a decisão de não se mudar.

— Sério? Você passou na USP e abriu mão?

— Preferi ficar por aqui. — Continuar na segurança da casa dos meus pais pareceu ser a melhor escolha na época. Talvez se tivesse optado pela mudança minha vida seria muito diferente. Não teria estagiado no escritório, tampouco teria aceitado o emprego oferecido por Théo. Se tivesse ideia do que passaria, jamais teria deixado passar a oportunidade de mudar o caminho.

— Meu irmão cursou lá.

Volto minha atenção a Leonardo, sentado à minha frente na mesa.

— Você precisa conhecê-lo — completa ele. — Assim que eu voltar do Rio, marcaremos de nos encontrar.

— Vai viajar? — pergunta minha mãe.

— Sim, vou ficar um tempo com Samanta antes dela se mudar e tenho negócios a resolver no Rio de Janeiro.

Não perguntei aos meus pais o que eles achavam de Leonardo ser divorciado e ter uma filha. Nem sequer me passou pela cabeça levantar tal questão. Só agora observando minha mãe remexer no risoto me cai a ficha. *Será que deveria ter perguntado?*

Lily

— Vim me despedir! — avisa Murilo entrando na livraria.

— Já! — Saio de trás do balcão do caixa. — Só faz duas semanas que você chegou.

— Preciso voltar. Preciso resolver várias questões com Catarina.

— Achei que ficaria mais tempo aqui.

— Minha vida é em Londres. Quem sabe em breve você possa me visitar?

Assinto. Dou um abraço nele e observo Murilo sair pela porta. É como se estivesse em um *déjà-vu*. A atitude dele não é diferente de tantos outros momentos em nossa convivência. Talvez se tivesse me lembrado disso da vez em que perguntou se já havia me decepcionado teria respondido: *Sim! Inúmeras vezes.* Algumas relações são transitórias, outras voláteis e outras duradouras. E entender em qual cada pessoa que passa por minha vida se encaixa é uma reflexão constante. Se classificasse Murilo em uma delas diria que a nossa é transitória. Certa vez li no livro de Milan Kundera, *A Insustentável Leveza do Ser*, uma frase que não entendi na época e por isso deve ter se fixado em minha memória:

"Aquele que quer permanentemente chegar 'mais alto' deve esperar que um dia seja invadido pela vertigem."

Talvez seja o próprio vazio dentro de mim. A vertigem da qual busco fugir e que me desestabiliza dia a dia jogando-me no vazio existencial. Relações complicadas as quais vou me agarrando até levar um tranco e me derrubarem. Todos partem com um breve aceno, todos têm suas próprias vidas, todos estão ocupados em resolver os próprios problemas. *Então, onde me encaixo? Onde faço meu pouso? Onde me conecto e me preencho?*

— Lily! — chama Nathalia junto a mim. — Vi Murilo passar aqui. Vocês vão sair no final de semana?

— Não! Ele foi embora. — Descolo o olhar da porta com a entrada vazia e volto-me a ela.

— Mesmo? Achei que ele ficaria por pelo menos um mês. Bom, já que ele partiu e Leonardo está viajando, que tal fazermos um programa de meninas?

Os olhos dela brilham de empolgação. Coloco meu vazio de lado e busco o preencher com novas possibilidades.

— O que você tem em mente?

— Ganhei dois vouchers de massagem da minha mãe e pensei se poderíamos ir relaxar um pouco juntas, na hora do almoço. E que tal à noite irmos pro meu apartamento, abrir um frisante e assistir algum filme? — Ela movimenta os grandes cílios, empolgada.

— Eu topo!

— Ótimo, mas antes vou ligar para um prestador de serviços vir limpar as calhas. Estou com receio das chuvas começarem e ter um bando de folhas obstruindo o telhado.

— Certo! Precisamos evitar surpresas porque nossa grana tá curta e mal vai dar pro frisante.

14

Uma Longa Queda

Mari

— Mama, só vou passar seis meses longe.

— Já sei, Luiza! Você está repetindo isso há um mês.

Nem acredito em como o tempo passou rápido, mal ela me disse que foi aceita no estágio estamos no dia em que ela vai partir.

Duas batidas na porta e meu coração congela. Alfonso chegou.

— Vou avisar para ele que estou terminando de arrumar a mala — diz minha filha.

— Deixe que aviso.

— Tem certeza? — Ela arqueia as sobrancelhas e gira os olhos de mim para a porta do quarto.

Confirmo com um aceno de cabeça e sigo para abrir a porta da rua. Coloco a mão na maçaneta, fecho os olhos e respiro fundo antes de girá-la.

Ele não mudou nada. Após mais de dez anos, parece o mesmo. O impacto que achei que ele teria em mim não é tão intenso quanto imaginei. Claro, meu coração dispara no peito e tenho dificuldade de engolir, tantos sentimentos armazenados por tantos anos. Como manter a frieza e o distanciamento?

— Entre! — convido. — Luiza está acabando de arrumar a mala.

Deixo a porta aberta para ele passar e sigo na direção da cozinha.

— Como você está, Mari?

— Bem! — respondo, querendo voltar ao quarto para ajudar minha filha.

— A Luiza me disse que está trabalhando fora.

— Sim.

Alfonso baixa os olhos e dá um sorrisinho. Aquele *sorrisinho* que irritava até minha alma. Aquele jeito de dizer que não confiava em mim, que eu não era nada. Parece que toda a raiva armazenada por anos explode dentro de mim, como um bolo com excesso de fermento vaza da assadeira e inunda o forno, até o cheiro de queimado surge intenso e queima minha narina.

— Para a sua insatisfação, estou reconstruindo minha vida. Saiba que estou muito melhor. Aprendendo coisas novas e vivendo outras experiências.

— Continua ácida como sempre foi.

— Acidez provocada por você, com este ar de superioridade sempre presente. Em que você se acha melhor que eu? Com que autoridade você vem na minha casa e se acha no direito de me ofender?

— Não tô te entendendo. Eu não disse nada.

— Nem precisa. Seu jeito de me criticar não mudou nada.

— Sério, Mari? Será eu mesmo? Lembre-se sempre, tudo que você faz dá em nada. Jamais deu certo. A única coisa que fez certo foi nossa filha, a qual tem uma grande parcela de mim nela.

— Parcela que você ignorou por anos.

— Não queria ter o desprezo de te encontrar.

— Pois bem, não precisa ter. A Luiza está acabando de se arrumar e quero que espere lá fora. Aqui você não é bem-vindo.

Ficamos nos encarando por instantes que parecem minutos intermináveis. Nos olhos dele vejo refletido tudo o que fui um dia, tudo o que deixava ser de mais baixa e insignificante. Como alguém consegue nos rebaixar tanto e ainda o idolatrarmos?

Mantenho minha posição firme, exalo o quanto é possível de superioridade até Alfonso piscar, virar as costas e sair pela porta de onde nunca deveria ter entrado novamente.

Nathalia

Eu e minha mãe chegamos ao consultório do pneumologista para saber os próximos procedimentos após o resultado dos exames. Li o laudo e está assustador. Tentei amenizar para minha mãe, mas esta noite não consegui pregar os olhos. Nem mesmo saber que Leonardo está retornando hoje do Rio, conseguiu aplacar a sensação de impotência me dominando. Minha mãe movimenta as mãos na alça da bolsa.

— Vai ficar tudo bem! — digo para animá-la, sem nem eu mesma acreditar na afirmação.

A recepcionista avisa para entrarmos no consultório. Ao abrirmos a porta, o médico indica as cadeiras para nos sentarmos e nos encara.

— Preciso avisá-las que o prognóstico não é bom — diz o médico.

— Ele está muito fraco — minha mãe sussurra.

Pego na mão dela acomodada sobre a sua perna, está gelada e trêmula.

— Vou receitar alguns complexos vitamínicos e de proteínas para tentar fortalecê-lo. Continuaremos com a terapia de oxigênio. Temos a opção do transplante, mas precisaremos avaliar melhor.

— Será que o convênio vai aprovar? — questiono.

— Farei uma boa justificativa, porém esse não é o melhor procedimento neste momento. Tenho preocupação com a pressão dele oscilando demais e também com o coração. O resultado do ecocardiograma está preocupante. Talvez precisemos fazer uma intervenção, mas não posso dar prosseguimento se ele não se fortalecer. E como você está? — o médico pergunta para minha mãe.

— Estou bem!

As profundas olheiras no rosto magro desmentem a fala.

— Cuide bem deles, Nathalia! Essas situações são difíceis.

— E como são, Doutor!

O tempo fechou. Saímos do consultório com o céu tomado pelas nuvens escuras e carregadas. O sábado não começou bem. Minha mãe me abraça e começa a chorar. Tento a acolher da melhor forma e dizer que tudo ficará bem. Só a solto quando os primeiros pingos de chuva caem sobre nós. O relâmpago clareia o céu e o trovão na sequência nos faz estremecer.

Deixo minha mãe com pesar na casa dela e vou ao encontro de Leonardo. Nós marcamos de almoçar. Ele ficou duas semanas fora para se despedir da filha e resolver assuntos da empresa, estou com muitas saudades. Finalmente vou conhecer o irmão dele. A dor pelo estado de saúde do meu pai começa a ser substituída pela ansiedade desse encontro. Mais uma vez estou atrasada e detesto me atrasar.

A chuva despenca aos baldes e o vento parece mais um tornado que chacoalha meu guarda-chuva no ar e o vira pelo avesso assim que desço do veículo quase na esquina do restaurante. Corro pulando as poças formadas junto à calçada e tento me segurar para não perder o equilíbrio e ir ao chão. Encharcada consigo chegar à porta do restaurante. *Justo hoje que vou conhecer o irmão do Léo*.

Jogo o guarda-chuva na lixeira na entrada, ele não tem mais serventia. Removo com as mãos o excesso de água escorrendo por meus cabelos e braços. A calça clara está com borrões de água suja. *Ah, meu Deus!*

Leonardo acena da mesa ao fundo. Por sorte ele está sozinho, tenho um tempo antes de o irmão chegar para tentar me recuperar no banheiro do estado lastimável da minha aparência.

— Olá! — Ele se levanta para beijar meu rosto. — Você tomou toda essa chuva? — diz o óbvio removendo algumas mechas de cabelo presas em meu rosto.

— Pois é! Vou ao *toilette*. — Viro e esbarro em Samanta. — Ah, você está aqui!?

Ela me ignora.

— Posso continuar a pintar com minha amiga, papai? — ela diz e sem esperar a resposta corre se afastando de nós.

Acompanho a garota através do olhar até ela encontrar outra menina na área interna de lazer para crianças.

— Você a trouxe? — questiono. — Não me disse que ela viajaria com a mãe?

— Queria ter te avisado, mas não quis desviar a sua atenção da consulta do seu pai. Como ele está?

Apesar dos lábios entreabertos, não consigo soltar uma única sílaba, continuo chocada por ver Samanta.

— Meu irmão chegou. — Ele aponta para a entrada do restaurante.

Giro o tronco e perco o fôlego. Quero muito me controlar, mas aquele torpor no peito parece me sufocar, meu corpo reage e a respiração volta ofegante. Encaro o homem se aproximando, vindo na minha direção. Um lampejo de hesitação surge nos olhos dele, ele pisca para quebrar o contato visual comigo e coloca o sorriso falso e amarelado nos lábios. Ele devia parar, ele devia parar. Atrás dele o vulto de uma mulher. O Bernardo Babaca Cretino libera para ela passar e coloca as mãos nos ombros dela, ainda mantendo seus olhos fixos nos meus. Meu corpo inteiro entra em choque, os pés parecem de chumbo, colados ao chão, e o peso toma conta deles, faíscam são disparadas na minha pele e meu peito está em combustão, obstruindo minha garganta.

— Nathalia, quero te apresentar Beco, meu irmão, e a minha cunhada, Bia.

O salafrário estende a mão para mim.

— Você está bem? — pergunta-me Leonardo colocando o rosto a minha frente.

— Prazer, Nathalia! — cumprimenta a mulher.

Consigo expressar um ínfimo movimento de cabeça.

— Nathalia! — chama Leonardo. — Tem um telefone tocando. É o seu?

Movimento a cabeça saindo do transe e abro a bolsa. Faço um aceno com a mão e saio de perto da mesa, minhas pernas se movem como que por sobrevivência escapando do alcance do predador.

Respiro fundo, recosto na parede do lavabo e atendo o celular.

— *Nathalia* — A voz da Lily está exaltada do outro lado —, *preciso de você agora na livraria.*

— Agora? — balbucio.

— *AGORA!* — Para além do grupo consigo ouvir vozes exaltadas ao fundo e um barulho que não reconheço, talvez reflexo do temporal que chicoteia o telhado do restaurante.

Saio em disparada porta afora para a rua inundada e os pingos fortes surram minha pele. Corro na direção do carro. Abro a porta, dou partida no motor e só paro quando chego à porta da livraria.

Lily

O teto caiu. Entre as vigas de madeira, galhos de árvores transpassam fazendo a água jorrar nas paredes, prateleiras, livros e assoalho. Os galhos se juntam às macieiras artificiais transformando tudo em um grande emaranhado de folhas. Nosso precioso lugar imerso nas poças. Livros espalhados, molhados e em estado irrecuperável misturam-se às manequins, tão bem cuidadas e elaboradas com carinho, mais parecendo fantasmas em meio ao caos. Quero sair correndo. Porém, como voltar atrás se, além de mim, minhas amigas também passaram a depender exclusivamente deste lugar. Precisamos unir forças e tentar recuperar tudo.

Saio da inércia e corro para salvar o exemplar de *Orgulho e Preconceito* boiando em uma das poças.

— Eu deveria tê-la ouvido, Nath — digo assim que ela surge na porta.

— Vamos socorrer o que for possível! — Nathalia diz, como sempre sendo prática.

Del me passa as pontas de um grande plástico preto e começa a me ajudar a cobrir o piano, por sorte ele não está onde o teto desabou, mas ele precisa ser protegido. Minha herança, meu lindo e belo piano em meio ao caos dos livros, das cadeiras, dos sofás.

Nathalia, Mari, Lucila, Francisco e clientes que estavam na livraria quando o temporal começou auxiliam a levarmos o que não molhou para a área da cafeteria. Braços, pernas e a união nos impulsionam a tentar salvar o que for possível. A água escorre pelas paredes do pé direito inundando o piso. Os tapetes coloridos de EVA boiam. Estes não serão destruídos. Todos os outros objetos não têm como garantir.

15

Caos

Nathalia

Vem! — chamo Lily. — Vamos pro meu apartamento. Não adianta ficarmos aqui. Conseguimos salvar o que foi possível — digo fixando o olhar nos sacos pretos com exemplares salvos antes de molharem. — Mari! — O olhar dela está perdido nas poças de água com a chuva escorrendo pelas vigas. — Você também, vá pra casa. Tire essa roupa molhada antes que adoeça. Por hoje não há mais nada a ser feito. Vamos torcer para não chover mais. Todas nós precisamos de um banho quente e uma bebida — oriento aos rostos desolados de Tati, Lucila, Del e Francisco.

Lily reluta em sair do lugar. Vou até ela e pego em sua mão, gélida e úmida, assim como seus olhos.

— Vamos, amiga! Não há mais nada a ser feito por hoje.

Saio do banho e encontro Lily na sala com a testa apoiada no vidro da janela. O olhar focado na chuva caindo lá fora. O temporal cessou, a fina garoa em nada lembra o dilúvio que caiu hoje mais cedo. As gotas iluminadas pela luz da luminária até parecem reproduzir uma imagem mágica, não fosse a cara de desânimo de minha amiga e todo o caos de hoje.

— Lily, vá tomar um banho quente, amiga.

Ela se volta a mim, os olhos vermelhos, o rosto marcado por manchas da mesma cor, confundem-se com as profundas olheiras. Shakes está deitado no tapete com as orelhas cobrindo o ouvido parecendo também tão desolado quanto nós duas estamos.

— Você está péssima! — confesso tentando amenizar seu olhar sofrido.

— O que nós vamos fazer, Nathalia? — pergunta e volta a chorar. — Eu nunca devia ter feito a proposta de abrir essa livraria. Não sei o que fazer agora. Não tenho força nem capacidade para sair dessa situação. E estou levando todas vocês comigo.

Caminho até ela e a abraço.

— Nunca te disse isso e quero dizer agora, você é a melhor pessoa que conheço. Engajada, corajosa e determinada. Eu nunca faria uma parte do que fiz se não fosse por você. Por isso, jamais duvide da sua capacidade. Ela transforma vidas. Veja Mari, Tati, Lucila, Del e até a pequena Luciana. Você consegue fazer com que elas despertem o seu melhor.

— Mas isso não nos trará o dinheiro necessário para reformarmos a livraria.

— Nós vamos pensar em algo. Acredito muito nisso. Por ora, vá tomar banho. Vou fazer chá e preparar algo para comermos. Deixei algumas peças de roupa sobre a minha cama. Escolha e vista. Depois venha comer.

Quando minha amiga sai na direção do quarto com os ombros caídos e carregando a falta de esperança parecendo dominar todo o corpo dela, me volto para a janela. Apoio a testa no mesmo lugar onde Lily esteve há pouco. Por mais forte que queira ser neste momento, e preciso ser, também não consigo pensar em nada que possamos fazer para reverter essa situação. Alinhado a tudo, ainda tem o diagnóstico do meu pai de precisar de mais tempo da ajuda de respirador artificial e minha decisão firme de não mais ver Leonardo. Este relacionamento é impossível. O soluço escapa da minha boca, enxugo a lágrima escorrendo pela narina e sigo para a cozinha. Preciso me movimentar. Meu fiel e carinhoso cachorro me acompanha.

Retiro do armário o pão de forma, abro a geladeira e por sorte ainda tenho algumas fatias de frios comprados nessa semana. Pego o patê de gorgonzola trazido por Leonardo há 15 dias, o qual mal havia tocado. *Droga!* Acostumei tanto a fazermos as refeições juntos que foi difícil fazê-las sozinha nesse tempo em que ele ficou fora. Meu coração comprime. Terei de me acostumar a não tê-lo perto de mim. *Ah, o que vou fazer agora?*

Lily entra na cozinha e peço a ela para pegar a lancheira elétrica. Começo a montar os lanches, um a um, me atrapalho para desgrudar a fatia de queijo. Minha amiga vem em meu auxílio.

— Sinto-me péssima por ver você assim — diz.

— Não coloque toda a carga em você do que aconteceu na livraria. Além do mais essa é só uma parte dos desastres deste dia.

— A consulta com o médico foi desanimadora? — Arrisca.

— Sim! E tem mais...

Conto a ela sobre o encontro no almoço.

— Você está brincando? Leonardo é irmão do BBC? Do Bernardo Babaca Cretino? Como você nunca suspeitou?

— No início algo me dizia que não devia confiar nele. No entanto, o cara se mostrou fenomenal, atencioso, charmoso, todos os *osos* como já havia comentado com você. Parece que eles nem se veem tanto, o boçal estava viajando quando fui conhecer o pai deles. Leonardo não o chama de Bernardo, chama-o de Beco. Jamais imaginei. Ele me disse que o irmão era advogado. Nesta cidade deve ter milhares de advogados.

— Meu queixo caiu, amiga!

— Estou vendo!

— Théo deve conhecer o irmão dele. Ele nunca me disse nada também.

— Léo nunca encontrou o Théo. Estas artimanhas do destino. Enfim, estou esgotada.

Coloco os pães na lancheira e pego a chaleira sobre a pia relembrando minha saída desesperada do restaurante. *O que será que Leonardo está pensando de mim? Não quero nem ver meu celular.*

— Vou preparar um chá pra tomarmos.

— Nath, preciso de algo muito mais forte que um chá hoje. Temos muito a esquecer pra ver se pelo menos conseguimos pegar no sono, porque amanhã promete.

Mari

— Eu avisei a você, Mari! Avisei e você não me escutou. Se tivesse me ouvido ainda estaria com suas freguesas vendendo seus doces e ganhando dinheiro. Como vamos sobreviver só com a minha aposentadoria?

— Chega, mãe! Já não basta tudo o que passei hoje? A senhora vai continuar me criticando? — Minha voz é baixa e expressa todo o cansaço que meu corpo carrega. — Preciso de um banho e uma boa noite de sono. Por hoje não quero mais discutir.

Em direção ao quarto vou tirando a sandália encharcada pelo caminho. Talvez minha mãe tenha razão, assim como Alfonso. Sempre estou imersa no caos, nunca faço nada que presta. *Como farei agora sem emprego, sem esperança, sem dinheiro? Meu Deus, estou perdida!*

Hoje minha filha me faz muita falta. Queria ela aqui. Não posso ligar para ela, só de pensar que o Alfonso ficará sabendo, meu peito se comprime. Já basta a discussão de ontem com ele.

Minha mãe entra no quarto. Estou tirando o vestido molhado e pego a toalha para levar ao banheiro.

— Vou fazer uma sopa pra você. Está com fome?

Confirmo num aceno. Ela movimenta a cabeça e sai do quarto.

Preciso é de um abraço, mas não vou ter dela. Minha mãe jamais me abraçou, nem mesmo quando Alfonso foi embora. Talvez ela não tenha aprendido a distribuir afeto, por isso seja incapaz de demonstrá-lo. Minha avó era tão distante quanto ela, como se dar um abraço fosse arrancar dela um pedaço. A distância parecia impor respeito e minha mãe replica o modelo. Até por sentir tanta falta, sempre quis abraçar Luiza, dar carinho, estar perto dela. Na minha casa, o carinho vinha do meu pai, minha mãe parecia sempre mais preocupada com o que precisava colocar na mesa do que com o que precisava colocar em nosso coração. A sobrevivência sobressaindo-se à vivência.

Deixo os pensamentos para trás, pego a toalha e uma muda de roupa e sigo para o banheiro. Amanhã é um novo dia. Quero chegar cedo na livraria, preciso ajudar no que for possível. *E essa chuva continua, meu Deus!*

Lily

Tive de deixar Nathalia no apartamento dela. A febre começou a noite e hoje ela está imprestável. Também, pobre da minha amiga. São muitas situações difíceis ao mesmo tempo. *Caraca!* O cara é irmão do Bernardo Babaca Cretino. Nem acredito.

A caminho da livraria constato o caos. Não fomos as únicas a ter prejuízos. Há árvores caídas, inclusive uma sobre um carro. Casas destelhadas, folhas obstruindo boa parte do asfalto, ruas fechadas, semáforos apagados. O temporal fez estrago. Sorte a chuva ter dado uma trégua nessa manhã, porém em breve ela voltará. Nuvens negras pesam no céu como blocos de chumbo.

Abro a livraria e me deparo com a destruição, à luz do dia o estrago se intensifica. Resisto a vontade de abaixar no chão e chorar. *Força, Lily! Força, mulher! Você precisa ser forte!*

Mari não demora a se juntar a mim e em seguida chega Del, Lucila, Tati e Francisco. Se o tio Tó estivesse bom, tenho certeza que estaria aqui conosco. Suspiro e tento assumir a função de minha amiga, ser prática.

— A chuva deu um tempo, mas precisamos pensar em uma solução rápida pra evitar continuar a chover aqui dentro.

— Hoje não vai dar pra subir no telhado — avisa Francisco —, além das telhas que despencaram pode acontecer com outras também e do jeito que está molhado é arriscado.

— Não quero causar acidentes. Será que podemos chamar algum especialista para ver se nos dá alguma solução?

O primeiro do qual me lembro é Robson. Descarto de imediato, nem pensar em chamar aquele mau profissional que me orientou precisar só fazer o conserto do telhado. Deve estar de conluio com o Nando, aquele traste.

Todos continuam a me fitar esperando eu mesma dar a solução. Oriento Lucila a procurar uma empresa no Google. Peço as outras e a Francisco para avaliarmos os itens nos sacos de lixo preto e ver tudo o que podemos aproveitar antes de levá-los ao andar de cima para ficarem mais protegidos. Livros, decoração, as manequins adornadas por rosas parecem perdidas, mas é necessário analisarmos bem e ver se é possível recuperá-las. O mesmo não posso dizer de alguns livros. Mari e Delilah se ocupam da cafeteria e junto com os outros, começo a colocar ordem.

Por sorte conseguirmos chamar uma empresa de manutenção. Eles não poderiam mexer no telhado, tampouco temos dinheiro para fazer isso agora e nem sabemos quais os danos de fato. De momento, a equipe de homens estendeu a lona no telhado, pelo menos isso evitará a entrada de água com a chuva que começa de novo a cair. Precisaremos contratar um engenheiro para avaliar o estrago e nos orientar o que deverá ser feito.

16

Divina Essência

Nathalia

Quero muito levantar, mas meu corpo não me obedece. Sei que as meninas devem estar trabalhando na livraria para colocar tudo no lugar. Essa gripe me pegou feio, aliás espero que seja só gripe e não seja esse vírus infeliz. Por causa das suspeitas de contaminação minha mãe não pôde vir me ajudar, precisamos preservar a saúde do meu pai e a dela também. Quanta falta faz alguém para cuidar de nós quando estamos doentes. Se Shakes, deitado aos pés da minha cama, fosse capaz de cuidar de mim, estou certa que ele o faria.

Tomei um analgésico e ele parece ter o efeito de água. O acesso de tosse vem pela milionésima vez e não consigo contê-lo, me encolho na cama. Meu corpo todo está em frangalhos. *Maldita chuva*!

A campainha toca. Shakes levanta em alerta. *Graças a Deus, Lily voltou*. Tomara que elas tenham conseguido colocar o mínimo de organização naquela bagunça. O pesar por não ter conseguido estar com elas me deixa ainda pior.

Arrasto-me da cama, enrolada no cobertor, estremeço ao tocar o pé no chão. Já deve ter passado da hora do almoço, perdi a noção do tempo. Vasculho com o olhar a sala em busca do celular. *Onde foi parar? Será que deixei dentro da bolsa?*

O som estridente da campainha fere meus ouvidos. Shakes late. Preciso providenciar uma chave para ela.

Destranco a porta e arquejo.

Leonardo está segurando no batente. Ele arregala os olhos.

— O que aconteceu? Estou tentando falar com você desde ontem. Seu celular não atende, você saiu correndo do restaurante. Passei na livraria no final da tarde e estava fechada.

O tremor em meu peito quase me faz abaixar no chão. Minha perna fraqueja e ele me segura, tocando seu rosto no meu.

— Meu Deus! Você está fervendo. — Ele agarra o cobertor, passando-o pelo meu ombro.

— Por favor, vá embora! — Minha voz é um sussurro. Pigarreio e a garganta queima. — Posso estar com Covid.

— Covid ou não, vou cuidar de você.

— Como você entrou?

— Digitando o código de acesso na portaria. Você esqueceu? Deve estar muito mal mesmo. — Leonardo estende os braços para me segurar.

Tento desvencilhar da mão dele e enrosco no cobertor, quase caio e ele me apoia, ajudando-me a caminhar de volta ao quarto. Minha perna fraqueja e ele me pega no colo até me colocar na cama. Desabo sobre o colchão e me encolho. Ele tira os próprios sapatos e se acomoda na cama comigo, envolvendo-me nos braços. Quero muito pedir, de novo, para ele ir embora. Jamais conseguirei desvinculá-lo daquele ser repugnante que foi gerado no mesmo útero que ele, porém não tenho forças. Só quero ficar quieta e fazer tudo parar, meus pensamentos, a dor no corpo, a febre, os calafrios. Tudo, inclusive o tempo.

— Quer ir ao hospital? — pergunta.

Nego com um movimento ínfimo.

— Você já tomou antitérmico, analgésico, sei lá. Algo pra gripe.

Confirmo e continuo agarrada no cobertor e nele. Leonardo acaricia minha testa, ajeita a coberta.

— Vou arranjar um medicamento. Fazer um chá pra você. Tem chá em casa?

— Não quero nada! Só ficar quietinha aqui. — Fecho as pálpebras, sinto a dor latejante no globo ocular.

Os pingos açoitando a janela me fazem encolher mais. Presto atenção na respiração dele, no som do carro espalhando água das poças na rua e quero desaparecer. Desaparecer e me fundir nele, sem deixar essa angústia me consumir. Quero muito fingir que ele é só Leonardo, que me faz sorrir, que conta piadas sem graça e faz cantadas cafonas. Quero muito fazer de conta que nós somos perfeitos um para o outro. Perfeitos dentro de nossas imperfeições. Que quem vem agregado nele, a filha, o irmão, são só fragmentos desnecessários e superáveis a cada dia. No entanto, está além de minhas forças, de minha ilusão, da minha mania de achar que o romantismo supera tudo. Mas não há superação para este vínculo intrínseco dele. Será que há? *Ah, meu Deus, que dor.* O calafrio domina meu corpo e só posso me encolher desejando que essa sensação acabe logo.

Como se Leonardo percebesse o quanto preciso de aconchego, me envolve ainda mais nos braços, acaricia suavemente com o polegar o ponto central entre minhas sobrancelhas e me embala nos braços.

Retorno para o apartamento da Nathalia, munida da pequena mala com minhas roupas. Toco a campainha. Shakes late. *Será que ela está dormindo?* Espero que esteja melhor. Nem sequer consegui lhe enviar mensagem. Preciso de uma chave para entrar nesse apartamento. Essa provavelmente será minha moradia por um tempo. Precisarei ficar aqui com ela. Não é possível permanecer na casa até o conserto do telhado.

A porta abre, dou um passo para trás diante da figura à minha frente.

— Olá! — Leonardo cumprimenta animado. — Não tivemos a oportunidade de nos conhecermos bem ainda, não é Lily?

Encaro-o para buscar as semelhanças entre ele e o BBC. De fato, nem sequer o jeito arrogante do outro ele tem. Talvez a cor dos olhos? Não! Se bem me lembro a do outro parecia ter uma camada branca na íris, devia ser reflexo de sua maldade.

O homem está com a mão suspensa. Deixo a mala no chão e retribuo o cumprimento.

— Pois é! Não, né? Onde está Nathalia? — pergunto entrando no apartamento.

Deposito a mala no tapete junto da estante.

— Dormindo! O medicamento fez efeito e a febre baixou. Assim que Nath melhorar poderíamos marcar de jantarmos juntos. Nathalia fala muito de você e do quanto são amigas.

Assinto correndo os olhos pelo apartamento. Shakes está deitado no tapete parecendo bem à vontade com as visitas na casa.

— Cheiro bom! — O aroma de comida espalhou por toda a sala. Meu estômago ronca. — Você cozinhou?

— Não! Chamei iFood. Você já almoçou? — Ele aponta a mala no chão. — Está se mudando pra cá?

— Pois é! Minha casa está um caos. Vou passar algum tempo aqui.

— Você não está morando na livraria? — ele questiona arqueando as sobrancelhas.

— É isso aí! A Nathalia não te contou?

Ele nega com um aceno de cabeça. Pelo visto ela não lhe contou nada, senão você provavelmente não estaria tão à vontade por aqui. Suspiro e conto a ele em detalhes nosso fatídico sábado. O cara parece boa gente, não posso negar e preciso concordar com Nathalia, ele não se parece com o canalha.

— Então é isso! — finalizo.

O homem continua estagnado com a mão no queixo parecendo inconformado. Ele movimenta o pescoço como parecendo buscar solução para o caos que acabou de ouvir.

— Por isso a livraria estava fechada. Nathalia deve ter ficado molhada por horas e com todo esse stress não me admira ela estar doente.

— Pois é... — repito. *E você não sabe nem da metade.*

— Você voltou. — Nathalia surge na sala. — Como estão as coisas na livraria?

Dou de ombros. O que mais posso dizer.

— Vai dar certo! — diz Leonardo. — Posso passar lá e ver se consigo ajudar. Tenho certeza que é possível contratar bons profissionais para fazer os consertos e em breve vocês reabrem.

— Claro, claro! — Não consigo segurar o sarcasmo.

— Melhor você voltar para a cama. — Ele pega na mão da Nathalia, escapando do cobertor que a envolve. — Pedi comida. Tem sopa. Levo pra você. — Ele faz um carinho no rosto dela, ela baixa os olhos e se afasta.

— Não precisa! Você deve voltar para a sua filha, ela deve estar te esperando. Lily fica comigo.

— Tem certeza?

Ela assente comprimindo os lábios e os pressionando como se precisasse utilizar toda a sua força para não começar a chorar.

— Fica tranquilo! — digo a ele. — Vou cuidar dela.

— Ligo mais tarde e se você precisar me liga. — Ele a abraça e ela mantém os braços cruzados envolvendo o cobertor no próprio corpo.

Aceno para ele. Leonardo nos deixa na sala suspensa em tensão e num silêncio perturbador só quebrado pelos pingos batendo na janela.

— Quando vai contar a ele? Ou decidiu fazer de conta que está tudo bem?

— Não enche, Lily!

— Tá bom, amiga! Já que não vamos tocar nesse assunto, melhor encher a boca. Estou com muita fome e não vou desperdiçar o almoço que o *cara* nos deixou.

Mari

A expressão da Nathalia e Lily não é das melhores. O engenheiro contratado para avaliar os danos na casa saiu há poucos minutos. Como elas não me incluíram na conversa, como haviam feito diversas outras vezes para outros assuntos, preferi continuar limpando o piso junto com Del. O assoalho está coberto por folhas e barro, conseguimos remover e secar a água, porém ainda há muito a fazer para deixar o piso tão brilhante quanto sempre foi. Carregamos o sofá e as poltronas para o quintal e os colocamos no sol ao lado do gazebo. Ainda continuam encharcados e precisaremos lavar. As calhas foram limpas antes desse temporal, no entanto, avalio que pouco importava diante da descarga de água despejada no sábado. Enfim, hoje, segunda-feira, a chuva deu brecha e o sol despontou forte.

— Mari, nós vamos perder o emprego? — Del pergunta com os olhos arregalados na direção da Nathalia e Lily que sobem a escada.

— Não sei! — Abaixo para pegar um tufo de galhos presos na lama.

— Terei de voltar pra casa do meu marido.

Levanto num salto e levo a mão ao peito.

— Valha-me Deus, mulher! Não faça isso.

— Como *vo sustenta* minha filha? Mal recebi o primeiro salário, nem *vo te* auxílio desemprego. Isso aqui deve *fica* uma nota preta pra *arruma*. — Ela aponta para o buraco no teto coberto pela lona, pelas manchas úmidas na parede, para parte das vigas ainda pendentes no canto do pé direito alto. — E se eu *tive* de voltar a morar no meu antigo bairro? O fulano virá atrás de mim. Ele não me perdoa por ter saído da casa. Vai destruir *eu* e a minha filha.

— Nem pensei nisso. Calma! As meninas são muito esforçadas. Elas conseguirão pensar numa solução.

Del abaixa e recolhe os resíduos que acabou de juntar, abre o saco de lixo e coloca dentro, balançando a cabeça de um lado ao outro.

— Mari! — Nathalia chama do alto da escada.

Limpo a mão no avental, toco o ombro de Del, tentando lhe passar o olhar mais confiante possível, e sigo na direção da escada.

— A situação está feia? — pergunto assim que entro no escritório, ao lado do quarto da Lily.

Nathalia está debruçada na escrivaninha e esfrega os próprios olhos. Ela ainda está abatida pela gripe. Lily, sentada na cadeira em frente a ela, apoia o cotovelo na mesa, os olhos dela estão vermelhos. Meu coração comprime no peito.

— A avaliação do engenheiro não foi das melhores — diz Lily —, ou pelo menos não a ponto de que tenhamos alguma ideia de onde arrumar dinheiro para fazer a reforma pelos custos estimados. Ele avaliou que precisa trocar o madeiramento do telhado e as telhas também. Somado a isso, terá de conferir se a estrutura da casa aguentará o novo telhado.

Também preciso de uma cadeira para sentar e recorro a poltrona no canto. Desabo sobre ela.

— Se puder ajudar — ofereço. — Infelizmente não tenho muito guardado, mal consigo pagar minhas despesas, posso me propor a trabalhar mais, conseguir algum dinheiro emprestado.

— Já pensamos nisso, porém qual banco emprestará dinheiro pra duas desempregadas. — Nathalia aponta para ela e Lily. — Ainda que a casa sirva de garantia, levará muito tempo para levantarmos a grana.

— Nathalia já propôs vender o carro dela e eu pegar o dinheiro da minha rescisão para pagar os custos, no entanto, ainda é insuficiente. Não dá nem pro material, que dirá pra mão de obra. Além do mais durante a reforma precisaremos continuar a pagar o salário de vocês. Não tem como não pagar.

— Ficaremos desempregadas?

O desespero bate em mim. Tentei evitar me entregar durante todos estes dias, mas não consigo conter a onda de choro. Terei de voltar a fazer minhas encomendas em casa, se ainda conseguir clientes. Recomeçar do zero. Recomeçar, logo agora que estava melhorando na vida.

— Calma, Mari! — diz Nathalia abaixando junto a mim.

Estou com o rosto entregue nas mãos. Não tinha intenção de desabar na frente delas, mal posso imaginar pelo que já estão passando sem ter alguém mais se lamentando.

— Vamos dar um jeito! — afirma Nathalia.

17

Decisão

Lily

— Vou vender a casa! — decido com convicção assim que Mari sai do escritório. — O velho sempre esteve certo: não sou capaz de levar nada adiante, ou eu meto os pés pelas mãos ou o universo faz por mim. Veja a minha profissão, estudei cinco anos e a abandonei no primeiro estágio, depois iniciei outra e abandonei, agora que achava estar dando tudo certo, vem esse golpe.

— Não, Lily. Fizemos o certo. Veja a quantidade de vida que mudamos com este espaço. A Mari está se reinventando. A Tati conseguiu voltar a estudar. Lucila tem uma nova expectativa de vida. Del, trocou de vida pela filha e está trabalhando duro para se sustentar. Não é justo você dizer isso. Vamos dar um jeito.

— Foi você mesma quem sugeriu para eu vender a casa, lembra-se? Foi no dia em que viemos vê-la, quando lhe fiz a proposta.

— Isso foi antes. Muita coisa mudou de lá pra cá. Vamos dar um jeito — Nathalia reforça.

— Sério? Jeito como, se não temos mais nenhum dinheiro? Nós duas desempregadas levando outras pessoas conosco. Devíamos ter trocado o madeiramento do telhado quando reformamos.

— Não tínhamos dinheiro. Esqueceu? E talvez isso não impedisse a casa de destelhar agora. Ouviu o engenheiro dizer que as calhas não aguentaram a chuva torrencial? E os ventos fortes levaram não só as nossas telhas, mas a de várias casas nessa região.

Lembro de todo o caos nas ruas e avenidas no dia seguinte ao temporal. Ainda assim isso não aplaca minha angústia por não conseguir arrumar uma solução. Precisamos de dinheiro. De repente tenho uma ideia.

— Já sei! Você pode pedir a indenização no escritório.

— Nem que, de fato, quisesse, o faria. Isso acabaria com suas chances com Théo. Pensa nisso, sua melhor amiga abre processo contra o pai dele. O pai dele, Lily! E não foi o pai dele quem me causou o dano. E por falar em pai, o meu sempre me ensinou a ter ética e não farei isso agora. Há de ter outro jeito.

— Você esqueceu de Leonardo? Não é por ele que você não vai pedir a indenização?

— Também! Não é só por todos esses motivos. Nós somos mulheres inteligentes, não é possível que uma boa saída não surja. Precisamos pensar. Vamos pesquisar, ver as possibilidades de restaurar o negócio. Começarei agora mesmo.

Nathalia abre o notebook e liga o aparelho. Estou imobilizada. Onde ela conseguiu tamanha disposição?

— Amiga, você mudou muito! Achei que essa situação faria você voltar a tomar os medicamentos.

— Sou movida a ação, Lily! Aquela situação me paralisou e tirou o melhor de mim, a confiança de que sou boa em ações. Dessa vez não vou me deixar abater. Há muita gente precisando da nossa força. Não temos tempo para lamentação.

Nathalia

Desço as escadas e encontro Leonardo estagnado no meio do salão da livraria. Ele parece chocado pelas condições do lugar. Apesar de Mari e Del terem limpado o assoalho, ainda há resquícios de sujeira, mas está longe de ser o piso de sábado.

— Você melhorou? — pergunta vindo ao meu encontro.

Assinto. Ele tenta me abraçar e me afasto. As mulheres circulam pelo salão removendo a imundice, secando as paredes e tentando botar ordem na desordem. Lily, segurando o balde nas mãos, me lança um olhar de cumplicidade. Sei que chegou o momento de tomar a decisão, não há mais porque esperar.

— Quer subir no escritório? — convido. — Será melhor para conversarmos.

Leonardo concorda. A expressão no rosto dele demonstra ter entendido que o assunto é sério. Odeio ter de conversar com ele agora. Odeio ter de dizer a ele que acabou. Foi tudo lindo e especial tal qual um belo dia de verão na praia. No entanto, chegou o temporal e arrasou tudo.

Só me dou conta do quanto estou tremendo quando entro no escritório. Pressiono uma mão contra a outra e o encaro.

— Foi grande o estrago na casa. — Léo continua junto à porta, colocou as mãos nos bolsos da calça jeans. — Vocês já dimensionaram os danos?

É a primeira vez que o vejo tão sério, talvez também seja a primeira vez que ele me vê tão séria. Nossos encontros sempre foram banhados em alegria, paixão, cumplicidade. Gestos de afeto, toques, carícias, proximidade. Hoje, nem sequer consigo dar um passo na direção dele, não é por falta de vontade. A vontade é me jogar nos braços dele e ouvir que tudo ficará bem. Tudo ficará bem. Só que não ficará.

— Você vai me dizer o que está acontecendo? Não atendeu minhas ligações e nem viu minhas mensagens. É por causa de Samanta? Ela vai ficar só um tempo comigo até Tereza ajeitar as coisas em Atlanta.

Ah, se fosse só isso. Não chega nem perto deste vínculo dele com a filha. Minha repulsa é por outro vínculo bem mais próximo.

— Não dá mais pra continuarmos juntos. Foi intenso, foi profundo e acabou.

Ele arregala os olhos, movimenta a cabeça de um lado a outro sem perder o contato visual comigo.

— Do que você está falando?

— Da nossa relação. Se é que posso chamar de relação. Nem sei se posso chamar de namoro, afinal, você nunca me pediu em namoro.

— Sério? Acha mesmo que nossa relação se resume a formalidade de namorar ou não? Você deve estar brava porque não contei sobre a vinda de Samanta. Nós decidimos na sexta à noite. Não queria contar isso por telefone.

— Esquece isso, Leonardo! Não é sobre a sua filha. É sobre nós. Eu não quero mais e ponto. — Tento encerrar o assunto. Dou um passo pra trás. — Estou passando por muita coisa neste momento. — Gesticulo para o alto — Tem a livraria, meu pai, enfim. Não dou conta de outro compromisso. Se é que podemos chamar nossa relação assim.

— Não é o compromisso. Já entendi, Nathalia! É pedir demais a você aceitar a minha situação.

— Só quero ficar em paz. — Coloco as duas palmas da mão à frente.

— Está bem!

Leonardo dá um passo na minha direção e recuo. Nós nos entreolhamos por milésimos de segundos, tempo suficiente para ver a dor de um refletida no outro.

— Quando você tiver passado por esse turbilhão, voltaremos a conversar — diz e sai pela porta.

Eu me jogo na poltrona e recosto. Esfrego as mãos no peito como se fosse possível amenizar a angústia, a tristeza. Nunca me livrarei do *turbilhão* ao qual ele se refere. Todas as vezes que olhar para ele me lembrarei exatamente do motivo por ter mudado tanto minha vida, por estar neste beco sem saída agora, por ter assumido tantos riscos e não saber qual caminho tomar.

— Como você está, amiga? — pergunta Lily da porta.

— Como você acha?

Ela coça a cabeça parecendo também não ter a resposta correta para expressar meus sentimentos.

— Bem, se é ação que você queria, vamos lá. O Seu Nicolau está lá embaixo e disse que quer falar conosco. Ele tem uma proposta a fazer. Não quis ouvi-la sem você.

— Seu Nicolau? O homem da Agatha Christie? O que será que ele pode querer conosco? Só espero não ser pra empregar mais ninguém. Estamos mesmo precisando que alguém nos empregue.

Lily estende o braço e agarro a mão dela para levantar e me pôr em movimento mais uma vez.

Mari

Não entendo muito bem o que Seu Nicolau veio fazer na livraria. Ele me disse que queria conversar exclusivamente com as meninas. Chamei Lily e ela e Nathalia subiram com o homem para o escritório. Tento buscar no rosto de Del, segurando firme uma vassoura nas mãos, a resposta. Ela só dá de ombros e projeta os lábios, parecendo entender até menos do que eu o que ele pode querer com elas.

Volto a limpar a bagunça generalizada na livraria. Por sorte a cafeteria se manteve intacta. A parte mais afetada foi a dos livros. Até mesmo o gazebo na área externa não sofreu tanto. Continuo com as meninas a organizar tudo o que é possível, tentando conter minha ansiedade de saber qual o teor da conversa deles no andar de cima.

Alguns bons minutos passam até que vejo o homem descendo a escada. Ele coloca o chapéu sobre a cabeça, faz um sinal de despedida para mim e sai pela porta entreaberta.

Aguardo elas me chamarem. Queria muito que elas me chamassem para contar o que o homem queria. No entanto, as duas permanecem no escritório e por um bom tempo não aparecem. Quando resolvem descer, cada uma pega um serviço a ser feito, Nathalia vai remover o lixo para fora, Lily abre o piano para ver as condições dele, e nenhuma delas compartilha conosco a reunião feita. Nem mesmo pelas suas expressões consigo identificar. Ambas parecem muito desanimadas. Qualquer que tenha sido o teor da conversa, não trouxe a elas esperança.

Se a livraria fechar preciso dar um jeito de melhorar. Não posso simplesmente voltar a fazer o que fazia, só a simples menção de fazer o mesmo de sempre já me provoca dor. Quero algo diferente. Os livros me ajudaram, isso é certo, já me sinto diferente. *O que mais poderia fazer? Gostaria de poder conversar com alguém, mas quem?* As meninas estão tão transtornadas com toda essa catástrofe que nem consigo levar os meus problemas para elas. Minha mãe, nem pensar, e Luiza, sequer sabe do que está acontecendo. Não vou atrapalhar ela no estágio. A menina vai querer voltar imediatamente para casa. Conheço bem minha filha. Daquela vez em que foi viajar com a escola e quebrei o braço, ela fez a professora colocá-la num ônibus para voltar para casa, e a garota tinha apenas 12 anos. Melhor não a incomodar. Preciso dar outro jeito de me equilibrar.

Vou para casa mais cedo e deixo as mulheres continuarem a limpeza. Hoje é dia de levar minha mãe ao médico.

— Mãe, o que você acha de passarmos na igreja logo após a consulta?

Dona Alzira concorda de imediato enquanto calça os sapatos. Talvez ela também sinta falta de sair um pouco, se distrair para além do circuito casa - médico.

Saímos do consultório direto para a Matriz no centro da cidade. Não vou à igreja há tanto tempo, que sequer me lembro qual foi a última vez. Nessa hora da tarde não há missa sendo celebrada e a igreja está quase vazia. Somente alguns fiéis se dispersam por alguns bancos. O canto gregoriano ressoa na capela. Sento em um dos muitos bancos vazios e minha mãe vai até o altar à frente se ajoelhar. Desde que me separei, confesso ter virado as costas para a religião. Ter culpado o mundo por tudo. Pela perda do marido, a perda da dignidade e a perda da vontade de viver. Só sobrevivi por Luiza. Agora que as coisas estavam começando a dar certo, a viver momentos diferentes, tudo vai por água abaixo, como a livraria, a cafeteria pela qual me apaixonei e de um jeito muito especial parece fazer parte de mim agora. *Por que, Senhor? Por que quando parece tudo trilhar bem na nossa vida vem um tornado para estilhaçar e destruir tudo? Será tudo em vão? Quanto mais preciso me doar para ter algo em troca? Como posso me desenvolver para conquistar preciosidades para minha vida?* As lágrimas caem.

Minha mãe toca meu braço, avisando ser hora de irmos.

Levanto, enxugo o rosto e faço o sinal da cruz.

A caminho de casa vejo o *outdoor* escancarando o anúncio de um curso de confeitaria. Será esse um sinal?

18

Ideias

Lily

— O que ele está exigindo é um absurdo!

— O homem é um investidor, Lily — Nathalia repete o que já me respondeu em todas as vezes que repeti a mesma frase.

Minha amiga distribui a água quente dos nossos chás nas canecas sobre a bancada da cozinha dela. Chegamos da livraria há mais de uma hora e a conversa com Seu Nicolau ainda não deixou meus pensamentos.

— Você acha justo ceder pra ele cinquenta por cento da livraria em troca dele providenciar a reforma do telhado?

— Não acho — ela tem um acesso de tosse. O rosto ganha tons avermelhados e parece que a febre está voltando, me admira muito ela ter aguentado o dia todo fazendo esforço.

— Melhor você tomar esse chá e ir direto pra cama.

Ela assente, pega a caneca e toma um gole.

— Só que... — outro acesso de tosse. Ela senta no banco e apoia a mão no balcão e a outra em frente à boca.

— Você precisa se recuperar dessa gripe.

— Verdade! Nem na casa dos meus pais posso ir enquanto não melhorar.

— Contou a eles sobre o estrago na livraria?

— Sim e ficaram desesperados. Só o que perguntaram era se Leonardo estava me ajudando.

— *Vixi*, ficou pior! E o que disse a eles?

— Nada! Desconversei.

— Bom, voltando à livraria. Ainda acredito ser a única solução vender a casa. Com o dinheiro pago todas as nossas contas, as indenizações das meninas e devolvo o dinheiro que você investiu.

Ela abaixa e tem novo acesso de tosse. Toma o restante do chá e me pede com a mão levantada para esperar. *Que ideia essa mulher tem?* Foi um custo convencê-la a abrir a livraria e parece ser um custo ainda maior convencê-la a fechar. Verbalizo meu pensamento e ela responde.

— Se o homem é um investidor e ele aposta na nossa livraria é porque ela tem potencial. E se tem potencial tem algo que não estamos fazendo direito.

— Nathalia, não poderíamos fazer nada com relação a essa chuva terrível. Lembra, foi ela que acabou com nosso telhado. Você mesma reforçou isso várias vezes.

— Eu sei, Lily! Porém, se tivéssemos feito seguro, estaríamos pelo menos mais tranquilas e não desesperadas atrás de dinheiro.

— Quem pensaria, amiga?

— Nós, Lily! E não é só isso. Havíamos feito vários planos para ampliar nosso negócio e pouquíssimas ações colocamos em prática. Não fizemos sarau de música nem uma vez, as rodas de leitura foram pouquíssimas, temos divulgado pouco no Instagram. Como vamos melhorar nosso faturamento assim?

— Fato!

— Ficamos imersas em nossas vidas pessoais, você deixando o emprego, enrolada ainda com sua situação com o Théo, Murilo. E eu envolvida no romance com Leonardo.

Nathalia se encolhe e agora não é pelo acesso de tosse ou pela febre que deve estar subindo. Este relacionamento foi muito intenso para ela, jamais vi Nath tão feliz com alguém como quando estava com ele. O mesmo brilho nos olhos que tinha quando saíamos para dançar em nossa adolescência. Adrenalina, endorfina, ocitocina e todas as *inas* possíveis sendo liberadas.

— Enfim, tive uma ideia para fazer uma contraproposta ao homem. Se ele aceitar poderemos reabrir a livraria. Se não aceitar, deixo você tomar a decisão que achar melhor.

Nathalia

Seu Nicolau entra desconfiado na livraria. Deve ser reflexo do acesso de raiva com o qual Lily respondeu a sua proposta. Agora, após passar o turbilhão de emoções, de cabeça fria, é melhor para conversar um assunto tão sério. Ainda estávamos bem abaladas por ter visto nosso sonho escorrer pelas paredes junto com a água e não foi fácil ampliar nosso olhar.

Ele entra e ofereço a ele assento na mesa na qual Lily e eu estamos rodeadas pelas outras mulheres. A formação em roda parece deixá-lo desconfortável.

— Bom dia, Seu Nicolau! — Começo. — Primeiro queremos agradecer pelo senhor ter aceitado nosso convite e voltarmos a conversar.

— Não imaginei que viria participar da Távola Redonda — acusa.

— De jeito nenhum! Não entenda mal. Pedi a todas as meninas para participarem conosco da conversa, porque dela dependerá o destino de todas, afinal, a livraria é nossa fonte de sustento e, se fechar, cada uma de nós será impactada por isso.

— Entendo!

Seu Nicolau leva a mão à barba, corre os olhos por todas as mulheres sentadas, começando por Lily, Lucila, Tati, Mari e finalizando em Del, antes de se sentar na cadeira indicada por mim. Ele tira o chapéu da cabeça e o coloca sobre a mesa.

— O senhor gostaria de um café? — pergunta Mari. — A máquina não foi afetada pela chuva e faço um rapidinho.

— Ótima ideia, Mari! — Lily diz com a voz suave. — Você pode fazer um pra cada uma de nós?

Ela prontamente levanta e vai para trás do balcão. Del a acompanha. Espero elas voltarem antes de continuar. A tensão na mesa é insustentável e busco amenizar o clima. Quanto mais leve estivermos, melhores nossas chances de sucesso. Calma, tranquilidade, clareza e foco é o que nos fará conquistar o objetivo.

— Bem, Seu Nicolau, queremos dizer que foi importante saber do seu interesse em nos ajudar neste momento.

Mari e Del voltam e distribuem as xícaras. Espero que retornem às cadeiras antes de continuar.

— Qual é a contraproposta? — pergunta o homem já parecendo impaciente.

— A proposta é a seguinte, o senhor nos empresta o dinheiro para refazer o telhado, e, se em seis meses nós não o pagarmos, passamos a propriedade da livraria para o senhor. É claro que o empréstimo será pago com juros, porém, com juros razoáveis de acordo com as taxas definidas pelo mercado financeiro.

— Sou investidor e não agiota! — vocifera parecendo muito ofendido. — Além do mais, não tenho interesse nenhum em ficar com a livraria. Fiz a proposta de cinquenta por cento para que vocês continuem a cuidar.

— Sim, mas o senhor seria sócio majoritário e as decisões teriam de passar por sua aprovação.

— Claro! Se sou dono da metade.

Lily se movimenta na cadeira e sei que ela está prestes a explodir. Estico a mão sob a mesa e pressiono a perna dela como alerta.

— Infelizmente essa proposta não nos interessa. — Meu coração quase vem à boca, os batimentos martelam em meu ouvido, mas mantenho firme minha postura, não relaxo um só músculo do rosto. *Firmeza, Nathalia, você precisa ser firme.* — Teremos de fechar a livraria.

Seu Nicolau corre os olhos pelo rosto de uma a outra. Mari está pálida e Del mantém a posição de ataque assim como Lily. Lucila e Tati também parecem tensas.

— Vou pensar! — diz ele. — E se aceitar pedirei ao meu advogado para providenciar o contrato.

— Não se preocupe! Somos advogadas, Lily e eu, e nós poderemos redigir o contrato. O senhor poderá, é claro, levar para ele analisar também.

O homem levanta, pega o chapéu e deixa o café intocado. Todas nós deixamos os cafés intocados.

Mari

A tensão ainda pesa na livraria quando Seu Nicolau nos deixa e não posso deixar de perguntar para Nathalia se elas vão mesmo fechar a livraria.

— Não sabemos, Mari! — responde desabando o rosto sobre a mesa.

Parece que a tensão explode também dentro dela. Que mulher forte. Jamais conseguiria ser tão firme como ela foi com o homem.

— Você foi brilhante, amiga! — Lily a abraça e dá pulinhos. — Uma estrategista de primeira linha.

— Achei que fosse desmoronar — confessa.

— Mas não desmoronou.

— E agora? O que vamos fazer? — pergunto.

Nathalia se levanta e encara a todas nós, uma a uma.

— Meninas, se ele aceitar, e acredito que o fará, precisamos de todas vocês aqui. Não teremos dinheiro para comprar tudo de novo e acredito ser possível reformarmos boa parte das manequins, pintar as paredes e outros serviços necessários para a livraria voltar a ser o lugar aconchegante de antes. Saibam que eu e Lily não desistimos, mas entendemos se alguma de vocês quiser desistir e faremos o nosso melhor para pagar o que lhes devemos.

— Vocês vão conseguir nos pagar este mês? — questiona Del.

Sei o quanto ela deve estar desesperada com a situação, ainda mais se o Seu Nicolau ficar bravo por ela ter participado da reunião. Além de morar com ele, ela agora depende ainda mais de ter esse teto para viver com a filha.

— Vamos sim, Del! Faremos o pagamento de vocês. Coloquei meu carro à venda.

— Nathalia e Lily — levanto da cadeira e digo —, esse tempo em que trabalho na livraria foi o mais renovador para minha vida em muitos anos, não tenho intenção nenhuma de abandoná-las agora. Podem contar com meu apoio.

— Por mim também! — Tati levanta. — Não me vejo trabalhando em outro lugar. Adoro estar em meio aos livros, por isso voltei a estudar pedagogia e quero estudar literatura depois.

Todas as outras começam também a afirmar que continuarão na livraria e se dispõem a ajudar.

— Sei costurar e posso refazer as almofadas da área das crianças — ofereço —, reformar os vestidos das bailarinas com as rosas incrustadas e até mesmo lavar o sofá. O que acham?

— Parece-nos perfeito, Mari! — Lily diz.

As duas se abraçam e sou tomada por um sentimento de gratidão por essas mulheres guerreiras. A emoção chega forte e dou alguns passos para me juntar ao abraço delas.

Iniciamos os trabalhos na livraria para reformar o que foi perdido, mais de um mês após o vendaval. Há uma grande força entre as mulheres para providenciar o necessário e conseguir colocar a livraria de novo em funcionamento. Seu Nicolau aceitou a proposta e sei que o desafio para nós só começou. A reforma do telhado foi concluída e agora é colocar a mão na massa e fazer o melhor para a livraria reabrir. Toda força de trabalho é necessária, por isso, hoje trouxe minha mãe. Ela costura muito melhor que eu e fazê-la sair de casa também me pareceu boa ideia.

— Que tal, mãe? — pergunto. — Acha que é possível dar conta destes tecidos e produzir algumas bonecas para enfeitar a área infantil?

— Claro! Gosto de costurar bonecas, você sabe disso, fiz várias para a Luiza. Esse lugar é bonito.

Ela eleva o rosto para o teto, as vigas de madeira expostas no pé direito e as telhas novas iluminam ainda mais o espaço. Conseguimos recuperar também as macieiras artificiais e a cerejeira. As folhas e flores moldam a parede de tijolinhos.

— A senhora não viu nada ainda. Imagina só quando estiver tudo prontinho.

19

Recomeços

Lily

Os acordes do piano exaltam a melodia. O instrumento foi afinado e reproduz o som tal qual eu o imaginei ao compor a canção, no ritmo exato como se acompanhasse as próprias batidas do meu coração, finalizando na escala de dó maior.

— Lindo! — Nathalia aplaude.

— Estou ensaiando para a reinauguração amanhã.

Fecho o teclado do piano e debruço sobre ele. O eco da última nota ainda reverbera no ar.

— A letra ficou tocante. Você fez pensando em alguém? — Ela arrisca.

— Sim! Tenho pensado em minha mãe. Principalmente quando voltei a esta casa.

— Achei que tivesse sido para o Théo.

— Não o vejo há dois meses, desde aquele encontro turbulento com Murilo. — Suspiro longa e profundamente.

Théo não me enviou mensagem, tampouco eu a ele. Nas noites em que sinto muito a falta dele, espio nas redes sociais, mas ele parece saber que mato as saudades por lá e não tem postado nada. Nem mesmo um único *story*.

— Deveria tê-lo convidado pra inauguração.

— Não faria isso de jeito nenhum. E você? Convidou o Leonardo?

— Sabe muito bem que é impossível eu fazer isso.

Pergunto à Nathalia se ela não ficou nem um pouco tentada a fuçar no Instagram dele como fiz com o de Théo. Ela movimenta a cabeça negando, comprime os lábios e reflexos de tristeza surgem em seus olhos.

— Quer continuar ensaiando?

— Não! Vou ajudar vocês a finalizarem a arrumação dos livros. — Indico Tati e Lucila montando as pilhas no balcão baixo que acrescentamos em frente às prateleiras.

— Vamos lá, então! Preparada para a reinauguração?

Corro o olhar por todo o espaço. Ficou lindo. Compramos flores naturais e as espalhamos pelo balcão e mesas da cafeteria, pela mesa de canto junto às poltronas de leitura compondo com os ramos de flores artificiais que pendem dos pilares. As manequins ficaram ainda mais belas com os novos adornos de rosas feitos pela mãe da Mari. Grandes bonecas de pano, também produzidas por Dona Alzira, foram jogadas sobre o tapete de EVA colorido na ala infantil, servindo como um confortável colchão para as crianças se esparramarem naquele espaço.

— Amiga, você é uma excelente advogada. Se não fosse por aquela reunião com o Seu Nicolau, nós não estaríamos aqui.

— Lily, me formei para isso. Fazer intermediações sempre foi meu ponto forte, apesar de terem me feito desacreditar deste potencial, pude retomá-lo e conquistar o melhor pra todas nós. — Aponta para as mulheres no salão.

— Nem acredito que amanhã reabriremos.

— É! Foram quase dois meses fechadas. Vamos lá finalizar e depois quero comemorar.

— Achei que faríamos isso amanhã, como fizemos no dia da inauguração? — questiono a Nathalia.

— Faremos também, mas nada impede que comecemos hoje.

Deixo o piano e vou ajudá-las nos últimos preparativos. Já passa das oito e elas merecem folga depois de semanas intensas de trabalho. Estamos desleixadas, suadas, descabeladas e provavelmente também tenho alguns tufos de folhas artificiais espalhados por meu cabelo, assim como os vejo no da Mari. No entanto, não é possível nós sairmos da livraria só com esse senso de dever cumprido. É preciso muito mais.

— Meninas — chamo assim que concluímos a arrumação —, sei que cada uma de vocês quer ir pra casa e o cansaço já deve estar batendo, porém, eu e Nath — estendo o braço e chamo minha amiga a envolvendo pelos ombros — acreditamos que merecemos uma comemoração, afinal, vocês nos ajudaram durante todo esse período e continuarão aqui para vermos essa livraria expandir.

— Isso mesmo!

— Por isso queremos abrir um frisante com vocês.

— Não! — interrompe Nath. — Frisante não! Vamos abrir um champagne.

Mari arregala os olhos, o sorriso se abre nos rostos de Del, Tati e Lucila.

— Champagne? Champagne? — Mari repete.

Nathalia confirma com um aceno e começamos a rir diante da cara de espanto delas.

— E nós vamos servi-las — aviso. — Vocês merecem.

Nós duas vamos para o balcão, Nath pega o champagne, que ela fez questão de comprar nessa manhã e colocá-la no refrigerador. Retiramos as taças do armário e distribuímos uma a uma às mulheres à nossa frente. O brilho nos olhos delas compensa toda a nossa dedicação e o foco que demos ao nosso negócio por estes meses.

— Obrigada por serem essa equipe maravilhosa que fez muita diferença.

— Lily — Nath me passa a garrafa —, faça as honras. É por você que estamos aqui. É por seu desejo de fazer algo diferente que pudemos nos unir. O brinde é seu, minha amiga.

Meus olhos queimam enquanto tento soltar a rolha, demora alguns longos minutos até conseguir fazê-la se movimentar, mas ela sai. Explode. A rolha voa na direção do teto e o líquido sobe borbulhante escapando da garrafa. Distribuo em cada taça. Na roda de mulheres, suspendemos o símbolo de nossa vitória e damos vivas.

— À Livraria dos Sonhos!

Nathalia

Nada parece igual. Nem mesmo a cafeteria parece a mesma. Fizemos mudanças, renovamos o velho, criamos o novo e amadurecemos. Amadurecemos no processo, refletimos sobre os nossos erros, reforçamos o que acreditamos ser nosso potencial e a proposta da Livraria dos Sonhos é focar cada vez mais em literatura. Com a habilidade da Lily em criar, inserimos gravuras de escritores consagrados, poemas que estimulam a reflexão e trechos de histórias que transformaram gerações.

Nem mesmo para a reinauguração mantivemos o modelo da primeira. Hoje não há coquetel, há sim mimos aos clientes que comparecerem, delícias da cafeteria preparadas por Del e Mari com ajuda da mãe dela, sarau de música, roda de leitura, inclusive para as crianças, e sessão de autógrafos com lançamento de livro.

— E então, Seu Nicolau? O que achou?

— Ficou ainda melhor, Dona Nathalia. Vocês são boas demais — ele projeta os lábios e movimenta a cabeça de cima a baixo.

O homem está elegante com camisa e calça social. Ele veio de manhã e retornou no final da tarde para assistir ao sarau de música. Lily convidou alguns músicos do curso que ela frequentou no ano passado para tocarem com ela. Minha amiga está junto ao piano conversando com eles. Ela parece mais ansiosa que o normal, e não deve ser só pela expectativa do lançamento. A cada pessoa que entra o olhar dela é desviado para a porta. Sei o quanto ela deve sentir falta de Théo. Não temos conversado tanto sobre ele, porém, tenho certeza que quando ela está em silêncio fuçando no celular, deve estar vendo o perfil dele. Gostaria muito de ter tido a coragem de convidá-lo, no entanto, nossa relação estremeceu demais com minha saída do escritório.

— Nathalia — chama Lucila. — Você pode buscar mais livros da autora da sessão de autógrafos. Está acabando no caixa.

Assinto e peço licença ao Senhor Nicolau.

Quando retorno, Lily está ao piano para começar a tocar. A música é a que ela compôs. A letra da menina perdida que quer voar e dançar, mas não tem asas, parece um choro vindo direto do coração. O refrão ecoa em todo o salão. Com exceção das crianças atravessando o espaço correndo, não há um só rosto disperso na área lotada.

Desço os degraus restantes quando a música cessa e o violão começa o novo acorde. Carregando os livros, os deposito no balcão do caixa e me volto à porta. Leonardo está parado sob o arco na entrada. Meu coração dá um salto no peito.

Quando me vê, ele caminha na minha direção. Chega perto, tão perto, que até posso sentir seu cheiro, mas não me toca só cruza os braços e abre o sorriso.

— Como você está? — pergunta.

Assinto afirmando estar bem. Pergunto também como ele está. Apesar de continuar lindo, sua aparência está abatida, rugas ao redor dos olhos e a falta de brilho que sempre me fez mergulhar na íris verde comprimem meu peito.

— Você não parece bem — afirmo.

— Fizeram um trabalho ótimo neste lugar. — Aponta para o salão repleto de gente, desviando o olhar e não questionando minha afirmação.

O burburinho das conversas não consegue suplantar a música *Come Away With Me* de Norah Jones cantada por Lily.

— Foram meses difíceis.

Leonardo assente e se aproxima, a respiração dele toca meu pescoço, ele encaixa a boca no lóbulo da minha orelha.

— Você já teve o espaço necessário para resolver as questões que a fizeram desistir de nós?

Meu corpo todo arrepia, as penugens dos braços, das pernas, do rosto aquecendo e se tornando brasa. Mal consigo exalar o ar.

Ele se afasta e o brilho divertido, tão pessoal dele, me desestrutura ainda mais. O cara sabe o quanto mexe comigo. Eu que achei ser fácil me afastar dele. Queria ter toda essa força e determinação da minha razão sendo transferida para meu corpo, mas minhas pernas nem conseguem me sustentar, tenho de apoiar a mão no braço dele.

— Talvez possamos dar outra volta ao redor do Observatório.

Arquejo. Preciso usar de todo o controle para afastar-me dele.

— Está tentando me seduzir? — sussurro.

— Estou conseguindo?

Pelo sorriso dele nem preciso responder, ele sabe que sim.

— Nos vemos por aí, Nathalia! — diz e sai da livraria.

Fixo o olhar nele até desaparecer atrás de um grupo se organizando para passar no caixa. *O que ele veio fazer aqui? Só me provocar?* Fecho a boca, ainda aberta diante da provocação dele, e movimento a cabeça tentando sair do transe de desejo me dominando. Ele sabe bem o efeito que tem sobre mim. Gostaria muito que não tivesse. Que fosse simples dizer a ele: "*Nem pensar, cara. Nossa relação já foi*." Seria tão mais fácil se a razão tivesse domínio sobre sentimentos. Bastaria dizermos não e toda emoção indesejada desapareceria como num passe de mágica. A não ser também que a emoção seja desejada. Daí, como sair deste emaranhado de sentimentos?

Mari

Poderia estar exausta hoje. Cansada ao extremo após tantas semanas de intenso trabalho na livraria, porém não é o que acontece. Há tanta energia fluindo em mim nesse fim de tarde de domingo que, nem mesmo ter preparado o almoço e feito alguns bolos, inclusive um para Luiza levar, tirou-me a disposição.

Fiz questão de chamar minha filha para a inauguração da livraria. Insisti muito, porque raramente ela consegue vir da capital. Esse foi o segundo final de semana, desde que iniciou o estágio há quase dois meses, que a tenho comigo. A clínica presta serviços psiquiátricos dentro do hospital e o estágio dela tem se estendido também para essas áreas. Sinto muita saudade da minha filha, inclusive de nossas conversas. Com Luiza posso me abrir e sei o quanto ela me apoiaria nas decisões. A ideia de fazer o curso de confeitaria não me sai da cabeça. Ainda mais agora que a livraria voltou a funcionar, quero aprender mais e mais. No entanto, não consegui conversar com minha filha sobre essa vontade. Ela mesma tinha tanto a contar de novidade que não tive brecha para falar sobre mim.

Assim que nos despedimos vou para a sala sentar com minha mãe em frente à TV. O controle está próximo da mão dela e sei que ela não mudará o canal dos jogos de adivinhação do programa das tardes de domingo.

Pego o celular e as mensagens de cursos surgem assim que acesso a internet. Essa inteligência artificial rapidamente capta o que buscamos e parece querer esfregar na nossa cara, intensificando ainda mais nosso desejo. Vou clicando nos anúncios mostrados. Alguns são on-line, mas quero é fazer presencial. Também encontro alguns com cursos de longa duração e outros rápidos. Vou passando um a um. Não consigo localizar o valor, mas me interesso por vários.

— O que você está fazendo? — minha mãe pergunta.

— Pesquisando alguns cursos na internet.

— Cursos? Pra quê? — Ela tira os olhos da brincadeira rolando na tela colorida e me encara. — A Luiza te pediu?

— Não, mãe! São cursos pra mim.

— Qual curso você quer fazer?

— Ora, de confeitaria.

— São gratuitos?

— Não! Precisa pagar.

— Tá doida, Mari! Mal acabou de retomar o emprego já tá pensando em gastar. E pra que você precisa de curso pra ensinar você a fazer o que já sabe? Não tá indo bem fazendo seus doces e salgados?

Assinto.

— Então! Vai arrumar conta pra quê? Duvido que isso vai te trazer mais dinheiro. A única coisa que vai conseguir é fazer dívida, além de gastar o pouco tempo que tem pra descansar.

Reflito alguns instantes nas palavras dela. Talvez não precise mesmo. Essa vontade seja só frescura. Fecho a página do celular, estico as pernas no banquinho e transfiro minha atenção para a tela da televisão. Minha mãe grita a palavra que faltava só duas letras para ser completada e o apresentador confirma ser a mesma. Ela vibra na sua poltrona e eu me recosto na minha.

20

Lições

Lily

— Vi as postagens nas redes sociais e achei que ficaram ótimas — Nathalia afirma ao colocar o pedaço de bolo à minha frente.

— Você vai me acostumar mal, amiga. — Dou uma garfada no bolo.

Estamos na cozinha do apartamento dela, passamos o dia de pijama, assim como fazíamos quando saíamos no sábado e ficávamos até de madrugada na rua. Nem acredito no quanto amadurecemos nestes últimos meses.

— Amanhã de manhã vou levar minhas coisas pro casarão.

— Não tem pressa, Lily! Confesso que estou adorando essa possibilidade de morarmos esse tempo juntas.

— Sei! Você tá sendo legal, né? Lembro bem quando moramos aquele período juntas, na casa da sua mãe, logo após eu ter sido expulsa de casa. *Lily, você deixou roupa suja na cama. Lily, tem restos de creme dental na pia. Lily, já disse que não pode socar suas roupas e amassar as minhas*. — Tento imitar a voz aguda da Nath.

Minha amiga sorri e coloca água na caneca para o chá.

— Você melhorou!

— Sou bagunceira, amiga, e não nego!

Dou outra bela garfada no bolo. A massa de chocolate derrete na boca. Parece mousse. Deliciosa. *Como ela consegue?*

— Mari manda muito bem — afirmo.

Nath assente e pega o celular, digita e o coloca de novo sobre a bancada com a tela voltada para baixo.

— Você está conversando com ele?

— Ele está me convidando pra jantar.

— Você vai?

— Dei desculpa que estou cansada.

Outro plin de mensagens.

— O cara não se convenceu, né?

Ela meneia a cabeça em negativa, comprime os lábios e digita de novo. Apesar dela não confessar percebo o conflito envolvendo sua expressão.

— Não posso sair com ele. Criar expectativas. Logo menos vai querer que me encontre com o boçal.

Nathalia estremece.

— Amiga, ele está apaixonadíssimo por você. Melhor arrumar uma desculpa melhor do que simplesmente *estou cansada.* Um dia ou outro terá de contar a ele.

— Jamais!

Dou de ombros.

— Pelo menos ele foi à inauguração. Sinal que se importa. — Remexo no bolo esfarelando-o no prato.

— Você está chateada, né? Esperou por Théo o dia todo.

Esperei mesmo. Achei que ele se importaria e estaria comigo nesse momento tão importante da minha vida. *Só que não.*

— Lily, talvez ele esteja cansado dessa relação. Já pensou sobre isso?

É claro que pensei. Como não pensar se ele não deixa meus pensamentos um só dia. Afasto o prato do bolo. Pego meu celular e abro o Instagram para continuar as postagens da reinauguração da livraria. Antes de fazer o post, espio a página dele. Nenhuma postagem no *feed*, nenhum *story*, nenhum *reels*. Ele parece de fato estar sumido. Querer de fato se distanciar de mim.

— Somos umas fracassadas nesse quesito do amor. Será que a velha premissa *sorte no jogo azar no amor* também funciona para sorte no trabalho azar no amor?

— Sinceramente? — pergunta Nathalia levando a xícara aos lábios. — Espero que sorte no trabalho funcione, pois precisaremos dessa sorte para virar o jogo e tornar nosso negócio uma fábrica de ganhar dinheiro a fim de pagarmos essa dívida.

Nathalia

Volto meu olhar para a porta. A morena entra e vai direto para a área da livraria. Só mais uma cliente. É sexta-feira e passei a semana observando cada vez que entra alguém na livraria de manhã, na esperança de ser ele. Não deveria esperar por isso, não deveria pensar nele tanto quanto tenho pensado, deveria ter apagado seu contato do meu celular, virar a página e esquecer o quanto nosso relacionamento significou para mim. No entanto, ele não abandona minha mente. Quero muito receber suas mensagens, o que deixou de fazer desde domingo, e também quero que ele volte a passar rotineiramente para pegar o cappuccino, afinal a cafeteria voltou a funcionar há uma semana. Mas nada. Nenhuma mensagem tampouco sua presença.

— Vamos ajeitar as cadeiras para a roda de leitura? — Lily chama minha atenção, colocando o rosto em frente ao meu. — Esperando alguém? — Indica a porta.

— Claro que não! Vamos lá trabalhar e ajeitar tudo para fazer desta experiência algo inesquecível para eles.

Precisamos preparar a livraria para a roda de conversa que teremos nesta tarde. A classe de Luciana virá para participar e convidamos Eloisa, uma escritora local para falar sobre escrita. É a nossa primeira experiência trazendo alunos das escolas públicas e isso deveria me animar ainda mais ao invés de ficar pensando em Leonardo. Afasto-o dos meus pensamentos e sigo Lily para ajeitar o espaço onde o encontro acontecerá.

As crianças chegam alvoroçadas na livraria. Mary preparou pipoca, amendoins e suco para recebê-los no gazebo enquanto terminávamos de organizar a roda de leitura. O *Menino Maluquinho* de Ziraldo é o tema da roda de leitura. Na sequência a escritora falará sobre o processo de criação para escrever uma história.

Após a roda de leitura distribuímos a eles bloquinhos de papel para que possam escrever sobre a experiência. Cerca de trinta crianças com idades entre dez e doze anos se esparramam no chão. Quando Eloisa começa a falar, os olhinhos brilham de expectativa.

— Vocês sabem o que é *spoiler*?

Alguns gritam não, outros continuam com a mão apoiada no queixo só movendo a cabeça, outros escrevem no bloquinho parecendo não querer perder a oportunidade de captar cada informação e transferir para o papel.

Eloisa continua a perguntar se as crianças sabem o que é sinopse, plágio, e-book, direito autoral, livros em PDF. Um menino levanta a mão e conta que consegue baixar no celular livros neste formato.

— Vocês sabiam que quando baixamos livros em PDF de autor vivo não é "legal". — Ela frisa a última palavra elevando os dedos e desenhando no ar as aspas. — Como esse que acabamos de ler, ou até mesmo o meu. São os livros que não estão em domínio público e violam o direito do autor.

As crianças querem saber por que e ela explica o quanto o autor é prejudicado, pois não terá sua história valorizada e ele não receberá pelo trabalho e, se não receber, como poderá continuar a escrever e tornar a escrita sua profissão. Além de ser crime previsto no Código Penal. Ela não menciona a informação, porém sei bem o quanto essa lei é violada e o quanto esse "roubo" literário prejudica toda a linha de profissionais do livro.

Eloisa ainda detalha a importância das livrarias, como a nossa, das bibliotecas e da capacidade de criação e imaginação que as histórias despertam. Quando ela finaliza, cada criança tem uma expressão diferente no rosto, alguns já se distraíram e outros continuam com os olhinhos arregalados prestando total atenção. Parecendo captar o momento exato ela sugere que elas escrevam nos bloquinhos a experiência que tiveram hoje na livraria. Cada criança pega o papel e se debruça sobre ele iniciando a escrita. Somente três meninos parecem mais interessados em conversar do que em escrever.

Quando terminam a atividade, eu entro na roda.

— O que vocês acham de sair de novo lá no quintal? — convido. — Vamos provar o bolo de chocolate delicioso que a Mari e a Del prepararam para vocês?

Elas levantam num salto e saem em disparada porta afora.

Mari

— Nathalia, você viu a cara de orgulho de Luciana quando você citou o nome da Del?

A livraria está vazia e só ficamos eu e ela para fechar. Até mesmo Lily subiu para o quarto dela. A noite já caiu lá fora depois de um dia mega-agitado. Estou terminando de recolher algumas louças sujas.

— Eram tantas crianças que não reparei. — Ela senta no banco em frente ao balcão. — Só vi o quanto elas ficaram maravilhadas com seu bolo. Sério, Mari, Lily tem razão, você manda muito bem.

— Gosto muito de cozinhar. Fazer doces é minha paixão. Também faço salgados, mas doces são minha preferência.

— Adoro seus bolos. Ah, lembrei de algo que queria lhe falar há algum tempo, uma ideia. Você pode fazer *macarons*? São deliciosos e assisti a um programa onde eles enfeitavam mesas. Poderíamos colocar aqui sobre o balcão um acrílico repleto deles. Acredito que chamará muita atenção.

— Sinto muito, Nathalia — lamento. — Não consigo acertar o ponto, já tentei diversas vezes e não consigo.

— Nossa, mas você faz tantas coisas diferentes e deliciosas. Nem posso acreditar que não consiga fazer algo da confeitaria.

— Pois é. Algumas receitas, por mais que você assista vídeos, pegue o passo a passo, entenda a técnica, só fazendo ao vivo com quem sabe é possível aprender.

— Poxa! Não me entenda mal, de jeito nenhum, você é ótima e está tudo bem não fazer algumas receitas. Quem de nós sabe tudo? Jamais conseguiria guardar todas as leis deste país ou lidar com assuntos relacionados ao direito e até a literatura se não tiver realizado ou estudado.

— Sabe que tive vontade de começar um curso?

— E por que não fez?

— Acho que já passei da idade de estudar, gastar com algo que pode nem me trazer resultado.

— Sério, mulher? Saiba que se há algo que ninguém nos tira é o conhecimento adquirido. Podem nos fazer duvidar da nossa capacidade de agir, de acreditar no nosso potencial, rebaixar a autoestima, mas o conhecimento adquirido ninguém nos rouba. Ele é nosso e está em nós para cada vez mais crescermos e nos desenvolvermos. Até o final de nossas vidas temos a capacidade de aprender. Hoje aprendi muito com Eloisa sobre literatura, que amo tanto, e não sabia de detalhes. Essa é a riqueza de estar vivo, podemos aprender a cada dia.

— Você acredita nisso, Nathalia?

— Não só acredito como vivo assim. Adoro estudar, aprender, obter novos conhecimentos. Jamais é tarde, Mari! Se você tem vontade de estudar, vá em frente. Só há arrependimento pelo que não fazemos, o que fazemos é aprendizado.

Nathalia abre um sorriso e desperta em mim a reflexão do quanto é possível eu realizar.

Acabo de ajeitar as xícaras e pratos dentro da lava-louças e me preparo para ir para casa. Hoje tenho muito a pesquisar no celular.

21

Amizade

Nathalia

Estou para fechar a livraria, Francisco está trancando as portas do fundo. Lily subiu para preparar as postagens para intensificarmos as divulgações nas redes sociais. Esse passo é muito importante para que possamos ampliar a visibilidade da livraria. Resta-nos pouco mais de três meses para quitar a dívida com o Seu Nicolau e esse tempo curto já está me deixando apavorada.

Mari acabou de sair apressada mencionando ter coisas urgentes para fazer em casa. Amanhã, sábado, teremos roda de leitura logo pela manhã. Será de infantojuvenil, mais uma vez, e decido já deixar o círculo montado e os livros espalhados pelo espaço.

— Gostei do evento de hoje!

Quase caio pra trás, solto o banco suspenso entre os dedos e giro nos calcanhares. Leonardo está perto da porta de entrada.

— Como foi sua semana? — pergunta.

— Muito bem!

Ele se aproxima, parece ter acabado de tomar banho, o cabelo ainda está molhado. Seus passos são lentos e propagam em mim arrepios.

— As crianças hoje pareciam ter se divertido — comenta e continua a se aproximar.

Com ele tão perto, sequer consigo raciocinar. Meu cérebro parece ter derretido. Os olhos dele fixam nos meus e acho que vou me render a seu sorriso maroto e o cheiro inebriante que vem do seu corpo. Movimento a cabeça e baixo os olhos, dou um passo para trás e quase caio no degrau do tablado atrás de mim.

Leonardo segura em meus cotovelos e abre ainda mais o sorriso. Eu o encaro e apesar do tremor percorrendo meus músculos consigo me afastar.

Volto a pegar um dos bancos entre os braços, minhas mãos tremem e o coloco de volta no chão.

— Ah, sim! — Minha voz sai rouca, engulo em seco. — A roda de leitura. Foi ótima a ideia que você me deu.

— Eu não! Foi você quem teve a ideia. — Ele não se move de perto de mim e sua presença parece dominar todo o espaço.

— Mas foi você quem me estimulou — reforço.

Leonardo dá de ombros.

— Você está indo pra casa?

— Sim! Estou finalizando aqui.

— Posso te acompanhar?

— Melhor não! — Respiro fundo, fecho os olhos e baixo a cabeça.

— Tem compromisso? — questiona. Ao meu movimento negativo ele continua. — Vai me dizer por que não quer minha companhia?

— É complicado!

O sorriso dele dá lugar à decepção. Odeio vê-lo assim, odeio fazer isso com ele. Odeio ter de manter distância. Poderia simplesmente deixar ele me segurar como fez há pouco, mas não posso avançar qualquer movimento que nos aproxime. Parece que temos um abismo de distância entre nós e somos mantidos em contato por um fio resistente. Pena esse fio não ser flexível, talvez se o fosse, conseguiria dar o passo e remover a tristeza de seus olhos.

Resisto e abaixo para pegar de novo o banco.

— Nathalia, o que aconteceu?

Levanto e o encaro.

— Desculpe se te magoei.

— A questão não é você ter me magoado. A questão é você ter desistido de fortalecermos essa ligação tão intensa que tivemos. Ou não tivemos? Será que só eu senti? Esperei você me procurar nesse tempo e nem mesmo uma mensagem. Você disse que as coisas foram difíceis e me impediu de estar com você. Me afastou como se eu fosse dificultar a sua vida.

— Há muito mais coisas do que você imagina.

— Então conta. Diz qual é o problema? Se não disser como vamos resolver?

— Isso não tem solução.

Ele comprime os lábios.

— Para tudo há solução.

— Nem tudo!

Leonardo movimenta os braços para as laterais, como se não tivesse mais argumentos, vira-se e caminha na direção à porta.

— Amanhã tem evento de literatura infantojuvenil. Se quiser trazer Samanta.

Nem sei por que o convido, talvez como última chance de não perder a conexão com ele. Ou talvez seja a dificuldade de ver tamanha decepção em seu rosto.

Ele só movimenta a cabeça antes de passar pela porta, sem nem ao menos se despedir. Sento no banco, que acabei de colocar sobre o tablado, baixo o rosto entre as mãos e respiro fundo, tentando conter a vontade de correr atrás dele.

Lily

— Você vai ao encontro de nossa turma da faculdade? — pergunto para Nathalia. — A Camila me mandou o convite. Você recebeu também?

Estamos em meu quarto e estou dobrando as roupas que trouxe da casa dela nesta semana. Ela subiu há pouco e parece triste. Não quis me contar o que conversou com Leonardo, mas a carinha dela não me engana. Gostaria muito de poder distraí-la e planejar nossa noite de sábado parece uma boa opção.

— Recebi sim! — ela responde dobrando a blusa rosa e a colocando na gaveta da cômoda.

— Será que vou encontrar Théo? — Desde o início da semana, quando recebi o convite, essa possibilidade não me sai da cabeça. *Estará ele pensando o mesmo que eu? E se ele não quiser me reencontrar?*

— Provável! — responde parecendo não querer me dar atenção.

— Você não pode me deixar sozinha nessa festa — intimo-a. — Vai ser na casa da Rebeca. Sabe como aquela megera me detesta.

— Vou com você! Apesar de não ter a menor disposição.

— E que tal se dermos uma escapada hoje e irmos nos divertir num barzinho? Não são nem 9h e a noite do Cambuí está começando a ficar agitada.

— Pode ser.

Nathalia parece mais um robô dobrando as roupas metodicamente e sem sequer expressar qualquer emoção, a não ser desânimo.

— Nathalia, sério, você precisa decidir o que fazer com esse cara. Já passou da hora de tomar uma decisão definitiva e pela sua cara agora, não acho que é a de nunca mais ver o cara.

— Ah, Lily, você também não me parece muito decidida — rebate ela exaltada. — Melhor seria se você também resolvesse essa sua questão com o Théo. Já te disse que você deveria fazer terapia. Marcou horário?

— Ainda não, preciso primeiro fazer o curso sobre franquias e tentar colocar algum plano em ação.

— Está fugindo, de novo?

— Olha quem fala. — Nathalia fecha a cara e joga a blusa que estava dobrando sobre a cama. Tento amenizar. — Claro que não. O tempo está passando e precisamos definir estratégias para conseguir ampliar o negócio ou então — corro a mão espalmada em frente ao meu pescoço como se fosse cortá-lo — nenhum negócio.

— Tem razão! Isso também me preocupa.

— Por ora não há muito a ser feito, então sugiro que deixemos essas roupas como estão e vamos nos distrair um pouco. Que tal escolhermos um lugar com música ao vivo?

— Concordo! Nem vou pro apartamento tomar banho. Acho que Shakes deve estar bem. — Ela coloca a mão no queixo. — Deixei comida e água suficiente pra ele. Vamos daqui. E esse bando de roupas sobre a sua cama?

Junto tudo em um grande monte, envolvo nos braços e o jogo sobre a poltrona no canto. Estendo os braços a ela, demonstrando estar resolvido o problema.

— Certo! Pega uma das minhas camisetas — aponto para o monte —, passa batom e bora fazer algo bom para nos distrairmos porque o tempo passa rápido e amanhã tem mais trabalho, muito mais trabalho pela frente.

Nathalia sai na direção do banheiro e fico a observando. Às vezes nos sentimos tão para baixo que só o apoio de uma amiga pode elevar nosso humor e despertar risos lembrando a nós mesmas que não precisamos passar por situações difíceis sozinha. Nathalia fez isso comigo em diversos momentos em que me senti assim, como ela está parecendo se sentir, e hoje é meu dia de fazer o mesmo para ela. Elevar o astral e nos divertir muito.

Mari

A semana passou como um raio cortando o céu. Em nenhuma dessas noites tive disposição para voltar para casa e fazer algo além de ajudar minha mãe a preparar o jantar e lavar a louça, colar na poltrona e fazer companhia para ela na frente da TV. Aliás, não foi só nesta semana. Durante todo o tempo, enquanto a livraria ficou fechada e tivemos de nos ocupar com coisas a fim de preparar para a reinauguração, não fiz nada além de mais do mesmo. Até os livros abandonei. Após a conversa de hoje com Nathalia, percebi que o que havia me desmotivado não foi a mudança da rotina, a repetição de receitas que preparei ou a distância de minha filha, a qual, aos poucos vou me habituando. O que de fato me desmotivou foi ter deixado os pensamentos de fracasso voltarem a me dominar. A preguiça de abrir um livro, ler uma nova história, pesquisar uma nova receita ou fazer algo novo. Não sei se as pessoas conseguem perceber sozinhas quando mudam, mas eu percebi. A mudança não aconteceu de um dia para o outro, porém foi em pouco tempo. Antes percebi também a mudança que aconteceu quando olhava meu rosto no espelho, quando abria o guarda-roupas e levava alguns minutos para escolher a roupa, quando finalizava uma receita e sorria diante do resultado. Nestes últimos tempos parece que retrocedi e isso se reflete no meu humor. Por isso tomei uma decisão. Esta noite poderia ser como as outras, poderia ser só mais um capítulo da novela passando na tela da TV, poderia ser só um momento de descanso na poltrona antes de ir para a cama e me preparar para mais um final de semana.

— O que você está fazendo, Mari? — questiona minha mãe, girando o pescoço e me encarando.

— Vou começar algo novo — respondo sem descolar meus olhos da tela do celular.

— Um novo joguinho?

— Não! Vou começar uma nova história na minha vida.

Não volto meu olhar a ela, tampouco ela questiona e eu continuo a digitar as respostas do formulário na tela do celular. Quando concluo vem a resposta que a inscrição foi realizada e receberei um e-mail com as informações.

Hoje tomei a decisão mais valiosa dos últimos anos, voltarei a estudar. Se essa nova etapa me trará resultados bons ou se pouco fará diferença, não importa. Só sei que preciso de mais movimentos em minha vida.

22

Escolhas

Nathalia

Samanta entra na livraria. Estamos iniciando a roda de conversa do livro *Extraordinário* de R. J. Palacio. Vou ao encontro dela cheia de expectativas e não são simplesmente pela sua chegada. *Quem será que a trouxe?*

— Bom ter você conosco! — Estendo a mão para ela.

A menina parece animada. Muito diferente da reação tida em outros encontros comigo, ela retribui o cumprimento. Dou uma expiada para a porta. Entram duas adolescentes e vão direto para a roda de leitura. Tomo a mão de Samanta e a conduzo ao pequeno círculo.

— Meu avô me trouxe — ela diz sem nem mesmo eu perguntar.

Lily ficou de estimular o grupo hoje e ao redor dela, um menino de cabelo cacheado ruivo, a menina de longas tranças negras, o casal de gêmeos, Kadu e Karina, frequentadores assíduos da livraria, Luciana e as meninas que acabaram de entrar. Samanta se senta ao lado do garoto ruivo. Lily comenta sobre a história e pede a Samanta para começar a ler. A garota ruboriza, mas abre a primeira página e lê o trecho inicial.

Deixo-os continuarem a leitura e sigo para atender a mulher que acabou de entrar com a sensação de decepção ainda presente no meu peito.

O movimento no sábado, em geral, é maior que durante a semana. Como esse dia nos ocupa mais, sequer percebo a hora passar quando vejo os adolescentes deixando o círculo. Estou atendendo o casal de clientes que pede a indicação de um livro para meninos de 12 anos e indico *O Encantador de Livros* e *Extraordinário*, tema da leitura conduzida por Lily. Enquanto vou buscar os exemplares para eles, percebo Samanta atrás de mim.

— Onde está Shakes? — pergunta.

Tento disfarçar a cara de espanto por ela ter vindo falar comigo e respondo que o cachorro está em casa. Pego os dois livros e os entrego a mulher. O casal parece indeciso sobre qual dos dois pegar e dão preferência ao autor nacional Lucas de Sousa.

Samanta continua ao meu lado quando o casal se afasta na direção da estante de literatura contemporânea.

— Gostou de participar do encontro?

Ela assente, coloca os braços para trás e movimenta o tronco de um lado a outro parecendo querer dizer algo mais.

— O seu avô vem te buscar? — pergunto.

— Não! Mas ele te mandou um abraço.

Agradeço e peço a ela para retribuir o agrado do avô. Fernando parece ser um bom homem. Nas duas vezes em que nos encontramos, ele me tratou bem. *Como pode ter gerado alguém como o BBC?*

— Você não quer saber do meu pai?

Retenho o ar. Inesperada é pouco a pergunta dela. Nem sei o que responder. A garota parece determinada e nem sequer espera minha resposta, antes mesmo de eu soltar o ar, ela dispara.

— Meu pai disse que virá me pegar.

— Ótimo! — digo e começo a caminhar na direção da cafeteria, tentando me afastar da garota.

Não quero ter de responder nada sobre o pai dela. O olhar de tristeza dele não saiu do meu pensamento, nem enquanto eu e Lily estivemos no barzinho. Minha amiga até tentou me fazer dançar com ela ao som da banda tocando Capital Inicial. Quando cheguei em casa, piorou. Resisti a ter de tomar o medicamento e só consegui pegar no sono de madrugada.

— Vou morar com minha mãe nos Estados Unidos — avisa ela se colocando ao meu lado.

— Quer morar com ela?

Samanta assente.

— Vou embora amanhã. Irei sozinha no avião — conta parecendo muito orgulhosa. — Meu pai vai me levar até o aeroporto e minha mãe me pegará lá. Então você poderá ficar com meu pai.

Flexiono os joelhos e me abaixo na altura da menina antes de responder. A expressão de expectativa nem de longe lembra o ar arrogante dela nas vezes em que tentamos nos comunicar.

— Você não é o motivo de não estarmos juntos.

Os olhinhos dela se abrem mais e ela parece duvidar das minhas palavras.

— Sério! Você não é o motivo — reforço e pego na mão dela.

— Nathalia, ligação pra você — avisa Lucila ao meu lado. — É a sua mãe.

Acaricio o rosto de Samanta antes de levantar para atender. Minha mãe nunca liga no telefone fixo, ela sempre costuma mandar mensagem ou ligar direto no meu celular. Por causa do movimento, preferi deixar o celular no caixa, talvez ela tenha tentado.

Pego o aparelho estendido por Tati e atendo. Ruídos e vozes ao fundo.

— Estou na ambulância a caminho do hospital. — Ela soluça. — Seu pai teve um enfarto.

Mari

Nathalia saiu desesperada da livraria. Não entendi muito bem o que aconteceu. Só soube ser algo relacionado ao pai dela. O movimento hoje está maior que nos outros sábados, deve ser devido à divulgação que as meninas têm feito nas redes sociais e um dos principais chamativos, além dos livros, são os doces diferenciados, por isso a cafeteria está com as mesas lotadas e as do gazebo também.

Sorte as meninas terem chamado Gabriela para servir as mesas. Ela tem só 16 anos e veio pedir emprego para conseguir ajudar a família e continuar a estudar. Eu e Del nos revezamos no balcão e também para ajudá-la, Tati está no caixa enquanto Lily e Lucila atendem clientes na livraria. Francisco organiza a pequena fila formando na entrada e o burburinho das conversas preenche o salão. Nathalia fará falta hoje, mas o que mais me deixa angustiada é não saber se o caso do pai dela é grave. Lily parece tão ou mais preocupada que eu. Porém, não temos tempo para pensar demais, atender os clientes será nossa prioridade.

— Mari — chama Del ao meu lado, ela passa um pano no balcão retirando farelos de bolo que acabaram de cair —, será que você pode me ensinar a fazer aquele merengue do bolo Clarice? A Luciana comeu o pedacinho que levei e adorou. Amanhã é aniversário dela e queria muito *faze* algo diferente pra minha filha.

Acabo de retirar o capuccino da máquina e antes de colocar outra xícara para fazer o café, respondo.

— Claro! Se você quiser, quando fechar a livraria eu te ajudo a fazer.

— Sério, mulher? — Ela abre a boca parecendo espantada.

— Sem dúvida! Não preciso sair às pressas hoje. Minha mãe ficará esse final de semana na casa da minha irmã. Já a deixei lá agora de manhã.

— Ótimo! Quando der um tempinho aqui corro no supermercado na esquina e pego os ingredientes.

Movimento a cabeça assentindo e termino de pegar as bebidas da mesa cinco, para que Gabriela possa levá-las aos clientes, junto com uma fatia do bolo Red Velvet Helena de Machado de Assis.

O aroma do bolo de maçã preenche a pequena cozinha da cafeteria, um cheiro doce e adstringente como a própria fruta misturada à canela e ao gengibre. Del, ao meu lado, observa meus movimentos ao quebrar os ovos, parecendo mais minha sombra do que a mulher agitada que tornou meu dia mais fácil com suas mãos ágeis e disposição infinita para o trabalho.

Passa das oito da noite, mas não tenho pressa. Quando faço aquilo que amo o tempo parece desacelerar para eu poder degustar cada momento. Como o grande relógio cuco da casa de meus avós na infância que me fazia sentar em frente a ele e aguardar feliz o momento do passarinho mostrar-se na pequena porta.

— Decidi voltar a estudar! — conto a ela.

— Sério? Você acha que precisa? Vai estudar o quê? — ela diz com o português arrastado pelo sotaque.

— Confeitaria — exalto a palavra e me sinto orgulhosa por poder pronunciá-la.

— Que *chic*!

— Até qual série você estudou?

— Fiz só os primeiros anos. Sempre fui da pá-virada. Minha mãe ficava mais na casa do Seu Nicolau do que na nossa. Não demorou pra eu descobrir que a diversão na rua era muito melhor que a escola. Criança não sabe de nada se não *é* ensinada. Perdi o rumo, mas não culpo minha mãe não. Ela fez de tudo pra me tirar das enrascadas. Até droga usei, só parei de usar quando engravidei de Luciana. Daí deu um medo danado de minha filha também *virá* viciada. Não queria isso não.

— Pelo menos você parou. — Levo as claras para a batedeira e antes de ligá-la, pego a assadeira para desenformar o bolo.

— É! Mas não tomei jeito não. Se não fosse minha mãe cuidar da minha filha, nem sei o que seria dela.

— Entendo! — digo a ela, enquanto desenformo o bolo.

— Sabe, Mari, só deixei essa vida doida quando Luciana veio morar com minha mãe. Na primeira vez que a encontrei depois dela ter saído de casa, partiu meu coração. A menina tinha tanta decepção no rosto, fiquei envergonhada. Por que será que *dexamo* tanto gente leva *nóis* pro fundo do poço?

— Del, deixei de me cuidar por um longo tempo. Esqueci de mim para cuidar dos outros e só agora percebo o quanto me deixei de lado. A culpa não é das pessoas que nos fazem mal, a culpa é nossa por permitirmos que elas nos façam mal. E o homem? O cara com quem você morou? Nunca mais te procurou?

— Procurou sim! Mas ele tem medo da minha mãe e também do patrão dela. O filho do Seu Nicolau é delegado. O fulano lá tem medo de *se* preso se continuar a me amolar. Eu também tenho medo dele. *Vixi mãe*! Não gosto nem de *pensa*!

— Meninas — Lily entra na cozinha —, ouvi a conversa e senti esse cheiro delicioso. Vocês ainda vão ficar por aqui.

— Nossa, mulher, tu tá arretada de bonita — exalta Del para Lily.

Ela dá um giro para nos mostrar o vestido rosa colado ao tronco e se abrindo na saia rodada acima dos joelhos.

— Pois é! Tenho uma festa pra ir. Por isso vou deixar vocês. O Francisco ainda está por aí e vai esperar vocês irem embora. Assim ficarão mais seguras.

— Tranquilo, Liliane! Nós vamos terminar o bolo para a Luciana e logo mais também vamos para casa.

— Meninas, obrigada por hoje! Vocês foram super!

— E o pai da Nathalia? — pergunto.

— Ainda está muito mal.

Lily

Nathalia não aceitou que eu a acompanhasse ao hospital. Disse ser melhor eu cuidar da livraria. Se precisasse, ela me chamaria. Tio Tó teve um enfarto. Ele só sobreviveu devido à ação rápida da equipe de emergência que chegou na ambulância. Se eles morassem distante do hospital, não teria dado tempo. Sequer posso imaginar se algo acontecesse a ele. Pobre Nath, passando por tantos desafios. *Gostaria muito de fazer algo por ela, mas o quê? Como ajudá-la nessa situação difícil com Leonardo?* O pior é que o *cara* parece ser legal. E sem dúvida estão apaixonados. Acredito que foi um ponto positivo a filha dele ter vindo hoje na roda de leitura, até por isso dei mais atenção a ela do que aos outros. Ela deve ter entendido, ou então, poderia não ter conversado com Nathalia. Antes de seguir para o encontro com a turma da faculdade decido lhe enviar outra mensagem.

Lily: Como ele está?

Nath: *Está sedado. Eles vão prepará-lo para a cirurgia de Ponte de Safena.*

Lily: Você vai dormir com ele?

Nath: *Não! Ele está na UTI.*

Lily: Quer que vá ficar com você?

Nath: *Não se preocupe. Vá pra festa e aproveita! Você está precisando.*

Lily: Tem certeza?

Nath: *Estou bem*. Ela completa com emojis de beijinhos e da mão em prece.

Quando chego à casa de Rebeca, no condomínio, já tem vários veículos estacionados na calçada em frente. Às vezes meu carro faz falta, mas vendê-lo foi necessário para conseguirmos nos manter esses meses e isso é o que importa. Estamos ainda em pé e tentando ficar.

Cruzo a garagem passando pela BMW conversível, pelo Volvo XC60 e pelo Mini Cooper azul-celeste, dela. Ao contrário de mim e da Nathalia, que sempre tivemos de nos virar para nos sustentar, Rebeca nasceu em família rica. O pai dela é dono de um dos maiores escritórios de advocacia da cidade, ainda maior que o do pai do Théo. Minha colega de faculdade sempre teve uma queda pelo meu ex-namorado. Meus ex-sogros também pareciam desejar essa união, assim como os pais dela. Talvez o desejo deles fosse se tornar um império e a menina aqui jogou um balde de água fria na pretensão deles.

Abro a porta com um sorriso no rosto, que se desfaz ao atravessar o grupo de pessoas e me deparar com Rebeca e Théo conversando do outro lado da grande sala. Dou um passo pra trás tentada a voltar pelo mesmo caminho de onde vim.

— Lily!

Leandro caminha na minha direção. O irmão de Rebeca está de blazer marinho, camiseta polo branca e segura na mão um copo parecendo whisky.

— Fiquei sabendo da sua livraria — diz animado.

Sempre gostei mais dele que da irmã.

— E eu de sua conquista. Parabéns, meritíssimo!

Ele sorri e eleva o copo.

— Achei que você tivesse assumido o cargo em outro Estado.

— Assumi! Estou estes dias por aqui em férias. Minhas primeiras férias.

— Parabéns em dobro!

Leandro me oferece uma bebida, aceito e ele vai buscá-la.

Corro os olhos pelos grupinhos espalhados entre os jogos de sofás. Camila, Lucas, Viviane e Laura estão mais próximos. Perto de Théo e Rebeca estão Thiago, Marina e Patrícia. Decido me juntar ao primeiro grupo. Sei que Théo já me viu. Posso sentir o olhar dele, mas não correspondo. Prefiro ficar de costas para eles. Apesar de saber que em algum momento terei de cumprimentar ele e Rebeca, até para agradecer pelo convite. Vou detestar essa parte e aceito de bom grado o copo de vinho tinto estendido por Leandro. O irmão dela se junta a nós no grupo debatendo sobre qual é a melhor capital para conhecer na Europa, Paris, Londres, Bruxelas, Amsterdam. Tento focar na opinião de Viviane sobre as maravilhas e riqueza cultural de Londres, mas só finjo. A vontade de ir embora ainda persiste.

— Vocês ainda estão falando sobre viagens? — Rebeca entra na roda a minha direita e Théo vem junto dela. — Lily, muito bom tê-la aqui.

— Obrigada pelo convite, Rebeca! Sua casa continua linda, como sempre.

— Fiquei sabendo que a sua se transformou em livraria. Preciso conhecer.

Resisto à tentação de rebater e dizer que não será bem-vinda, mas ao invés disso abro meu sorriso mais generoso e digo que vou adorar recebê-la.

— E os seus pais? — pergunto alfinetando por ela ainda morar na casa deles.

— Viajaram. Resolveram nos deixar a sós nesse final de semana — ela projeta para Théo um largo sorriso.

Dá vontade vomitar.

— Então, pessoal — continua Viviane —, já visitei todas essas e ainda prefiro Londres, apesar do clima inconstante, das chuvas e do trânsito conturbado do centro.

— Talvez Lily possa expressar sua opinião sobre Londres — Rebeca comenta.

Sinto o ataque das suas palavras como uma punhalada vindo direto no meu fígado.

— Infelizmente não! Só a conheço pelas imagens da internet.

— Seu amigo não mora lá?

Continua a provocação. Respiro fundo. Ela sabe ser irritante quando quer. E também sabe bem como me tirar o equilíbrio. *Mas como ela descobriu sobre Murilo?* Desvio o olhar para Théo e o rosto dele está sério, maxilar travado.

— Mora sim! Murilo vive em Londres há mais de seis anos e diz adorar a cidade.

— Ah, me lembro dele — exalta Camila girando o globo ocular.

— Pessoal — Rebeca aponta para a varanda ao fundo —, preparamos a mesa com petiscos e terá jantar logo mais. Théo — ela coloca a mão no bíceps dele com intimidade e pressiona o músculo —, você se importa de ir comigo até a cozinha para ver como está o preparo.

Ele assente, o maxilar dele continua travado. Na sequência eles saem pela porta lateral da sala na direção da cozinha e eu sigo para a porta dos fundos. Preciso respirar longe deles.

A brisa fresca e a cascata da piscina ligada me ajudam a relaxar. Deixo meu olhar se perder no movimento da água tremulando sobre as pequenas pastilhas em tons de azul e bebo um gole do vinho. Não demora a Leandro e o grupo em que estávamos se juntarem a mim. Tento me distrair com a conversa deles. Antes mesmo de servirem o jantar, peço licença dizendo ter outro compromisso e sumo de lá. Caminho a pé até a porta do condomínio sob o céu estrelado e a noite quente, deixando as lágrimas escorrerem pelo meu rosto. Queria muito poder ligar para Nathalia, mas é impossível atormentá-la com minha tristeza em um momento tão difícil para ela. Quem mais poderia me acolher? Murilo, nem pensar. Que falta sinto de ter mãe. Talvez ela pudesse ser um porto seguro para mim nesse momento em que não tenho mais ninguém com quem contar.

23

Ilusão

Nathalia

Esse foi o pior dia da minha vida. Com certeza foi. Desde o momento em que descobrimos os problemas pulmonares dele temos vivido esse stress e agora isso. O enfarto poderia ter sido fulminante e fatal. Estremeço e pego a chave para abrir a porta do meu apartamento. Entro em casa arrastada, após deixar minha mãe na casa dela. Peguei o carro do meu pai para evitar ter de esperar outro transporte. Não tinha como deixar Shakes sozinho. Precisava também alimentar meu cachorro. Tudo o que mais quero é um banho e cama.

Shakespeare salta no meu peito e sei que ele deve sentir o quanto estou arrasada, porque tenta de todo jeito me dar carinho. Aliso o pelo dele com a mão livre e deixo a bolsa sobre a mesa na porta de entrada, mas antes tiro o celular dela. Não posso desgrudar nem por um minuto dele.

Tem mensagens no WhatsApp, uma de minha mãe e diversas de Leonardo. Ele me enviou muitas mensagens o dia todo e não consegui falar com ele. Só respondi que estava cuidando do meu pai e depois lhe daria notícias. Nem sei se deveria ou não ligar. Abro a mensagem da minha mãe e ela só quer saber se cheguei bem. Antes mesmo de abrir as mensagens de Leonardo, recebo a chamada pelo FaceTime. É ele! Fico indecisa sobre atender ou não, mas opto pela primeira opção. Só depois de atender e ver o rosto lindo dele me toco que o meu está um horror. O delineador desceu acentuando as olheiras profundas e pareço um urso panda.

— Como está seu pai? E você?

— Ele está na UTI. Acabei de entrar em casa. Estou horrível! — constato.

— Nem que você quisesse estaria horrível.

Ele abre o sorriso, seus olhos brilham. Ao fundo vejo o quadro da sala dele, não há nenhum som ou barulho.

— Samanta está com você?

— Ela foi comer pizza com meu pai.

— Você não quis acompanhá-los?

— Não conseguiria, sem antes falar com você. Quer companhia? Posso passar, pegar uma pizza, daquelas artesanais de Margherita que você adora.

Leonardo sabe bem o que adoro comer, parece saber cada detalhe sobre mim, cada gosto, cada forma de me acariciar, mesmo à distância pelo FaceTime é como se o carinho dele tocasse meu rosto. Meus olhos queimam e ele percebe que estou prestes a chorar.

— Vou ficar com você!

— Não! — nego veemente. — Por favor, não! Sua filha me disse que viajará amanhã e não quero tirar esse momento de vocês. Além disso, estou exausta e só preciso de um banho e cama.

— Nada me agradaria mais do que colocá-la na cama e esperar até você dormir.

A sugestão dele faz meu corpo responder rapidamente apesar do cansaço. Mas hoje não posso lidar com isso. Comprimo os lábios e afasto o cabelo da testa, meus olhos estão vermelhos e as pálpebras negras.

— Preciso mesmo dormir — exalo.

— Está bem! Vá descansar.

— Obrigada pelo apoio.

Leonardo assente. Em seguida desliga.

— Por que ele precisa ser tão fofo? — pergunto para Shakes acomodado nos meus pés.

Ele eleva a cabeça e solta um grunhido como se também não tivesse essa resposta. Seria tão mais fácil acabar esse relacionamento se Leonardo fosse um brutamontes arrogante que nem aquele ser que foi gerado no mesmo útero que ele. Mas ele não é. Dizem que nossos olhos transmitem a energia da alma e estou certa que a dele é só afeto. Como posso esquecê-lo se ele é a melhor coisa que me aconteceu na vida?

Estamos há horas aguardando a cirurgia do meu pai. Minha mãe levanta e anda de um lado a outro, percorrendo o espaço estreito entre as cadeiras na recepção do hospital. Já entrei no Instagram para ver as postagens da livraria, o número de seguidores está crescendo com a prospecção feita por Lily, já mandei mensagem para minha amiga avisando-a sobre a cirurgia, já mandei mensagem para Mari de uma ideia que tive para ela fazer um novo brioche. Até com a veterinária de Shakes conversei para agendar uma consulta e hoje é domingo. O marcador no livro de John Grisham, *A Firma*, já está no meio das páginas. A história de suspense me ajudou a distrair, porém não baixou minha ansiedade para que a cirurgia acabe logo. Deveria ter optado por romance, só que nos últimos tempos esse tipo de leitura pode comprometer minha firme decisão em me manter longe de Leonardo.

Minha mãe volta e senta na cadeira ao meu lado. Ela abre o livro de Lucinda Riley, no ponto marcado, e movimenta as páginas.

Decido colocar meu livro de lado e pego de novo o celular. Tem uma nova mensagem.

Leonardo: *Terminou a cirurgia? Quer que vá ficar com vocês?*

Nathalia: Não! Fica tranquilo. Estamos bem! Você já levou Samanta ao aeroporto?

Leonardo: *Sim! O voo dela decolou há uma hora.*

Não sei bem o que devo responder com relação a isso e decido encerrar a conversa.

Nathalia: Obrigada pelo apoio.

Leonardo: *Se precisar, estou aqui.*

— Com quem você está conversando? — pergunta minha mãe.

Coloco o celular sobre o exemplar do livro.

— Leonardo! Ele já me enviou várias mensagens hoje.

— Parece ser um bom rapaz.

— Você não se importa por ele ser divorciado e pai?

— Não acredito que devemos crucificar as pessoas por terem aberto mão de relações que não dão certo. Você não me contou por que vocês se separaram.

— É complicado!

— Sabe, Nathalia, gostaria de saber mais sobre suas decisões. Você sabe que pode contar comigo, não é?

— Claro, mãe! Bobagem! Eu sempre lhe conto tudo.

— Você conversa mais com o seu pai. No entanto, sei que ele também não sabe dos motivos de você ter saído do escritório.

— Também é complicado — suspiro. — Gostaria de encontrar alguém e ter um relacionamento como você e o papai. Perfeito. Sempre apaixonados um pelo outro.

Minha mãe começa a rir. O riso dela é extravagante e chama a atenção das pessoas ao nosso redor. A senhora de camisa xadrez, ao lado do homem calvo, volta o rosto querendo entender a reação da minha mãe. É um riso de escárnio, e não de felicidade. Minha cara de espanto deve estar tão nítida quanto a da mulher.

— Não existe relacionamento perfeito, Nathalia! Isso é coisa de romance em livros e filmes.

Ela enxuga a lágrima caindo na lateral do nariz, alonga o tronco como se precisasse se recompor, antes de se recostar na cadeira de novo.

— Você sabia que fui apaixonada por outro homem antes de conhecer seu pai? Apaixonada mesmo. — Ela baixa o tom de voz parecendo não querer ser ouvida pelo casal e a mulher com o menininho no colo, sentada a três cadeiras vazias da nossa. — Inclusive vivi com ele por alguns anos. Estava certa que nos casaríamos, só que os planos dele não me incluíam. Fiquei arrasada e na mesma época conheci seu pai, um homem gentil, carinhoso e disposto a casar. Meu sonho era ter um filho, ou uma filha — ela aponta para mim —, comecei a namorar seu pai e nos casamos em menos de um ano. Após algum tempo, Gustavo reapareceu arrependido. Eu quis largar tudo e ficar com ele. O sentimento era incontrolável, uma paixão desmedida, feroz, avassaladora, mas nem preciso dizer o que aconteceu. Você sabe, estamos aqui agora, e nesse momento meu maior desejo é ter Antônio de volta em casa com nossa relação fraternal, apesar de estar muito brava com ele por não ter se cuidado, ter parado de fumar ou jamais ter colocado um maldito cigarro na boca.

Diante da cara de dor expressada em cada músculo do rosto de minha mãe, começo a me questionar quando foi que romantizei tanto o relacionamento deles. Eles sempre me pareceram tão perfeitos juntos, que nem mesmo as brigas, reclamações e cobranças de ambos os lados pareciam me fazer enxergar a realidade. Meu pai, apesar de gentil, possuía um mau humor insuportável pela manhã que fazia minha mãe deixá-lo tomando café sozinho na mesa e ir cuidar de outras coisas da casa. As reclamações dela do cheiro do cigarro dele também não eram poucas.

— É isso, Nathalia! Mas posso lhe garantir, minha filha, nenhuma vida é preenchida todos os dias por felicidade, no entanto, o amor sustenta tudo. Se não houver amor, não haverá felicidade. Por isso algumas abandonam, outras são abandonadas e outras ficam. Não há certo ou errado, cada uma lidará de uma forma com as próprias dores e amores, dependendo do que conseguem suportar.

Lily

Foi a primeira vez em muito tempo que participei de um curso presencial. O tema necessário para expandirmos nosso negócio não foi tão atrativo quanto imaginei, mas o fato de estar novamente em São Paulo, me animou. Talvez precise colocar mais movimento em minha vida.

Abro a livraria dez minutos antes do horário. Sinto-me mais energizada do que estive nos últimos meses. Mari, não demora a chegar e assim que ela abre a porta, dispara:

— Lily, veio um rapaz aqui na livraria te procurar.

Meu coração sacoleja no peito. Théo veio me procurar nos únicos dias em que estive fora? Não acredito! Só pode ser brincadeira.

— Como ele era? Alto, magro, cabelos cacheados caindo na testa — coloco a mão na minha fronte para demostrar onde o cabelo dele cai —, olhos acinzentados, quase azuis?

— Não! — ela diz.

Merda! Será algum cobrador? Tenho quase certeza que paguei todas as minhas contas.

— Como ele era, Mari? — repito. — Deixou recado?

— O garoto perguntou se conhecíamos a Liliane Mendonça. Se ela mora aqui? Respondi que você era a dona da livraria e estava fora. Também perguntei se queria deixar recado. Ele respondeu que não.

— Um garoto? Adolescente?

Mari confirma em um aceno de cabeça.

— Sim! Ele esteve aqui duas vezes.

— Lily — Nath entra na livraria —, quero saber os detalhes do curso. Fiquei com algumas dúvidas sobre o que você me explicou. Quero saber tudinho.

Desvio-me do ponto de interrogação deixado por Mari e convido Nath para subirmos ao escritório para eu detalhar todas as possibilidades e dificuldades para abrirmos as franquias.

— Como está seu pai?

— Deve ter alta até amanhã. Faz quase uma semana que ele está internado e eu e mamãe estamos bem cansadas dessa rotina.

— Sei bem! Desculpe não ter conseguido ficar com ele. É que não tinha agenda para um novo curso nos próximos dois meses e nosso tempo está escasso.

— Você tem razão! Fica tranquila. Leonardo foi dormir com ele uma noite.

— O quê? E você nem me conta?

— Pois é. Ele insistiu e, de fato, estávamos bem cansadas. Não consegui recusar.

— Nathalia, já pensou em ser honesta com ele? Contar a verdade. O que o irmão dele fez com você.

Ela vira o rosto, baixa a cabeça e sei que deve ter um conflito gigante fluindo na cabeça da minha amiga. Nathalia sempre foi ótima para tomar decisões, mas quando se trata de relacionamentos, a mulher parece ter um bloqueio. Lembro do Fabinho da época da faculdade. Ela enrolou por semanas para terminar o namoro. O cara não tinha nada a ver com ela. Diferente de Leonardo agora.

Solto um longo e pesado suspiro.

— Você deveria mesmo pensar sobre contar a ele — opino.

— Como foi a festa no sábado? — Esperta, muda de assunto. — Com toda essa confusão até esqueci de perguntar.

— Terrível! Théo estava lá de conversinha com a Rebeca.

— Ele te tratou mal?

— Não! Só me ignorou a noite toda até que decidi voltar pra casa.

— Sinto muito, amiga! — Ela se aproxima e me abraça. — Queria ter estado com você.

— Eu sei, mas não foi sua culpa.

Retribuo o abraço e me afasto.

— Quem será o garoto que veio me procurar? Você estava aqui?

— Garoto? Não sei de nada. Foi a Mari quem contou?

— Sim! Deixa pra lá! Vamos trabalhar. Minha cabeça está fervilhando de ideias para lançarmos a franquia. Precisamos colocar isso em prática o mais rápido possível. Essa dívida não me deixa dormir direito e estou ficando atordoada.

Mari

Entro na cozinha industrial. De repente começo a sentir pânico. Gostaria de ter alguém comigo nesse momento. Meu coração parece que vai saltar pela boca. Levo a mão à garganta e ela está suada, passo-a no *touch on* pendurado à frente do avental. Mal reconheço meu reflexo vestindo o dólmã branco na grande coifa de alumínio no teto. Como se precisasse mesmo confirmar não se tratar de alucinação ou sonho, levo a mão ao *toque blanche* cobrindo meus cabelos. Não tenho dúvidas, não se trata de um sonho ou alucinação, o reflexo é meu. Precisei decorar todos esses nomes do uniforme quando fui comprá-lo, para não dar vexame na aula por não saber. Para mim, antes de saber, era só um guardanapo e a touca de chef.

— Você deve ser a Mari? — o rapaz vestido com a mesma vestimenta de chef que eu se aproxima.

Ele não deve ter nem trinta anos, mas parece estar no comando.

Balanço a cabeça confirmando sem saber se posso contar com minha voz e observo a ampla cozinha. Além de mim mais oito ou dez pessoas, todas com o uniforme, se agrupam na sala. Tem um grupo animado conversando, um deles faz gestos com a mão como se quisesse reproduzir o formato do prato. No final da bancada um casal está focado na tela do celular.

— Sou Giulio e vou acompanhá-la durante o curso.

— Prazer, Giulio! — digo tentando acompanhar a pronúncia do nome dele.

Após me receber, ele chama a atenção do grupo para nos juntarmos perto dele na bancada. Acomodo-me em frente a ele na outra extremidade. A moça sorridente que estava no grupo faz um movimento de cabeça me cumprimentando e eu retribuo. Os demais vão se encaixando ao redor de Giulio para dar início a nossa primeira aula.

Giulio começa com instruções iniciais de como funcionará o curso e o que precisaremos nos dispor a realizar. Ele ressalta a importância da técnica na elaboração das receitas e o quanto isso nos fará aperfeiçoar até nos tornarmos chefs aptos a desenvolver pratos complexos e acima de tudo perfeitos em aromas, texturas e sabores. Porém, cozinhar não é só técnica, é necessário muito mais. Emoções nos conectam, ressalta ele, e a comida é uma forma de afeto inquestionável que precisamos aprender e aperfeiçoar para fazer o melhor para quem vai saborear nossos pratos. Afinal, cozinhar é uma arte e como toda arte ela provocará emoções e tem o propósito de despertar todos os sentidos.

Conforme ele fala parece que cada célula do meu corpo começa a relaxar. Pareço estar no lugar certo, na hora certa, com as pessoas certas, aprendendo o que tem grande significado para mim. Como uma esponja vou absorvendo cada palavra, cada ensinamento, cada parte da história da gastronomia e a importância dos doces no complemento de refeições. Alguns colegas fazem perguntas e eu só os observo. Não tenho qualquer questionamento a fazer.

A aula acaba tão rápido que sequer me dou conta de já ter passado tantas horas. Saio apressada do prédio e pego meu celular ansiosa, doida para contar logo para minha filha, quando vejo a tela com três chamadas dela perdidas.

Ligo e Luiza atende com voz chorosa.

— Mama, estou voltando pra casa. É impossível ficar aqui.

Minha emoção despenca como se tivesse no alto de um precipício. Tento argumentar com Luiza e peço para ela me contar o que aconteceu. Em vão. Minha filha só diz estar voltando no final de semana, meses antes do estágio dela terminar.

24

Desculpas

Nathalia

Gostaria muito de ter ido dormir com meu pai, no entanto, a programação de sexta com o grupo musical agita a livraria e eleva nossa clientela ao pico. Não posso deixar as meninas sem ajuda. Por sorte, Leonardo se ofereceu mais uma vez para pousar no hospital. Sei o quanto isso está errado. Não tenho intenção alguma de levar esse relacionamento adiante e sinto estar aproveitando da boa vontade dele, o que faz me sentir ser uma aproveitadora. Preciso ter uma conversa séria e definitiva com ele.

Lily está ao piano e o movimento continua intenso. Atendo o cliente com a pilha de livros de literatura de época. Cobro e passo para Lucila embrulhar alguns para presente. Espio na tela do celular e tem mensagem. Abro o aplicativo sobressaltada.

Leonardo: *Olá, linda! Só quero avisar que o médico passou por aqui. A recuperação do seu pai está boa, a pressão controlada e ele deve ter alta amanhã.*

Nathalia: Que alívio! Obrigada por avisar. Vou mandar mensagem pra minha mãe.

Leonardo: *Já mandei! Ela me passou o contato anteontem quando nos revezamos.*

É claro. Minha mãe já virou fã dele. E como não virar com toda essa gentileza. *Caramba*.

Digito um novo agradecimento antes de deixar o celular de lado para atender a uma cliente sinalizando a minha frente precisar de ajuda. Saio do caixa alguns instantes para mostrar um livro à mulher acompanhada da criança e quando retorno ao caixa me deparo com Théo.

Ele está estagnado sob o arco da entrada com o olhar fixo em Lily tocando piano junto ao violinista amigo dela que aceitou vir acompanhá-la.

Minha amiga não o viu e continua a dedilhar nas teclas do instrumento acompanhando a música clássica do rol de escolhas para esta noite dedicada à literatura de época.

Decido me aproximar dele e o cumprimento, ele retribui.

— Ela transforma as notas musicais em gotas de orvalho banhando nossa alma — comenta sem tirar os olhos da Lily.

— Vocês deveriam, de fato, reatar, Théo. Acho um desperdício de tempo vocês ficarem longe um do outro.

— Não basta só *um* querer, Nathalia — ele diz parecendo lamentar e se volta a mim. — Talvez nem seja o melhor momento, mas há algum tempo quero falar com você. Preciso pedir desculpas. Lily deve ter lhe contado sobre Bernardo.

Assinto e prefiro não responder.

— Sei que não posso reparar o dano, talvez possa corrigi-lo. Nós o demitimos e ele está definitivamente trabalhando em São Paulo.

— Não me interessa, Théo!

— Sei! Desculpe! Você tem interesse em voltar a trabalhar conosco?

Encaro-o por alguns instantes. Essa parece uma realidade tão distante agora, trabalhar de novo com o direito, engraçado como nem cogitei essa possibilidade no último ano.

— Sem chance! — digo e me volto para Lily.

Minha amiga já nos viu e o rosto dela parece corado. Ela tenta não olhar, mas é impossível. Mal a música finaliza, ela levanta do piano, as pessoas ao redor dela e sentadas nos sofás aplaudem e ela caminha na nossa direção.

— Vou deixar vocês conversarem — digo a Théo.

— Se quiser, minha proposta ainda está de pé.

— Nem morta! — Solto a hipérbole e retorno ao caixa a fim de atender aos clientes começando a formar fila.

Lily

— Havia me esquecido do quão lindamente você consegue extrair notas do piano. A sonoridade e harmonia são ressaltadas durante toda a melodia.

— Obrigada! Idem pra você.

— Esse sempre foi um ponto forte entre nós, não é mesmo? — Ele abre o sorriso e faz meu coração virar uma britadeira.

— Não só esse!

O cabelo dele parece ainda mais cacheado hoje. Estamos tão próximos que quase consigo sentir seu perfume e tenho vontade de percorrer o pescoço dele aspirando seu cheiro. Relembrar da sensação eriça meus pelos.

Théo me encara e vejo refletido em seus olhos a mesma fome de desejo. Como se não pudesse manter o contato, ou quisesse esconder a sensação, ele os desvia e se volta para a livraria.

— Parabéns! Vejo que vocês conquistaram um grande projeto.

— Quase!

A pressão para pagar a dívida ainda pesa demais, tirando inclusive essa sensação de conquista por tudo o que construímos neste espaço. Porém, ver agora a livraria lotada e as pessoas circulando me faz ter esperança de conseguirmos. E mais ainda por ter Théo aqui e agora.

— Murilo partiu?

— Sim! Ele voltou para Londres.

— Vocês ainda se falam.

— Não! Ele deve estar cuidando da família que construiu por lá.

Engraçado como tenho a nítida sensação que Murilo voltará com a mulher dele. Apesar de ele não dizer, sei o quanto foi e é apaixonado por ela.

— Théo — chamo e ele volta a me olhar —, não tive nada com o Murilo. Tampouco tenho ficado com outros caras.

Quero muito que ele acredite no que estou dizendo e no quanto sinto sua falta não tendo qualquer importância outro relacionamento para mim.

— Lily, não foi pra saber disso que vim até aqui.

— Foi para que, então? — pergunto e meu coração se enche de expectativa.

Estendo a mão e tento tocar a dele. Théo se afasta e a coloca no bolso da calça, tirando dele uma caixinha. Gelo de cima a baixo. Conheço aquela caixinha. Dei a ele pouco antes de brigarmos, logo após o falecimento do meu pai.

— Vim te devolver isso. — Ele me passa a caixinha.

Resisto e não quero pegá-la. Movimento a cabeça de um lado a outro negando e cruzo os braços na frente do peito.

— É seu! — afirmo. — Não há ninguém mais nesse mundo a quem eu queira entregá-lo.

— Não é o que você demonstra, Lily! De verdade, não é. Além do mais é uma herança de família. Não é justo eu ficar com ela.

Théo toma minha mão, fechada em punho, e a abre delicadamente, colocando sobre ela a caixinha de veludo. Em seguida toca meus lábios. Parece uma clara demonstração de despedida e eu seguro o braço dele pressionando-o com a mão livre. Ele baixa o olhar e solta minha mão, na sequencia sai da livraria.

Pedro, meu amigo, toca meu ombro me chamando para continuarmos a apresentação. Retorno ao piano, coloco a caixinha sobre ele, e começo a tocar *Um Certo Alguém* de Lulu Santos. Pedro parece estranhar, mas me acompanha no ritmo da música.

A livraria esvazia perto das oito da noite. Foram quase dez horas aberta e movimentada. Nathalia está fechando o caixa quando me aproximo.

— Achei que fosse sair com Théo — ela diz sem desviar o olhar dos comprovantes dos cartões.

— Não! Ele está ainda bem magoado com a história do Murilo.

— Entendo. — Ela fecha a gaveta e me encara. — Sabe, Lily, acho que passou da hora de vocês resolverem essa situação. Vocês são doidos um pelo outro. Amiga, de fato, vocês precisam se acertar.

Baixo o olhar para a caixinha. Preciso dar um grande suspiro pra amenizar a frustração no meu peito.

— Ele veio devolver o Rolex.

Abro a caixa e o removo de dentro dela.

— Talvez esse seja um aviso dele de que o tempo de vocês passou — comenta Nathalia.

— Não entendi! — Encaro-a.

— Amiga, quanto tempo mais você acha que ele vai te esperar?

— Você acha que esse é um aviso?

— Não sei! Mas se fosse você, pensaria bem se o sinal não é esse.

Fixo o olhar no Rolex e giro para ver sua gravação: "*Para sempre sua.*".

Não foi real para meus pais. *Será pra mim?*

— O que posso fazer, amiga?

— Tentar descobrir o que de fato a impede de correr atrás dele e se jogar de vez nessa relação. A terapia foi importante para eu descobrir muitas coisas a meu respeito. Talvez funcione pra você também. — Ela puxa meu rosto entre as mãos e dá um beijo nele. — Quero ver você feliz!

Mari

Minha filha está sentada na minha cama, com as pernas esticadas e costas apoiadas na cabeceira. Ela mexe na borda da almofada colorida de enfeite que minha mãe fez. Luiza chegou nesta manhã e por meu dia tumultuado na cafeteria só agora consegui conversar com ela.

— Então foi por isso que você brigou com ele?

— Ele brigou comigo — ela dispara.

— Entendi! — Apoio ambas as mãos na cômoda de roupas em minhas costas e fico de frente para Luiza.

— Só porque não aceitei a forçação de barra dele me empurrando pros braços do filho do amigo. Então, tive que confessar que não é minha praia.

— E você usou essas palavras pra contar a ele?

— Claro que não, né, mama. Só disse que não queria me envolver com nenhum homem, mas acho que ele entendeu o contexto depois de conversar com a mulher dele.

— Já imagino a quantidade de palavrões e críticas Alfonso atribuiu a mim. Deve ter falado horrores.

Luiza não responde. Só movimenta os lábios de um lado a outro.

— De verdade, filha, isso não me importa. Foi-se o tempo em que essa atitude dele me feria. Só o que de fato me importa é você abandonar o final do seu estágio e se prejudicar por causa dele.

— Nossa, mãe. Você está muito diferente. O que aconteceu com você neste tempo que estive fora? Até a vovó parece estar te tratando com mais respeito.

— Foram tantas coisas, minha filha. Não aconteceu nenhum milagre da noite para o dia. Simplesmente mudei minha forma de agir e de reagir. Acho que foram os livros, as conversas que ouço e participo na cafeteria. A observação das atitudes das meninas que trabalham comigo. Dos desafios enfrentados nos últimos meses. Não há mudança milagrosa, ela deve acontecer a partir de nossas experiências e reflexões, pois as mais profundas e transformadoras acontecem quando temos consciência do que queremos para nossa vida. E neste momento quero que você também reflita se deve abandonar o estágio que você quis tanto por causa do seu pai. Vai por mim, já até me abandonei por ele e não valeu a pena.

— Ainda não sei o que posso fazer. O dinheiro que recebo mal dá pra eu me alimentar e usar o transporte público.

— Bem, você sabe das suas possibilidades e deve ser capaz de achar uma solução melhor do que eu. No que puder ajudar, ajudo. Porém, ainda não tenho condições de aumentar sua mesada.

— Talvez eu consiga morar com algumas amigas. Elas também estão estagiando na clínica, afinal faltam só dois meses pro estágio finalizar. Enquanto isso economizo na alimentação e na passagem pra vir para casa.

— Veja com elas. Eu só não quero que você passe necessidade para comer. Se precisar tento retomar alguns contatos com clientes e faço bolos no domingo.

Luiza levanta da cama e vem ao meu encontro. Minha filha me dá um longo e demorado abraço. Eu a envolvo em meus braços como quando ela era uma garotinha. Independentemente do quanto minha filha se torna adulta, para mim ela ainda é minha garotinha. É difícil para eu manter a firmeza para que ela tome as próprias decisões, mas sei por experiência própria o quanto isso é necessário. Sabia e sempre soube que quando Alfonso descobrisse sobre as escolhas de Luiza, ele a maltrataria, isso seria inevitável. No entanto, saber disso não impede que eu fique brava com ele.

25

Nova Chance

Nathalia

Chegamos à casa da minha mãe no final da tarde. Meu pai teve alta e Leonardo fez questão de nos acompanhar ao hospital para ajudar na locomoção dele. Há um corte imenso no centro de seu peito. A cirurgia foi grande demais e ele ainda parece muito debilitado.

Quando o acomodamos na cama meu pai agradece a Leonardo.

— Antônio, logo você estará bem e poderemos ir juntos assistir a um jogo de futebol em São Paulo. O que acha? Vamos diversificar um pouco os estádios.

Meu pai abre os lábios brancos em um sorriso. Meu coração se comprime ao vê-lo tão abatido e fico aliviada por ter Leonardo ao meu lado e de minha mãe nesse momento.

— Será ótimo! — A voz dele é um sopro.

Leonardo se despede e sai do quarto. Sei que ele vai me esperar porque já deixei o carro do meu pai na garagem. Fico tentada a passar a noite aqui, mas minha mãe me tranquiliza e me dispensa. Pelo gesto, apesar do cansaço que ela também está por todo o stress passado nesses dias, sei que deve estar fazendo isso para me deixar livre.

Ajeito os travesseiros nas costas do meu pai, minha mãe o cobre com a colcha.

— Fique bem, pai! — Dou um beijo na bochecha dele. — Vou pegar alguns pãezinhos pra você na padaria, mãe. Assim, você não precisa sair. Mas se precisar de qualquer coisa, me liga. Venho rapidinho.

— Não se preocupe, Nathalia!

Ela abre o sorriso para meu pai e vejo o carinho transbordar dela.

Ao sair do quarto me deparo com Leonardo observando o painel de fotos antigas no corredor. Ele leva o dedo a uma delas parecendo querer fazer parte da imagem.

— Vocês são muito unidos — comenta.

A foto de nós três de mãos dadas no bosque quando eu tinha seis anos é uma das minhas preferidas. Meu pai me abraça e minha mãe está colada a ele, envolvendo seu pescoço com os braços. Ambos os rostos refletem a alegria de um momento só nosso. Corro o olhar pelas outras fotos, uma minha sobre a bicicleta, outra com a boneca nos braços sentada na varanda da nossa antiga casa e outra também com meus pais. Além da foto oficial do casamento deles. O que quer que minha mãe tenha passado, ela soube superar. Ou até aprendeu muito bem a não demonstrar.

— Minha família nunca foi assim. Eu e meu pai somos mais próximos. Minha mãe sempre se preocupou com a carreira e nem me lembro de momentos felizes na minha infância. As brigas raivosas entre meu irmão e eu parecem dominar minha memória.

Estremeço diante do comentário dele.

— Talvez por isso goste tanto de estar com Samanta — continua —, criar boas memórias para ela.

— Faz bem! Tenho de ir à padaria. Se você quiser ir embora, não tem problema.

— Vou com você e depois deixo-a no apartamento.

Ele não me deixou no apartamento. Fez questão de subir. Antes mesmo de nós chegarmos à porta já escuto Shakes desesperado com o focinho esperando eu abri-la.

— E aí, garotão! — Léo brinca com ele e, como um cão sem dono, se anima todo, pulando, abanando o rabo e exigindo carinho.

Vou até a janela e abro a persiana. O sol de fim de tarde transpassa a veneziana marcando o piso de madeira. Como é bom estar em casa depois desse período conturbado. Volto-me ao meu visitante e ele está observando minha sala.

— Gosto do seu apartamento — diz surpreendendo-me — O que te fez sair de casa se continuou a morar tão próxima dos seus pais?

— Sei lá! Quando comecei a trabalhar senti que precisava de um espaço pra mim. Gostava de morar com eles, mas queria meu próprio lugar. Quando perdi o emprego, apesar de ser uma necessidade reduzir a despesa com o aluguel, não fui capaz de voltar a morar com eles. Seria outra perda muito difícil para mim, então, decidi ficar. Gosto de ter meu espaço.

— Também gosto que tenha seu próprio espaço — ele diz e se aproxima.

Shakes parece perceber as intenções dele e fica deitado no chão, quase imóvel, parecido com a dona dele que não consegue mexer um músculo visível por fora, porém por dentro meu corpo parece ter ligado um turbilhão. Entreabro os lábios e deixo o ar escapar devagar.

Os passos dele são lentos e perturbadores. Sei que estou fugindo desse momento há muito tempo, sei também que desejei ele, talvez até por isso fui incapaz de afastar Leonardo em definitivo.

Sem perder o contato visual ele aproxima nossos lábios, sinto seu hálito quente roçar minha boca. Fecho os olhos e me entrego ao beijo, a mão dele encaixa na curva da minha coluna e sou pressionada de encontro a ele. Nossas línguas exploram cada pedacinho e uma brasa se ascende dentro de mim. Dias, semanas, meses separados só intensificam a sensação e a urgência de o agarrar. Eu achava que o beijo dele era bom, mas neste momento tenho a certeza que é o melhor beijo de todos. Apalpo sua bunda, colo ainda mais nossos quadris. Léo separa nossos lábios e desce pelo meu pescoço, enquanto suspende minha saia, o dedo dele é lento ao subir. Aspiro seu cheiro e quero muito ir com ele para o quarto, só que é tão distante.

Leonardo cessa o beijo e percebo ele elevar o rosto, abro os olhos.

— No sofá?

Assinto freneticamente e vamos estrear meu sofá.

Parecendo tão ou mais ansioso que eu, ele pega a camisinha e remove a calça, começo a rir e sou calada de novo pela sua boca encontrando a minha até eu sentar no sofá. Léo só separa nossos lábios para se livrar da camiseta e colocar o preservativo. Em segundos ele está sentado ao meu lado. Suspendo a saia e subo no colo dele, me encaixando. Ele solta meu sutiã e acaricia meu seio, pressionando-o e me fazendo gemer. Entramos num ritmo frenético e os gemidos dele se intercalam aos meus até o clímax. Quando o orgasmo acontece e o ritmo cessa, não saio de cima dele. Deslizo as mãos pelos seus braços suados. Deito minha cabeça no ombro dele, minha respiração ainda está acelerada.

Shakes ao nosso lado emite rugidos. Começo a rir e elevo o rosto.

— Sai daqui! — ordeno e o empurro com a mão.

— Eu?

— Não! Você pode ficar um pouco mais.

Volto a encostar o rosto no ombro dele. Ele acaricia meu cabelo.

— Ainda bem, porque o único lugar onde pretendo ir nas próximas horas é para o seu quarto.

Lily

Não é fácil para mim. Pensei em um milhão de motivos para desmarcar a consulta. Deveria ter desmarcado.

Sentada na antessala, questiono se ainda não deveria ter tomado essa decisão. A decoração é moderna, a gravura colorida da mulher de cabelos encaracolados enfeitados com flores e minúsculas letras explodindo de sua cabeça, como se fossem notas musicais, quebram o tom claro da parede e do sofá, ambos brancos. Na mesa lateral tem uma pilha de livros e o vaso de orquídea. Não tem secretária, tampouco outra pessoa na sala. Estou sozinha. Anda dá tempo de ir embora, sair do prédio e percorrer as poucas ruas que me separam da minha casa. No entanto, sei que se encontrar Nathalia, ela vai me questionar do porque ter desistido da consulta e não consigo arrumar uma boa desculpa para dar-lhe. Talvez a intensa dor de barriga seja uma boa, o que não seria de fato desculpa, pois sinto a montanha-russa surfando dos intestinos ao esôfago e vice-versa.

Há um movimento na sala ao lado e sei que a porta se abrirá em instantes. Tenho o rompante de fugir. Avalio a distância para correr até o elevador, cinco metros talvez, segundos seriam suficientes para eu escapar. Resisto firmemente a tentação e não me movo.

Continuo sentada até a porta abrir. A senhora sai com o rosto vermelho e ainda úmido pelo choro. Ela não me encara, baixa os olhos e atrás dela surge Rosana.

— Liliane?

Assinto e ela me convida para entrar na sala de onde ela e a mulher chorosa acabaram de sair. Obedeço e entro.

A terapeuta me indica a cadeira e senta em outra igual na minha frente. Na sala há também um divã.

— Achei que você me mandaria sentar ali — questiono indicando o móvel longo.

— Você prefere?

— Não! Prefiro a cadeira.

Talvez assim me sinta como nas rodas de leitura. Só trocando opiniões sem necessariamente estar em foco.

— O que a traz aqui, Liliane?

— Minha amiga! — respondo cínica. Remexo na cadeira e tento não deixar extravasar minha raiva por Nathalia ter me colocado sentada nesta cadeira. — Ela acha que a terapia pode me ajudar a entender minhas dificuldades em lidar com algumas situações em minha vida.

— Quais seriam essas situações? — questiona.

Começo a falar sobre minha relação com Théo e o quanto tem sido difícil nós nos acertarmos e quando me dou conta estou falando sobre Nathalia, Murilo, meu pai e minha mãe. De repente começo a chorar ao relembrar a falta que ela me faz. A dor que sempre está presente todas as vezes em que penso nela e no quanto sinto por ela ter me abandonado e nunca mais voltado. Todas as brincadeiras, cuidado, promessas, tudo não passava de fingimento dela e zero amor. Zero amor dela, zero amor do meu pai. São tantos zeros amor que sequer consigo prosseguir.

Saio do consultório como a mulher que me antecedeu na consulta, tentando amenizar a vermelhidão em meus olhos e no rosto.

Ao entrar na livraria quase vazia, Nathalia está na mesa da cafeteria, cabeça baixa, olhos fixos nas páginas de um livro. Vou na direção da minha amiga e a envolvo em um grande abraço até ela se levantar.

— É difícil, né?! — exala acariciando meus cabelos.

— Obrigada por não me abandonar.

— Estarei sempre aqui.

Afasto-me dela e enxugo o rosto. Nathalia também não está com uma cara boa. Pergunto o que aconteceu.

— Terminei com Leonardo.

Arregalo os olhos.

— Como assim se vocês estavam tão bem. Você me disse que ele dormiu na sua casa.

— Hoje ele me mandou mensagem dizendo que quer marcar o almoço com o irmão. O que não aconteceu naquele terrível dia. — Ela baixa a cabeça e parece muito, muito triste.

— Você contou a ele?

— Não e não vou contar! — exclama encerrando o assunto. — Vamos tomar um café porque nós duas estamos precisando.

Ela pega em minha mão e me arrasta para a cafeteria. Continuo atordoada pela consulta e pela atitude da Nathalia. *Como ela pôde fazer isso?*

Mari

— Hoje prepararemos alguns doces da culinária francesa — avisa Giulio. — A base de grande parte dos pratos é a manteiga, no entanto, não é só isso, importa muito a qualidade dos ingredientes e a forma de cultivo. Os franceses valorizam produtores locais para acrescentar ingredientes orgânicos nos preparos.

Presto toda a atenção aos esclarecimentos dele. Não quero perder um só detalhe. O casal cochicha alguma coisa. O trio a minha frente, da moça com cabelo pink, o rapaz careca e o homem grisalho também trocam alguma informação. Os cochichos deles atrapalham minha concentração e tenho de me esforçar para dar atenção a Giulio. Essa é a culinária que mais tenho vontade em aprender. O chef detalha a receita de hoje, crêpe Suzette. Ele pede que nos separemos em duplas. Serão cinco duplas. Como ainda não tive oportunidade de interagir com ninguém, fico sem jeito em me juntar a alguém. O homem grisalho pergunta se quero fazer dupla com ele. Aceito e nos organizamos. Quando Giulio nos orienta com as primeiras instruções, o homem se volta pra mim.

— Sou Roberto!

Digo meu nome e ele continua.

— Você já tinha experimentado fazer essa receita?

— Fiz sim. Mas quero saber se tem segredos para aperfeiçoá-la. Peguei a receita na internet e aprender aqui deve ser melhor.

— Concordo! — Ele abre o sorriso.

Enquanto Roberto separa os ingredientes para a massa, seleciono os ingredientes da calda, escolho as laranjas, pego o açúcar e o licor Grand Marnier. Farinha, ovos, manteiga derretida vão se hidratando com o leite sendo incorporados com o fue. Giulio diz que muitos chefs sequer precisam medir os ingredientes, a habilidade e destreza os fazem saber a quantidade exata e o ponto exato necessário a ser incorporado à receita, como quando faço um bolo ou pão. Não preciso mais dosar os ingredientes, reconheço o ponto da massa ao movimentá-la, seja na batedeira ou entre meus dedos.

— Fantástico esse ponto — Roberto comenta ao elevar o fue e observar a massa deslizar para a vasilha.

Roberto parece muito à vontade na preparação da massa e também na destreza ao preparar a frigideira e adicionar a manteiga. Ele limpa o excesso com a toalha de papel.

— Você é cozinheiro? — pergunto. — Desculpa, não quero ofendê-lo caso seja um chef ou *sous chef*.

Ele começa a rir enquanto seleciona parte da massa com a concha e a esparrama sobre a frigideira já aquecida.

— Que isso, Mari! Sou um aprendiz. Estou aqui para conhecer coisas novas e pessoas novas. E você?

— Também estou neste curso para isso — respondo e assumo a frigideira para virar a massa.

A panqueca está fina e delicada como uma pétala. Preparamos duas unidades antes de utilizar a mesma frigideira para o preparo da calda. Açucar e manteiga aquecem e derretem incorporando a calda, a casca de laranja exala o sabor cítrico ao ser pressionada no metal quente. Os crepes preparados vão para a frigideira e uma generosa quantia de Grand Marnier é derramada sobre eles. Quando são incendiados pelo maçarico, as pequenas labaredas sobem em cores vibrantes fazendo-me imaginar a vibração que esse prato traz ao paladar. O aroma preenche a cozinha, cítrico, doce e envolvente. As raspas de laranja finalizam o prato. Minha boca já está preparada para degustar essa delicia da culinária francesa.

— O encontro perfeito do ácido com o doce transformando ingredientes simples em iguaria refinada — Roberto filosofa.

— Concordo, o simples pode se tornar refinado, basta que seja incluído a ele porções de autenticidade.

26

Surpresa

Nathalia

Nada parece dar certo hoje. Acabei de ver o anúncio para abertura das franquias e não tem sequer uma pergunta. Nenhum interessado. O tempo está passando, temos de arrumar o dinheiro ou em breve teremos de passar essa livraria para o Seu Nicolau. Decido ter outra conversa firme com Lily para intensificarmos a divulgação das franquias. Ela deve estar com Mari na cozinha.

Saio do escritório e desço as escadas para encontrá-la. Mal coloco o pé no último degrau, me deparo com Leonardo. Nesse horário da manhã, ele deveria estar na empresa dele e não com essa expressão de pesar bem na minha frente.

— Aconteceu alguma coisa? — questiono.

— Nós podemos conversar a sós — pede indicando Tati e Lucila arrumando alguns exemplares na prateleira.

— Não é um bom momento. Sei que nosso rompimento foi brusco, mas não quero mais ter de conversar. — Baixo os olhos e movimento a cabeça. — Talvez você não tenha entendido. Só não tenho mais nada a dizer.

— Tem sim! — afirma.

Elevo o rosto.

— Você não me contou nem uma parte sobre os motivos da sua decisão. Agora eu sei! Sei tudo.

— Não sabe não! — Elevo o tom de voz. Percebo as meninas desviando a atenção para nós. Respiro fundo e sussurro. — Você não sabe nada.

— O nome Bernardo diz alguma coisa pra você?

Arregalo os olhos e a respiração fica presa na garganta. Levo as mãos ao rosto e o esfrego, respiro fundo.

— Vamos subir — indico a escada.

O que ele sabe? Bernardo contou a ele? Não sei como ter essa conversa. Tento tomar fôlego, a subida da escada é uma boa forma de ganhar tempo. Meu coração acelerado e a descompensação da respiração podem parecer só resultado do esforço da subida. Preciso me acalmar.

Leonardo me acompanha até chegarmos ao escritório. Entro e me volto a ele.

— Quem te contou?

— Lily foi conversar comigo.

— Droga! Quem mandou ela se meter nesse assunto. Vou matá-la — disparo cerrando os punhos. Lily vai me pagar. Cacete, por que ela tem que se meter onde não deve. Estou P com ela.

— Calma! — ele diz como se isso fosse possível. — Ela só quis nos ajudar! Em qual mundo você acha que é possível você me esconder algo tão importante pra nossa vida? Não é possível, em todo esse tempo que passamos juntos, você achar que o *acho que não é para ficarmos juntos, preciso cuidar do meu negócio... e do meu pai*, são motivos suficientes para nos afastarmos. Tudo sem noção alguma e sem qualquer justificativa relevante.

— Pois é, independentemente disso, não podemos mesmo ficar juntos — cruzo os braços. — Você acha que vou conseguir conviver com aquele f... Desculpa, não quero extravasar em você, sinto muito! Você não tem culpa.

— Não tenho culpa, mas estou envolvido. Até o pescoço. — Ele leva a mão à garganta e depois abaixa até o coração. Bate várias vezes no local como se estivesse com raiva, muito raiva.

— Então, foi mesmo o Bernardo? Tudo o que li no seu diário foi ele quem provocou?

Assinto com a cabeça baixa, pressiono os braços em torno de mim tentando me livrar da sensação opressora no peito. Percebo Leonardo dar passos na minha direção. Elevo a cabeça e me afasto, recostando na mesa atrás de mim. Levanto a mão e peço a ele para parar onde está.

— Por favor, não! Você não imagina o quanto isso dói. Desistir do que tivemos, desistir do que poderia ser a melhor experiência da minha vida e acredito ser da sua também. Mas é demais pra mim. Eu não posso!

— Algumas coisas não consigo mudar, nem o que sinto por você e nem o que o idiota do meu irmão fez, tampouco meu parentesco. Se você achar nosso sentimento mais importante do que todo o resto, estou disposto a nunca mais tocar nesse assunto e dar o melhor de mim para fazer você feliz, fazê-la esquecer tudo pelo que passou e ter certeza da mulher incrível que você é e do quanto sou apaixonado por cada pedacinho seu.

Sinto a lágrima escorrer, e outra, comprimo os lábios tentando evitar a queimação em meus olhos. Elas teimam em continuar caindo sem minha vontade.

— Você vai mesmo desistir de nós? — Há tanta súplica em seu olhar.

As palavras dele são como farpas atingindo meu coração. O centro do meu peito parece estar fechando, fechando para me proteger. Simplesmente não consigo fazer nada além de assentir.

Leonardo fecha os olhos e engole em seco. Nesse momento não há nada que ele diga que possa me fazer mudar de ideia. Sou um resquício de mulher destruída por uma má experiência. Pela razão não quero ser, mas o sentimento está além do meu querer.

Apesar de minha negação, Leonardo se aproxima, pega minha mão cruzada em frente ao peito, a acaricia, aproxima o rosto e beija o topo da minha cabeça.

— Se isso lhe ajudar a se sentir vingada e a mim também, tentei revidar a cicatriz que ele me fez na adolescência.

Ele se afasta, tira sua mão de sobre a minha e sai do escritório.

O que eu não disse e jamais diria é o quanto odeio quando ele fala do irmão. O quanto não quero ter esse sentimento rondando para sempre minha vida. O quanto não quero saber das lembranças de infância deles. E também não quero contaminá-lo com o mesmo ódio. Não quero que ele odeie o irmão como eu odeio. Que eu não quero vê-lo dividido sobre a quem amar e o fazer escolher. Nem sei se isso é possível, no entanto, não quero ser eu a destruir os homens daquela família, ainda que isso signifique termos de seguir com nossas vidas em direções diferentes.

Solto os braços me envolvendo e dou um passo à frente. Vou matar Lily.

Mari

Nathalia entra na cozinha parecendo muito nervosa. Os olhos dela brilham e seu rosto está vermelho. Ela parece ter chorado e esfregado o rosto com força. Nunca a vi assim.

— Está tudo bem? — pergunto.

— Não! Onde está Lily?

— Saiu. Foi no supermercado comprar ingredientes para as receitas da semana. Não deve demorar. Posso ajudar?

— Quando ela voltar, peça pra me procurar. Preciso falar urgente com ela — diz e sai da cozinha pisando firme.

— Nossa, o que será que aconteceu? — Del pergunta desviando a atenção do bolo que está desenformando.

— Sei não! — Retiro as frutas vermelhas do congelador para fazer o cheesecake. Ainda bem que a cafeteria está vazia a essa hora e podemos continuar adiantando os bolos e doces para iniciar a semana. Deixei Gabriela tomando conta do balcão.

— Será problema com a livraria? Toda vez que essas mulheres mudam de humor me dá pânico. Imagina se elas *tivé* de fechar aqui. Meu Deus, nem sei pra onde vou.

— Por falar para onde vou, estou adorando o curso que estou fazendo. Você deveria voltar a estudar, Delilah.

— Você nunca me chama por meu nome completo, Mari.

— Deveria te chamar mais. É um lindo nome. Sabe qual o significado? Dócil e delicada. E que a tradução para o português do seu nome é Dalila?

— Prefiro Delilah. A Dona Lily disse que tem uma música com meu nome. Gostei tanto de *sabe*, que fui *escutá*. A música é boa. Mas dócil e delicada estou longe de ser.

— Você quem pensa. É preciso doçura para produzir doces. As mãos de uma boa doceira estão interligadas ao coração e quanto mais amor houver nele, mais sentimentos despertará em quem os ingerir.

— Hum, você até parece poeta.

— Estou aprendendo muito neste curso que estou fazendo. Nunca imaginei o quão interessante podia ser voltar a estudar. — Coloco o mix de frutas vermelhas na panela e acrescento as gotas de limão. — Assim como não sabia o poder transformador dos livros. Você deveria fazer o mesmo.

— *Estudá*? Sei não, Dona Mari. Já fui muito pisada na minha vida. Chamada de burra e ignorante. Acho que sou as duas coisas.

— Eu também costumava acreditar em tudo que diziam sobre mim. Assim como você, ouvi *você não precisa, vai estudar para quê, nunca vai crescer.* E tantas outras frases. Descobri que algumas pessoas podem nos roubar muitas coisas, inclusive nossa dignidade — levo a mão ao coração — , mas o conhecimento — elevo os dedos e dou duas batidas no topo da minha cabeça — ninguém pode nos tirar. Se esperamos que o outro nos transforme, pode ser que essa transformação seja a pior possível para nós. Quando ficamos conscientes do quanto somos responsáveis por nosso comportamento, a transformação acontece para nosso crescimento.

— Isso é muito difícil de *entede.*

— Eu sei! Mas só vamos entender se começarmos a duvidar do que as pessoas disseram de ruim sobre nós e aprendermos a ver o que de bom podemos fazer, ao invés do que não conseguimos fazer. Você pode muito, Delilah, é uma mulher amorosa, inteligente e merece conquistar muitas coisas. Nunca deixe outras pessoas dizerem quem você é. Foi isso que os livros me ensinaram e é isso que estou aprendendo neste curso. Somos capazes de aprender qualquer coisa, desde que estejamos abertas para isso.

— Por falar nisso, comecei a ler o livro que me emprestou. *Mulheres Poderosas*. Quanta sabedoria. Será que somos tudo o que a mulher ensina naquele livro?

— Com certeza somos! E se não formos, basta nos tornarmos. E para sermos precisamos aprender a escolher nossos pensamentos. Aqueles que achamos que refletem quem somos, mas são apenas réplicas do que ouvimos, não devem ser estimulados. Escolher os pensamentos nos fará também escolher melhor nossos caminhos e quem queremos conosco nessa trajetória.

Lily

Chego à livraria mal me contendo de expectativa. Tenho certeza que Leonardo já deve ter procurado Nathalia. Ele ficou irado em saber e tão indignado e raivoso quanto eu por causa do Bernardo. O cara é diferente do irmão. Se não fosse, jamais teria contado a ele. Acho mesmo que Nathalia e ele precisam se dar uma chance. Ela fica tão feliz quando eles estão juntos. Apaixonadíssimos é pouco.

Deixo as sacolas com as compras da semana na cozinha e Mari me avisa que Nathalia está no escritório me esperando. Galgo os degraus da escada até chegar à pequena sala. Abro a porta.

— Em que merda você estava pensando quando foi contar a ele? — Ela levanta da cadeira atrás da mesa.

— Amiga, ele precisava saber. Só fiz o que achei ser melhor pra vocês.

— Você sempre acha que sabe o que é melhor pra todos, né, Lily? Acha mesmo que o mundo gira ao seu redor?

Fico boquiaberta diante da raiva dela. Nathalia movimenta os braços freneticamente enquanto fala. Nem consigo me justificar.

— Você não tinha o direito. Jamais te dei esse direito. Se você fosse mesmo minha amiga, estaria me apoiando e não me traindo pelas costas. Ele brigou com o irmão. Não pedi pra ninguém me defender.

A voz dela está exaltada. Fecho a porta atrás de mim, porque os clientes na livraria já devem estar assustados com a gritaria dela. Minha atitude só faz Nath ficar ainda mais raivosa.

— Nem adianta querer vir com o seu blá-blá-blá de sempre. Você fala, fala, fala, mais que a boca e vai destruindo tudo com sua fala. Quem mandou você contar? — ela vocifera.

— Perdão, Nath! Não quis te prejudicar, é só que...

— *Que* nada, Lily! Sua atitude foi irresponsável e você se meteu onde não deveria. Alguma vez fui falar com o Théo?

Meneio a cabeça e baixo os olhos.

— Pois é! Então, não se meta na minha vida.

Nathalia arrasta a cadeira, sai de trás da mesa, pega a bolsa e esbarra em mim ao passar na direção da porta. Ela quase me faz tombar.

— Vai cuidar do que de fato interessa porque ainda nada de proposta pras franquias. Apesar de ser bom mesmo. — Ela coloca a mão na cintura. — Assim faremos o que já deveríamos ter feito. Fechar essa droga!

Nathalia abre a porta com força provocando o som agudo. Não consigo sair do lugar. Meus pés parecem ter chumbo. Ela nunca teve uma reação tão intensa comigo. Vacilei e vacilei legal. Fiz com a melhor das intenções, mas como diria meu pai, de boas intenções o inferno está cheio.

— Lily — chama Mari. — Tudo bem?

Volto-me a ela, estagnada na porta de entrada. Coloco as duas mãos atrás do pescoço, massageio com os dedos. Estou tremendo.

— Me deixa, Mari! Preciso de um tempo. Onde está Nathalia?

— Saiu! Disse que iria pra casa dela e pediu para não a procurarmos hoje. Aconteceu algo sério?

— Sim! — Exalo um longo suspiro. *Um tremendo vacilo meu.*

— Desculpa! Se puder ajudar, estou aqui.

Ela não pode me ajudar. Ninguém pode hoje. Só Nathalia é capaz de me ajudar, se me permitir explicar o que me fez procurar Leonardo.

— Lily, vim te avisar que aquele rapaz voltou. Lembra que ele esteve aqui há algum tempo?

Rapaz? Que rapaz? Tento vasculhar minha mente e nada.

— Ele está lá embaixo te esperando.

Exalo um suspiro trêmulo tentando desobstruir minha garganta e fazer meus pés darem alguns passos para seguir Mari pelas escadas até o salão da livraria.

— Você é Liliane? Liliane Mendonça?

O garoto não deve ter nem 18 anos. Os cabelos loiros e lisos chegam até os ombros, moldando o rosto oval. A sobrancelha dele parece emendar uma na outra. Seus olhos são claros, talvez verdes, ainda mais destacados pela jaqueta estilo militar na mesma cor.

Tenho receio de confirmar se sou mesmo, porém algo nele me parece familiar. Não sei definir o que, mas há algo.

— Sim! Sou eu!

Ele está em dúvida se entra ou não, continua parado na porta e eu junto ao balcão da cafeteria. A livraria tem alguns clientes na área dos livros, mas as mesas da cafeteria estão vazias.

— Quem é você? Posso ajudar?

— Sou Felipe. Felipe Castilho. Vim conhecer a Universidade. Moro em Porto Alegre.

Busco em minha memória alguma ligação com Porto Alegre. Nenhuma amiga, nenhum parentesco do meu pai. Sequer estive naquela cidade.

O garoto coloca a mão nos bolsos da calça jeans e parece ter dificuldade em continuar.

— Prazer, Felipe! Você procura algum livro específico? Está estudando na UNICAMP? Sinto muito, mas nós não trabalhamos com livros didáticos, eu posso te indicar algumas livrarias na cidade que trabalham.

Como ele continua a me encarar e não responde, inclusive a vermelhidão vai tomando conta do rosto dele chegando a tingir seu pescoço, tento reforçar.

— No que posso ajudar?

— Sou filho do Heitor e...

Filho de quem? Não conheço nenhum Heitor. O que esse garoto de fato quer. Deve estar me confundindo com alguém.

— Da Leila! Sua mãe.

27

Catarse

Lily

Minhas pernas amolecem e tombo. A visão escurece e caio no vazio. Burburinhos ao meu redor. Sinto o apoio nas minhas nádegas. Alguém me colocou sentada. Distingo o som da voz da Mari e talvez ela apalpando minha mão e uma avalanche da palavra *perdão*.

— Vou buscar água. Segura ela.

Abro as pálpebras e tem um par de olhos verdes arregalados me encarando. As bochechas vermelhas confundem-se com os lábios. Coloco a mão no peito dele e o afasto.

— Estou bem — balbucio. Tenho dificuldade em voltar a respirar, me esforço e inspiro o ar.

— Perdão, *guria*! Não quis assustá-la. Que idiota — ele bate a ponta dos dedos na fronte. — *Bah*, como pude soltar uma dessas?

Mari surge com um copo colocando-o bem a minha frente. Apoio as duas mãos na lateral da cadeira. O apoio me ajuda a sentar direito. Pego o copo da mão dela e só molho os lábios, secos como uma terra árida.

— Preciso de algo mais forte! Mari, traz café, por favor.

Enquanto ela sai, encaro o garoto inclinado sobre mim, olhos arregalados, joelhos flexionados, como se a qualquer instante precisasse me amparar.

— Você tem razão! — digo a ele. — Não deveria ter soltado uma dessas.

Ele acha graça, eleva o tronco e começa a rir.

— *Bah tchê*, ainda nem conheço tu, mas acho que é genético nosso humor.

— Que humor, garoto?

Mari surge com o espresso e o coloca na minha mão. O pires treme enquanto tento levar o café até a boca. Bebo devagar. Preciso muito da dose de cafeína para fazer meu corpo voltar ao normal e o meu cérebro se reconectar com ele.

— *Bah*, bem que meu pai avisou ser loucura vir atrás de tu.

— Quem é o seu pai?

— Heitor!

— Sei, o que eu quero saber é se ele foi casado com minha mãe e o que você está fazendo aqui. Cadê ela? Quanto anos você tem?

— Dezoito.

Faço rapidamente as contas. Ele nasceu dois anos após ela ter partido. Teria tido tempo suficiente para me procurar e não fez. Nem se importou comigo e foi tendo outros filhos. Agora resolve mandar um deles.

— Como soube de mim?

— Nossa mãe deixou lembranças suas. Alguns vestidos, uma pulseira e a cópia da certidão de nascimento.

— Deixou? Onde ela está?

O rapaz baixa os olhos e nada parece mais preocupação em sua expressão. Só há tristeza, uma intensa e pesada tristeza toma conta de seu rosto. Talvez ele nem precise responder. Sei muito antes de qualquer resposta aquilo que tentei evitar por anos em pensar: minha mãe já não está mais neste planeta. Só isso justifica sua ausência durante todos estes anos, mas agora ao saber que teve tempo suficiente até mesmo para gerar outros filhos e jamais me procurou reduz qualquer sentimento de pesar por ela. Sempre estive certa sobre seu abandono e estar aqui, com o filho dela só reforça o sentimento.

— Quando aconteceu? — pergunto.

— Eu tinha acabado de completar um ano. — A voz dele carrega dor.

— Sinto muito por você.

— Foi um acidente. Ela estava vindo pra te buscar.

— Tá brincando?

— *Bah*, *arriar* com tu, *guria*? Jamais.

— Para de me chamar de *guria*!

— Perdão!

— Você tem outros irmãos?

— Não! Meu pai contou que ela só falou sobre tu quando tava grávida de mim. Eles brigaram muito. Depois que eu nasci, ela foi ficando cada vez mais triste, triste. Devia sentir sua falta. Quando fiz um ano, ela decidiu vir buscar tu. Meu pai não aceitava e eles brigaram. Ela pegou o carro e saiu pra nunca mais voltar.

— Eles eram casados?

O garoto movimenta a cabeça negando. Pelo menos ela não se tornou bígama. Deve ter aprendido alguma coisa sobre direito com meu pai. Tenho vontade de soltar uma gargalhada, mas o rosto a minha frente continua triste. Me contenho.

— Você sempre soube dessa história?

— Só fiquei sabendo mês passado quando disse pro meu pai que tava vindo conhecer a Universidade e queria prestar vestibular. *Bah*, ele ficou desesperado de eu conhecer tu. Se por alguma trama perversa do destino, como ele mesmo disse, te encontrasse e... Veja só, tu é muito bonita, mas prefiro as *gurias* da minha idade — ele brinca e de repente vejo nele traços de meu próprio sorriso.

— Felipe?

Ele assente.

— Acredito termos muito a conversar e preciso me movimentar. Que tal se fossemos até um restaurante aqui pertinho?

Deixo Felipe no ponto de ônibus, que o levará até a universidade. O garoto estava tão ansioso por esse encontro, como se com ele pudesse recuperar um pouco das memórias que teve com a mãe. No entanto, minhas próprias memórias dela são vagas. Não sei se o sentimento que me preenche é de alívio, por ter conhecido a verdade, ou de lamento por saber o que de fato aconteceu com ela depois de ter me abandonado. *Será que se ela tivesse conseguido chegar até mim as coisas seriam diferentes? O sentimento seria diferente hoje?* Engraçado como quando alguém desaparece de nossa vida sem qualquer explicação, apesar dos anos passarem, ainda termos essa sensação de que a história não teve fim. De que algo faltou e não se completou. Saber desse fim não me deixa melhor, nem pior.

Retiro o celular da bolsa e envio uma mensagem para Nathalia. Preciso conversar com ela, contar tudo. Com certeza, ela me acolherá e poderei falar sobre essa avalanche de sentimentos fluindo no meu peito.

Lily: Amiga, preciso muito conversar com você.

Nathalia: *Não enche, Lily! Me deixa em paz!*

Lily: Merda, Nathalia! Sinto muito, mas você também não pode me abandonar agora.

Fixo o olhar na tela, meus olhos ofuscam, aperto a tecla delete e apago a mensagem.

Nathalia

O interfone toca. Shakes começa a latir. Ele fica desesperado quando sabe que chegará alguém. Só pode ser Lily. Já respondi a mensagem dela e não quero conversar. Por isso não vou atender ao chamado. Peço para Shakes parar de latir. O cão não me obedece.

O som estridente do interfone soa de novo. *Droga!*

— Já disse, não quero falar com você.

— *Eu também não. Só que preciso!*

Estremeço e me afasto do interfone. Shakes lambe minha mão e solta um rugido. A vontade de abrir a porta e mandar ele correr atrás do homem que está na portaria do meu prédio é grande. Respiro fundo. Preciso vê-lo.

Preciso mesmo acabar com essa tortura me perseguindo. *Se pessoas amadas ousaram enfrentá-lo, por que não eu?* Afinal ele poderia até ser um monstro pelo que fez, mas eu também posso me tornar um dragão pronta para incendiar e exorcizar esse monstro.

Abro o portão de acesso ao prédio e me preparo para recebê-lo. Cerro os punhos e entoo o mantra: *Acredito no meu potencial! Sou forte! Sou digna! Supero os obstáculos da minha vida com coragem e determinação.*

Fico sob o batente da porta com ela aberta e de olho no corredor. Seguro Shakes pela coleira com uma mão para mantê-lo dentro do apartamento.

— O que você quer, Bernado? — disparo ao vê-lo saindo do elevador.

Ele está vestindo terno. Veio como se fosse participar de uma grande reunião de negócios. Ao me ver ele afrouxa a gravata e o gesto me faz crescer dez centímetros. Projeto o rosto e o encaro. A marca vermelha e inchada na base do queixo, quase me faz soltar um riso.

— Posso entrar? — Ele indica a porta.

Arqueio as sobrancelhas e solto o cachorro atrás de mim. Ao contrário do que Shakes sempre faz com a maioria das pessoas, saltita querendo atenção, ele rosna e se coloca em posição de ataque. Bendito instinto. A sensibilidade dos animais fareja a maldade de longe.

— Você vai deixá-lo me morder, agora? — Bernardo dá um passo para trás. — Já não basta o que provocou com meu irmão?

— Sugestão tentadora a sua, mas vou passar. Não quero de jeito nenhum que meu cachorro contraia raiva.

Ele ajeita o paletó e mexe de novo na gravata. Libero a porta para dar-lhe passagem e mantenho Shakes junto a mim com a porta ainda aberta.

— Como você me encontrou?

— Passei na sua livraria e uma mulher me disse que você não trabalharia hoje. — Ele dá um riso de escárnio e me arrependo por tê-lo deixado entrar. — Ela não quis me dizer onde poderia encontrá-la. Mas sei seu endereço e arrisquei. Afinal você já foi minha funcionária.

— Ainda não me respondeu o que você quer.

— Saber dessa loucura que inventou pro Leonardo.

— Loucura? Que você me assediou? Que fez de tudo pra eu ser demitida?

— Bobagem! Nunca fiz isso. Você não tinha competência pra fazer parte da minha equipe. Sempre foi limitada.

A cara dele nem treme.

Começo a rir. O riso é histérico e deve demonstrar todo o nojo que sinto desse ser repugnante e mentiroso. Por dentro estou tremendo no misto de raiva, medo e ódio. Abafo tudo. Mantenho a austeridade e não demonstro outro sentimento.

Shakes late e Bernardo arregala os olhos. Não sei se por medo do cão ou da insanidade do meu riso.

— Não preciso provar nada pra você. Absolutamente nada! Se você acha que estou maluca, por que não contou ao seu irmão que me conhecia quando nos vimos no restaurante?

Ele eleva os olhos e deve estar tentando encontrar alguma desculpa. Não dou tempo a ele.

— Sua insegurança fez você me tirar do caminho. Fui e sou uma ameaça pra você. Só que você não é mais uma ameaça pra mim. Sou infinitamente melhor em diversos sentidos. Agora, saia da minha casa ou então libero meu cachorro. — Puxo a coleira no pescoço de Shakes e ele se coloca em posição de ataque.

Bernardo arregala os olhos.

— Você é doida!

— Doida e poderosa! Sai da minha casa.

A face distorcida dele não me abala.

Ele sai pela porta.

Eu a tranco, recosto nela e só consigo parar de tremer quando agacho no chão e Shakes deita ao meu lado. Parece até que ambos precisamos nos recompor. Escuto a porta do elevador fechar. Respiro fundo algumas vezes e deixo o ar sair pela boca.

Levanto e vou até a estante da sala. Pego o diário. É a primeira vez em quase um ano que consigo voltar à história e reler o trecho que mostrei a Leonardo. O trecho escrito no pior momento da minha vida.

"Eu caí! Caí e não consigo me levantar. Como pude não perceber os sinais. O excesso de trabalho, a imposição da autoridade, a sedução para a confiança me afirmando o quanto sou competente e a decadência de dizer aos outros o quão incompetente eu sou. Incapaz de elaborar uma instrução no processo, incapaz de me comunicar com profissionalismo, incapaz de corresponder às expectativas da gestão.

Costumava gerenciar vários processos, sempre fui muito boa, pelo menos me achava boa, até ele ser contratado. No início o achei megacompetente e vi oportunidade de aprender com ele. Continuei a me dedicar mais e mais, alguns meses depois o BBC começou a desprezar meus despachos, cochichava com outros funcionários do escritório que eu não sabia escrever, não tinha competência, me excluía das reuniões com clientes e me empurrava cada vez mais serviço. Trabalhei dezoito horas por dia. Exausta, não consegui perceber os sinais, simplesmente trabalhava, trabalhava, trabalhava, tentando me superar, tentando mostrar que não era tão ruim quanto as pessoas estavam me vendo. Não era tão ruim quanto ele insistia em me rebaixar."

Passo a mão no rosto, enxugo a lágrima escorrendo.

"Só me dei conta quando fui demitida. Caí em depressão. Lily me estendeu a mão e me reergueu. Com a ajuda dela consegui identificar o assédio moral. Cada etapa, cada detalhe, cada ação maquiavelicamente arquitetada para me assediar. Saber disso não me tira do fundo do poço. Nem a terapia, nem os medicamentos, tampouco o choro que cai até as

lágrimas secarem. Ainda não encontro alívio, perdi a vontade de advogar, me sinto inútil. Uma farsa! Nada mais sou do que uma verdadeira farsa."

Parece que as pessoas se deleitam em crueldade ao rebaixar os outros. Ao afirmar e reafirmar todos os defeitos, escancarando-os, como se só fôssemos moldadas por eles. Essas pessoas devem se alimentar de inveja. Só posso classificar todas as artimanhas do Bernardo por ele ser invejoso e inseguro. O babaca tem sede de poder. Poder efêmero e ilusório. Poder que não constrói e só destrói. O infeliz nem é capaz de perceber que o verdadeiro poder está nas relações construídas com respeito e cumplicidade.

Caí e levantei. E se cair de novo, me levanto. Minha força está além da opinião de alguns. Sou muito mais e posso muito mais.

Mari

Seu Nicolau entra na livraria. Parece bobagem, mas a cada vez que o vejo relembro da dívida das meninas e torço para que essa questão se resolva. Elas não falam mais sobre o assunto, tampouco o homem toca nele quando vem semanalmente escolher um novo livro. Porém, a mensagem está aí, pairando no ar como um grande machado sobre nossas cabeças.

— Bom dia, Dona Mari! — ele cumprimenta chegando próximo ao balcão da cafeteria depois de comprar o livro.

— Bom dia, Seu Nicolau!

— Dona Mari, não vi a Dona Liliane nem a Dona Nathalia. Elas não estão por aqui?

Ah, meu Deus! O que esse homem quer justo hoje que a situação está pegando fogo nesse lugar.

— Estão cuidando de assuntos fora daqui. O senhor precisa de alguma coisa?

Ele movimenta a cabeça negando. Retira o chapéu da cabeça e o coloca sobre o colo. A sacola com o exemplar do livro ele deposita sobre o balcão.

— Qual livro o senhor escolheu hoje?

— Dessa vez levarei o livro de Leon Tolstói, *Guerra e Paz*.

A escolha da obra me deixa em alerta. O tempo está se esgotando para elas quitarem a dívida.

— Parece uma leitura densa — comento diante do exemplar que ele retira da sacola. O livro deve ter mais de mil páginas.

— É bom variar, de vez em quando. E por falar em variar, a senhora pode me servir um bolo diferente hoje? Ouvi Delilah comentar com a mãe dela que a senhora fez um delicioso de damascos. Tem um pedaço?

— Claro! Já vou providenciar para o senhor. Quer também um cafezinho para acompanhar?

— Aceito, Dona Mari! A Delilah também comentou que a senhora voltou a estudar. É isso mesmo?

— Sim, Seu Nicolau! Desde que comecei a trabalhar nesta livraria grandes mudanças vieram para a minha vida. Essa decisão inclusive de voltar a estudar tem a ver com essa nova fase. — Encaro o homem sentado à minha frente, separado apenas pelo balcão, e disparo: — Seria uma grande perda a todas as mulheres trabalhando aqui se ela fechasse.

O homem mantém o contato visual comigo.

— Esperamos que isso não aconteça, não é mesmo?

Assinto e pego o bolo dele colocando o pratinho à sua frente. Eu me afasto para retirar o café da máquina.

— Também soube que estimulou Delilah a voltar a estudar.

— Penso ser bom para ela. — Acabo de extrair o café e coloco a xícara ao lado do bolo dele.

— Sem dúvida. Eu a conheço há muito tempo. Quando criança a mãe a trouxe algumas vezes pra brincar em casa quando tinha problemas com a creche. Sinceramente me entristeceu ver o rumo que deu a vida dela. Minha esposa tinha grande apreço por ela também. Mas não conseguirei mantê-las em casa por muito tempo. Meu filho, sabe aquele que mora na capital? Então, ele tem me questionado muito sobre esse tanto de mulher morando lá em casa. Apesar de elas ficarem no quartinho dos fundos e raramente transitarem pelos outros cômodos.

— Entendo, Seu Nicolau! Por isso seria interessante Delilah voltar a estudar.

O homem assente e come um pedaço do bolo. Em seguida toma um gole do café. Se despede e sai da livraria.

Delilah sai da cozinha e se junta a mim no balcão.

— O que ele queria? — Ela arregala os olhos.

— Só conversar. — Disfarço, pego as louças sujas e passo sobre a água da torneira.

— *Vixi*, mulher, a coisa aqui hoje tá quente, né?

— Nem me fale. Estou bem preocupada com essas duas.

Com as três agora, na verdade, com as quatro, Luciana também está envolvida nesta trama toda. *E se o homem resolve tomar a livraria e mandar Delilah embora?* Fazer um negócio diferente aqui. Vai saber o que se passa na cabeça desses investidores. *O que será dessas mulheres? Meu Deus, o que será de mim?* Afasto os pensamentos consumindo minha energia.

— Depois do surto da Nathalia e do desmaio da Liliane a energia nesse lugar não está nada boa. E o homem vem justo hoje querer falar com uma delas?

— Pois é!

— Por acaso você ouviu o Seu Nicolau comentar algo na sua casa?

— Nadinha! Ele é na dele. É educado, mas não é de conversa fiada.

Por sorte tenho curso à noite. Preciso mesmo de estímulo para ajudar essas mulheres e não cair nessa negatividade. Não quero de jeito nenhum pensar bobagens, apesar de estar difícil essa situação. Além disso, Alfonso me ligou ontem para descarregar suas frustrações sobre Luiza. Ele quer que ela volte a morar com ele e ela não quer. Tentei ser o mais direta possível e pedi para ele conversar com a filha, sem dar corda no assunto. Só que, é claro, fiquei enraivecida pela arrogância do homem em achar que mando nela. A mulher é adulta e praticamente formada. Até se virou pra conseguir com duas amigas lugar pra ficar enquanto termina o estágio. Luiza é capaz de fazer suas próprias escolhas.

28

Livre

Lily

— Obrigada por vir! — digo a Théo ao abrir a porta da livraria.

— Você parecia aflita ao telefone. O que aconteceu?

Théo entra e parece muito sem jeito. A livraria fechou há pouco e deixei à meia-luz a área dos livros e bem iluminada a área da cafeteria. Não quero que ele pense que o chamei aqui para seduzi-lo. Da última vez ele se mostrou tão arredio. Hoje preciso dele por outro motivo.

Antes de começar a falar, ofereço a ele uma bebida.

— Não quero, Lily!

Encaro-o e suplico através do olhar.

— Sério, Théo, só preciso de um amigo hoje. De um bom amigo e se você puder ser um pra mim, será muito importante. Fiz uma tremenda besteira com a Nathalia e ela está P da vida comigo. De fato, preciso muito de alguém hoje. Tentei falar até com a Mari, mas ela está fazendo um curso e precisou...

— Quem é Mari? — ele questiona elevando as sobrancelhas.

— Ah, desculpa! Você ainda não a conhece, ela é uma mulher incrível que se tornou amiga. É ela quem faz esses doces deliciosos. — Aponto para o balcão na minha lateral.

Ele corre os olhos pelas prateleiras iluminadas ressaltando os coloridos dos doces preparados por ela, volta a olhar meu rosto, esboça o pequeno sorriso.

— Já gosto muito da Mari. Se quiser me oferecer algo, quero provar um deles.

— Perfeito! Vou pegar a torta Elizabeth Benett. É de framboesas e sei que você ama frutas vermelhas.

Dou a volta no balcão e pego o prato e talheres.

— O que você precisa conversar, Lily?

Coloco a torta na frente dele e pego a taça de vinho. Abro o frigobar e encontro uma garrafa aberta. Removo a rolha e derramo o líquido vermelho-sangue até a metade da taça.

— Nem sei por onde começar. — Tomo um gole da bebida.

— Que tal do começo? — sugere dando uma garfada na torta.

— O começo é num passado muito distante.

Ele para o garfo no caminho até a sua boca e eleva as sobrancelhas.

— Bem, talvez deva começar por hoje. — Continuo tentando conter a agitação. — Recebi a visita do meu irmão.

— Irmão? Que história é essa? Seu pai teve um caso? Ele nunca me pareceu alguém que teria um caso.

— Não! É filho da minha mãe. O garoto descobriu minha existência e quis me conhecer. Esteve aqui outro dia, teve de voltar pra casa dele e hoje reapareceu. Enfim, foi um tremendo choque pra mim. Imagina, o garoto aparece do nada. Dezoito anos, Théo! Ele tem dezoito anos.

— E sua mãe? Ele lhe contou sobre ela?

Conto a Théo a história do Felipe e no final ele está acariciando minha mão sobre o balcão. Os olhos transbordando afeto. Ele seca uma lágrima que rolou do meu olho.

— Gostei da parte de você ter um irmão. Verdade! Sempre me preocupo por você ser tão sozinha. Nenhum parente próximo, nenhuma ligação familiar. — Ele baixa o olhar e pega outro pedaço da torta. — Como ele é?

— Legal! O garoto parece centrado. Quer estudar engenharia como o pai. Pelo visto não herdou a veia artística de nossa mãe.

A afirmação provoca em mim uma nova avalanche de sentimentos. Sei o quanto sou parecida com ela por gostar da música, da dança, da arte. Se tem alguma memória dela gravada com paixão em mim é o ensinamento que deixou sobre a grandeza da arte para alimentar o coração e a alma. A alegria vibrante e a disposição para se encantar.

Théo acaba de comer a torta e eu só bebi um gole do vinho. Ofereço a ele outro pedaço. Ele recusa. Levanta da cadeira e sei que vai me deixar.

— Você quer ficar? — sugiro.

Saio de trás do balcão e me aproximo dele. Levo a mão até seu pescoço e aproximo o corpo do dele. Acaricio sua pele até chegar à barba. Seus lábios estão entreabertos, fixo meu olhar neles. Théo engole em seco. Pega minha mão e a retira do contato.

— Não!

— Tem certeza?

— Lily, se eu ficar teremos uma noite louca e partirei de manhã. Vou sair e você não vai pedir para eu ficar, tampouco voltar na próxima noite. E nós também já vivemos essa parte de eu voltar, e voltar, e voltar, até não querer mais partir e você me fez partir. Não conseguiu sequer me dar uma explicação para isso. Cansei de desejar você por inteiro. Preciso de você por inteiro e não só do seu corpo. Saiba, ele é uma parte muito valorizada por mim, mas não é tudo. Quero mais, muito mais. Não basta saciarmos essa atração física doida que existe entre nós.

— Você está namorando a Rebeca?

— Se ela estivesse nos meus planos, nós já teríamos passado da fase do namoro. Você sabe disso.

Ele movimenta os lábios e se afasta ainda mais de mim. Quero muito que ele fique. Muito.

— Decidi viajar — ele diz. — Estou organizando uma viagem para a Áustria. Quero visitar os lugares onde viveram os maiores compositores clássicos.

— Esse era nosso sonho.

— É, Lily, nosso sonho! Agora vou realizá-lo. Preciso de verdade fazer isso.

— Quanto tempo você pretende ficar?

— Não sei! Talvez um mês, dois. Tenho alguns meses de férias para tirar. Vou usar tudo o que tenho direito até sentir estar pronto pra voltar.

— Está fugindo de mim? — Quase solto as lágrimas junto com as palavras.

Théo me encara e vejo tanto pesar em seus olhos, um cansaço profundo que jamais vi. Sinto que ele está desistindo. Desistindo de continuarmos a nos ver. Desistindo dos encontros casuais comigo. Desistindo de nós.

— Estou tentando encontrar a mim mesmo e mudar. Realizar mudanças necessárias na minha vida.

Théo caminha para a porta e sou incapaz de impedi-lo. Sua mensagem é clara: ele quer mudar e não quer que eu faça parte dessa mudança. Quando a porta fecha, deixo a taça de vinho e caminho até o piano. Elevo a tampa e retiro o feltro sobre o teclado. Toco a primeira nota, a próxima e a próxima. Não preciso da partitura, meus dedos deslizam sobre as teclas e a música preenche a casa. Através dela expresso minhas angústias, medos, anseios e me encontro no prelúdio da dor. A dor que dilacera, a dor que rasga, a dor que me arrasa por não conseguir deixar de magoar as pessoas que amo. A menina com vestido rodado rodopia pelo salão, risos, alegria, encantamento e dor, dor, dor. O riso cessa, a alegria acaba, a música chega ao fim e a dor permanece.

Nathalia

Chego cedo à livraria, preciso enviar novos pedidos às editoras e fechar o balanço financeiro do mês. A vida prática chama e apesar de ter sido difícil superar os acontecimentos do dia anterior, hoje não tenho tempo de ficar os remoendo. Por isso acho que tantas pessoas escolhem trabalhar, trabalhar e trabalhar, sem ao menos deixar tempo para pensamentos ou reflexões. Algumas vezes já ouvi que experiências difíceis nos fortalecem. Talvez comece a acreditar nisso, afinal, não precisei tomar o medicamento ontem. E não o tomo há muito tempo. Conseguir lidar com minhas dores e saber que há muito mais além delas parece me fortalecer, assim como aprender a não deixar pensamentos tóxicos envenenar minha vida tirando-me a capacidade de agir.

Francisco ainda não está e tenho de apertar a campainha. Numa fração de segundos, a porta abre.

— Você ainda está brava comigo? — pergunta Lily.

— Claro que não!

Ela se joga no meu braço e quase caio pra trás na rampa de entrada. Agarra meu pescoço e começa a soluçar. Um soluço seco e sem sentido.

— O que aconteceu? — Afasto-me dela e a encaro. Não há lágrimas, só olheiras escuras e o rosto marcado com vincos. — Você está bem?

Lily se afasta e assente freneticamente. Ela ainda está de pijama e parece ter acabado de levantar.

— Aconteceram tantas coisas ontem.

— Ah, digo o mesmo.

— Nem pode imaginar, Nath!

— Você já tomou café? Preciso de um, porque também tenho muito pra te contar.

Pego na mão dela e a arrasto comigo para a cozinha. Mal chegamos ela começa a me contar sobre o irmão. Fico chocada e lamento não ter respondido sua mensagem no dia anterior.

— Caramba, Lily! Como ele te encontrou?

— Pelo nosso CNPJ, você acredita? Pois é! Ele pesquisou meu nome e foi assim que localizou, pelo registro comercial da livraria. Não foi por nenhuma rede social, mesmo porque não uso meu nome completo nelas. Quando ele passou aqui algumas semanas atrás eu estava no curso e ele teve de retornar pra Porto Alegre. Dessa vez, Felipe me disse que esperaria para conversar comigo de qualquer jeito.

— Como você está com relação a sua mãe? — Estendo a mão e toco a dela sobre a mesa da cozinha.

— Acho que o sentimento de expectativa que eu sentia foi substituído por um sentimento de ausência. Você entende? Parece confuso e de fato para mim é. Sabe, enquanto não sabia se ela voltaria me preparei para recebê-la. Sempre a imaginei voltando e entrando pela porta dessa casa, carregando uma maleta cor-de-rosa e usando um vestido esvoaçante da mesma cor. Como se fosse a própria Mary Poppins. E ela transformaria as carrancas do meu pai em riso e me faria rodar com ela por aquela sala repleta de flores e embaladas pelas *Quatro Estações* de Vivaldi – *A Primavera*. — Lily estende a mão e a projeta na direção do salão da livraria enquanto as lágrimas rolam por seu rosto. — Hoje entendo ser esse o motivo de ter aberto esta livraria. Consuelo me disse certa vez ser esse um desejo da minha mãe. Acredito que lá no meu inconsciente sabia desse desejo dela e me preparei para concretizá-lo esperando a sua volta. Isso não aconteceu — ela baixa os olhos como que para tentar amenizar a dor que deve estar sentindo —, mas o passo me possibilitou saber que tenho um irmão. O garoto é legal. Divertido e livre como todo adolescente parece ser. Assim como nós fomos.

Enxugo as minhas próprias lágrimas e estendo a mão, mais uma vez, para segurar a de minha amiga.

— Sinto muito não estar aqui com você ontem.

— Você estava, Nath! Sei quanta diferença você fez em vários momentos da minha vida, inclusive abrindo mão de outras conquistas. Sei bem que você não foi estudar na capital porque Murilo já tinha ido e você não quis me abandonar.

— Nossa, nem me lembrava disso. Você ficou muito mal quando ele foi. Jamais tinha a visto tão triste. O Murilo foi o primeiro cara que significou algo pra você né, Lily?

— Acho que foi o primeiro homem em quem eu confiei e ele me abandonou. Foi pra faculdade e não deu notícias por meses.

Lily comprime os lábios e fico tentando imaginar o quanto de decepção esse episódio com Murilo trouxe para a vida dela.

— De todas as pessoas que conheci, só você e o Théo não me abandonaram. Até agora.

— Por quê? Ainda estou aqui.

— Eu sei, mas ele não mais. — Ela retira a mão de sob a minha. — Vai fazer aquela viagem que havíamos programado antes de tudo acontecer.

Ela nem precisa completar. Já sei que foi depois da briga que eles tiveram após os acontecimentos do meu assédio. Onde Lily me defendeu, como provavelmente defenderia a si própria.

— Deveria ir com ele, Lily! Vocês são apaixonados. Não entendo o que te impede de se entregar a essa relação.

— Estou trabalhando nisso. — diz e baixa os olhos, esfrega uma mão na outra, morde o lábio inferior.

Sei que ela quer me dizer algo, mas parece desconfortável.

— O que mais quer me contar? — estimulo.

— Nada! Quero que você me conte sobre Leonardo. O que rolou entre vocês ontem e que a fez ficar tão enfurecida.

— Nosso encontro não foi nada comparado ao que tive logo depois com o irmão dele no meu apartamento.

— Merda! Quero saber tudo. O BBC Bernardo Babaca Cretino foi no seu apartamento? Amiga, conta tudo. Por que você não me ligou? Teria ido lá quebrar a cara dele.

— Não precisou, Leonardo fez isso.

Ela dá pulinhos de alegria na cadeira, amenizando um pouco as marcas do choro.

— Esse cara acabou de ganhar mais de mil pontos comigo. E daí, você o procurou? Me conta tudinho que quero saber.

— Antes de te contar, vamos subir. Logo mais a livraria abrirá, você precisa se trocar e eu começar a trabalhar. Temos muito o que fazer.

Deixo as xícaras de café de lado e acompanho Lily escada acima enquanto detalho para ela meu dia turbulento. Se fosse alguns meses atrás nem conseguiria ter essa conversa. Sinto como se tivesse me libertado de uma grande corrente amarrada ao meu coração. A corrente se partiu e o que ficou se dissolveu pelo fogo da minha superação. Deve ser assim o sentimento do perdão. Não que o sentimento que tenho hoje por Bernardo seja esse. O sentimento é de inexistência. É um ser neutro. Rompi qualquer vínculo, seja de ódio ou raiva. Ele para mim simplesmente não existe. É só um corpo pesado habitando o universo.

Mari

— Acredito que em cada etapa da vida podemos descobrir novas habilidades — digo a Roberto em resposta a sua pergunta sobre minha facilidade em fazer doces. — Elas podem surgir por necessidade ou por vontade. Independentemente do motivo, se nos propusermos a aperfeiçoá-las elas se tornarão tão perfeitas quanto belos macarrons.

Caminhamos lado a lado para sairmos no pátio da escola. Essa é minha terceira aula e de novo nessa fomos parceiros mais uma vez para elaborar a receita de crème brûlée e macarons. O primeiro, minha especialidade, fiz sem dificuldades e orientei Roberto em algumas etapas. O segundo era meu sonho aprender e foi Roberto quem conseguiu trabalhar melhor o merengue para obtermos sucesso no resultado.

— Muito interessante sua reflexão, Mari! Você sempre foi doceira?

— Na minha adolescência sonhava em ser bailarina. Achava deslumbrante ver aquelas moças em saias rodadas, esvoaçantes e transparentes bailando na pontinha dos pés como se fossem cisnes. Não pude fazer o curso. Nunca tive corpo esbelto, tampouco a leveza que essa profissão exigia, além disso trabalhava num supermercado durante o dia e à noite cursava o ginásio. Ao concluir o ensino médio parei de estudar. Como já namorava Alfonso, meu ex-marido, me pareceu natural esperar o casamento, que aconteceu dois anos depois. Com a chegada de Luiza, a exigência da maternidade e da casa me fizeram optar por parar de trabalhar. Nessa época já ocupava o cargo de supervisão em um setor do hipermercado. A carga horária era pesada e o trabalho estressante. Fazer essa opção foi fácil. Ser mãe e dona de casa foi minha escolha e ao fazer essa escolha sei que deixei passar inúmeras oportunidades. Não me importo. Talvez até mesmo essas escolhas tenham me trazido até aqui. E você? Qual é a sua história?

— Sou viúvo. Estivemos casados por vinte e cinco anos. Não tivemos filhos. Esse foi um sonho de ambos, porém, o destino não quis assim. Quando fiquei sozinho precisei arrumar coisas para fazer e a culinária me pareceu uma boa opção. Venho de família com muitos irmãos e nossos encontros exige alguém para colocar a mão na massa, literalmente. Passou da necessidade de sobreviver e preencher meu tempo para a necessidade de manter vínculos. Fui mecânico, fui garçom, agora me encanto com a criação. Consertei coisas, servi e criei.

Chegamos no portão da escola e me preparo para seguir na direção do ponto de ônibus. Antes de me despedir me volto para Roberto.

— Em qual papel você acha que me encaixo? Preciso ser consertada, servida ou recriada.

— Em nem um deles, querida amiga. Posso chamá-la assim?

Ao meu sinal afirmativo, ele continua.

— Arrisco que está em evolução e neste quesito, só você mesma poderá se reinventar. E por tudo o que me contou, esse processo já iniciou.

— *É preciso estar preparado para tumultuosas e intermináveis ondas de transformação.* Gosto às vezes de citar algumas frases de escritoras que leio. Essa é de Elizabeth Gilbert. Não me entenda mal — peço a ele —, é só uma forma de também me ajudar a mentalizar algumas reflexões.

— Claro! Também aprecio livros que me façam refletir. A leitura me motiva. Aceita carona? — oferece indicando o carro branco estacionado no meio-fio da calçada.

— Se não for atrapalhá-lo.

— Será um prazer!

29

Um Novo Começo

Lily

— Falta só um mês para entregarmos a livraria ao Seu Nicolau. Apesar de o faturamento ter superado nossas expectativas ainda não é suficiente para o pagarmos e continuarmos a gerenciar a livraria. Nathalia tem monitorado diariamente as redes sociais, site e caixa de e-mail e nada. Só mensagens de curiosos e outras nem um pouco direcionadas para o que de fato pretendemos, ceder o direito de uso da marca, treinar e ajudar a montar espaços como o nosso em outras cidades do país. Sei o quanto estamos nos esforçando. Essa divulgação está acontecendo há três meses. Ampliamos nosso número de seguidores no Instagram, mas *flopou*, nada de concreto aconteceu.

Estou sentada na frente da Nathalia em nosso escritório na livraria analisando o balanço dos últimos meses. Números e mais números que nos indicam que a livraria tem potencial para crescer, no entanto, não temos mais tempo para esperar esse crescimento acontecer.

Nathalia começa a bater freneticamente as unhas na mesa. Com o notebook aberto, ela pressiona os dentes no lábio inferior. Sei que assim como eu, ela também está preocupada com nossa situação.

— Você está muito ansiosa! Para com essa batucada.

— Não é pra menos. O que vamos fazer se não aparecer nenhuma proposta?

— Não vai ter jeito. Vamos passar a livraria para o Seu Nicolau e provavelmente só receberei o aluguel da casa. Isso se ele quiser manter a livraria aberta. — Estremeço. — Nath, se ele não quiser, até eu conseguir vender a casa não terei grana nenhuma. E se ele quiser ficar com ela como locação, ainda terei que arrumar outro lugar pra morar. Estou ferrada! — Abro e fecho os olhos freneticamente e não consigo fechar a boca. *Isso será terrível.*

— Hoje tenho até medo de abrir a caixa de e-mails.

Levanto e seguro a mão dela pra parar com o batuque dos dedos.

— Coragem! Abra logo isso aí.

Nathalia solta um pesado suspiro e começa a digitar.

— Lily, veja isso! — Ela arregala os olhos.

Dou um salto e voo para perto dela.

— Nem acredito nos e-mails que chegaram pela *landing page* do site da livraria.

— *Miga*, temos proposta para a franquia. — Ela abre o sorriso e bate a palma da mão na minha.

Nathalia abre os e-mails e pesquisamos os dados de quem os enviou. São três no total e dois bem propensos a se tornarem franqueados. Será que teremos chance de sair desse sufoco?

— Vamos marcar um *call*! — exclamo.

— Pra já! — Ela começa a digitar a resposta já sugerindo o horário para que possamos conversar com eles.

Nathalia

Esperamos até a livraria fechar para conversar com as meninas. Lily e eu passamos o dia em reunião com os propensos franqueadores. Estamos exaustas, física e emocionalmente, mas nossa equipe merece saber. Afinal elas também serão diretamente impactadas. Com exceção de Gabriela, que frequenta o colégio à noite, todas esperaram.

— Meninas — chamo Mari, Del, Lucila e Tatiana —, Lily e eu queremos conversar com vocês e pedimos desculpas por mantê-las aqui até esse horário.

— Tudo bem, Nathalia! — diz Mari. — Estamos querendo saber se tem novidade.

— Eu sei, Mari! Vocês deviam estar tão ansiosas quanto nós, por isso, queremos agradecer também porque acreditamos que a energia positiva de vocês ajudou muito.

— A verdade é que... — Lily começa e faz suspense.

As meninas estão de olhos arregalados. Lucila apoia o cotovelo na pilha de livros no balcão, Tati cruza os braços, Del se debruça no balcão da confeitaria e Mari esconde ambas as mãos no avental.

— Aff, Dona Lily — dispara Del —, diz logo, mulher! *Que mata* a gente?

Lily abre o sorriso e eu a acompanho.

— Conseguimos, meninas! — Lily exclama elevando o braço em sinal de vitória. — Hoje chegaram propostas para a franquia e conseguimos fechar três contratos. Nós vamos expandir!

A gritaria é tanta que começo a rir. Todas elas pulam e começam a se abraçar. Até Lucila, a mais tímida de todas, não consegue se conter e corre para abraçar Tati e Mari. Em instantes estamos todas nos abraçando e beijando.

— E vocês sabem o que vamos fazer hoje?

— Beber champagne! — dispara Del de sorriso aberto.

— Não! Nós vamos dançar.

— Uhuu! — ovacionam.

Lily dispara na direção do piano. Antes de ela sentar no banquinho a detenho.

— Hoje não, amiga! Hoje você vai dançar.

Pego meu celular no bolso da calça, conecto no *Bluetooth* das caixas de som e escolho a música. Ela se propaga pelo salão.

— Sério, amiga? ABBA?

— Quer música melhor que essa pra dançar?! — digo e começo a rodopiar pelo salão.

Uma a uma elas começam. Cada mulher em seu ritmo, em seu gingado, em seu tempo e ocupando o espaço que é nosso, o espaço que nos traz alegria, o espaço onde podemos elevar o melhor que há em cada uma. Dançando, suando, rindo e gritando freneticamente ao som da letra *Dancing Queen.*

Mari rodopia, Del eleva os braços para o alto gingando o corpo, Tati e Lucila dão as mãos e minha amiga se junta a mim, rodopiando e cantando a plenos pulmões a letra da música.

Mari

Subo as escadas, insegura. *Qual será o assunto que as meninas precisam tratar comigo? Será que tivemos alguma reclamação na cafeteria? Valha-me Deus, espero que não. Justo agora que as coisas estão se encaixando.*

A porta do escritório está semiaberta e dou duas batidas antes de empurrá-la. Nathalia está sentada atrás da mesa, com o notebook aberto. Lily parece concentrada em um calhamaço de papéis na mão dela. As duas estão muito sérias.

— Ah, Mari — diz Nathalia fechando o computador. — Bom que conseguiu subir agora. Lily e eu precisamos ter uma conversa com você.

— Meninas, se eu fiz algo errado, já vou pedindo desculpas. Com todo esse movimento que estamos tendo é difícil dar atenção como se deveria aos clientes e tenho tentado manter sempre a cafeteria abastecida.

— De jeito nenhum, Mari! — Lily começa a rir e coloca os papéis na mesinha ao lado da poltrona. — Você acha possível chamarmos você aqui pra dar bronca.

Sinto meus ombros relaxarem.

— Senta, Mari — Nathalia me indica a cadeira em frente à mesa.

— Quanta cerimônia, vocês estão me deixando nervosa — digo ao sentar.

— Não se preocupe que talvez seja algo bom. Isso é você quem vai nos dizer.

— Lembra da primeira vez que te convidamos pra vir aqui e começar esse negócio conosco? Então! Agora estamos migrando para outro tipo de negócio e queremos você nele também.

— Não entendi! Vocês vão fechar a livraria? — Giro o pescoço observando uma e a outra.

As duas abrem o sorriso.

— Óbvio que não! — Nathalia pega na minha mão sobre a mesa. Nem havia percebido minha tremedeira. — Mari, você fez um trabalho incrível na cafeteria. Sua criatividade em elaborar os doces diferentes casando com temas da literatura foi um dos grandes destaques para a proposta das franquias. Não havíamos conversado com você antes, porque não tínhamos certeza se daria certo e ficamos com receio de criar grandes expectativas.

— Meninas, sou só uma confeiteira iniciante, se é que já posso me classificar assim. Quando cheguei para trabalhar com vocês era uma boleira. Vocês me estimularam a crescer.

— Não, Mari! — Lily intervém. — Se você não quisesse crescer, nós poderíamos até ter buscado receitas na internet, lhe passado e de nada adiantaria. Ninguém te sugeriu voltar a estudar. Foi uma iniciativa sua. Por maior que seja nossa disposição e desejo, não conseguimos mudar o outro. A mudança vem do interior. E o seu interior é repleto de sonhos. E aqui neste lugar nós queremos mais e mais estimular sonhos e você é prova de que é possível conquistá-los.

— Vocês estão me deixando embaraçada e ainda não entendi nada do que querem comigo.

— Vou ser mais clara — Nathalia diz —, nós vamos querer você nos ajudando a dar suporte para as franquias. Você será responsável pela implantação da cafeteria.

— Valha-me Deus! Vocês estão malucas! — Levo a mão à boca. — Como vou cuidar da cafeteria e ainda organizar as outras?

— Calma! Nós vamos contratar outras pessoas para a cafeteria e você ficará só na supervisão. Seu salário vai aumentar e continuará a receber o percentual nas vendas.

— Além disso — Lily levanta o dedo indicador para o alto —, nós vamos dividir com você uma parte do dinheiro das *franchisings*. Claro, depois que quitarmos as dívidas com Seu Nicolau.

Preciso de um tempo para me recuperar. *Estou ouvindo bem? Será isso mesmo?* Agradeço por estar sentada ou teria muita dificuldade em me manter de pé.

— Mari? Mulher, você tá bem? Espera que vou buscar um copo de água pra você.

— Não precisa, Liliane. Já vou melhorar. — Respiro fundo algumas vezes, levo a mão ao rosto, dou leves pancadinhas tentando assimilar o que elas acabaram de me dizer.

— Vocês vão me dar uma promoção? É isso?

— Mais ou menos, Mari. Na verdade, estamos te oferecendo uma parte da sociedade com as franquias. Lily e eu achamos justo e você merece.

— Nossa! Jamais esperei por isso. Claro que quero me desenvolver e aprender mais e mais. — Silencio e surge uma imagem. — Bem, vocês vão mesmo contratar mais pessoas para a cafeteria?

Elas movimentam a cabeça confirmando.

— Então tenho um pedido a fazer.

— Diz, Mari — Nathalia estimula. — Se nós pudermos atender.

— Vocês conseguem dar aumento pra Del? Ela precisa muito e tem se esforçado tanto.

Lily dá de ombros e desvia o olhar para Nathalia.

— Verdade! Também percebemos o quanto ela é dedicada. Está lendo livros, melhorou a pronúncia do português. Por que não? Afinal, precisaremos mesmo de alguém para supervisionar a cafeteria quando você não estiver e Del me parece a opção perfeita.

— Nossa! Nem acredito, meninas! Essa atitude de vocês fará a mulher ser ainda melhor. Tenho certeza que não vão se arrepender. — As duas abrem o sorriso. — Vocês são abençoadas e torço a cada dia para que sejam mais e mais felizes.

30

Presente Inesperado

Nathalia

Abro a tela do celular e acesso a página de Leonardo no Instagram. Tem só duas fotos dele com Samanta. Eles parecem felizes nas fotos. A garota sorri para o pai e ele retribui. É uma imagem capaz de destacar todo o carinho entre eles. Ele está nos Estados Unidos. Deve estar passando um tempo com ela. Não nos comunicamos mais desde a saída dele da livraria naquele dia fatídico. Já se passaram dois meses. Sinto tanto a falta dele que tem dias que preciso me esforçar pra respirar.

— Nath! — Lily entra no escritório agitada, segurando a maçaneta da porta e tomando fôlego. — Ele está aí.

— Ele quem, criatura?

— Leonardo! — Ela aponta o indicador para baixo, movimentando-o e dá um sorrisinho.

Levanto num salto e disparo escada abaixo. Não o encontro na livraria. Tem alguns clientes no canto escolhendo livros e ninguém mais. Vou até o gazebo e nada. Volto para dentro da livraria. Lucila vem ao meu encontro.

— Nathalia, o moço te deixou esse embrulho.

Pego o objeto retangular da mão dela. Está envolto em papel dourado. É um livro, sei mesmo antes de abrir. Tento não rasgar o papel, mas me atrapalho e faço um rasgo nele com as mãos trêmulas.

— Onde ele está? — Eu me dirijo a Lucila.

— Disse que era só pra entregar a você e foi embora.

— Cadê ele? — Lily pergunta juntando-se a mim e Lucila.

Nem respondo e saio em disparada para a rua. Nada dele, nada do carro dele. Tem um cliente estacionando bem em frente à livraria, passo pelo veículo e vou até a esquina. Nem sinal.

Volto para a livraria. Lily parece tão chocada quanto eu.

— Quando eu o vi chegando fui logo te chamar. Não imaginei que ele fosse só deixar isso. — Ela aponta para o pacote na minha mão.

Metade do papel está rasgado e revela o exemplar antigo. Acabo de remover o restante do embrulho.

— Hamlet! Por que Hamlet?

— Essa história é uma tragédia — Lily constata o óbvio.

— Talvez ela espelhe um pouco da nossa relação.

Abro a capa, as páginas amareladas dentro só reforçam a minha suspeita de ser um exemplar de primeiras edições. A narrativa está em inglês.

— Ele deve ter comprado nos Estados Unidos quando foi visitar a filha.

O exemplar é parecido com o *Mercador de Veneza*, o primeiro que ele me deu de presente. Continuo folheando as páginas e dentro encontro uma folha de papel dobrada. O papel é novo, branco, e se destaca nas folhas amareladas. Retiro-o de dentro do livro e passo para Lily segurar o exemplar enquanto abro o papel. É uma carta escrita à mão endereçada a mim.

— Você vai ler agora?

Giro o pescoço de um lado a outro. Tem meia dúzia de clientes na livraria e alguns outros no Café. Fixo o olhar na porta na esperança de Leonardo entrar quando me deparo com outros rostos conhecidos.

— Agora não! Temos visitas.

Lily

— Lily, que lugar incrível esse! — exalta Camila entrando na livraria acompanhada de Viviane.

— Olá! — Arregalo os olhos para Nathalia e lhe devolvo o livro antes de seguir ao encontro das duas ainda na porta de entrada. — Achei que vocês não viriam conhecer a livraria.

— Mulher, tenho visto as postagens no Insta e fiquei apaixonada. Ao vivo ela é ainda mais linda. Nathalia!

Nath coloca na mão de Lucila o exemplar, faz sinal para ela deixar no caixa, e vem se juntar a nós.

— Quanto tempo, meninas!

— Muito! — Viviane corre os olhos pelo espaço. — Precisamos marcar outro encontro. Pena você não ter conseguido estar naquele que fizemos na casa da Rebeca. Que tal se planejássemos um encontro aqui?

— Claro! Será maravilhoso. Lily algumas vezes toca piano nas noites de sexta. Poderíamos agitar? O que acham?

— Perfeito! — exclama Camila. — Na próxima sexta não vai dar, né? Vocês irão à despedida do Théo?

Nathalia à minha frente, envia um olhar de cumplicidade.

— Com certeza vocês irão — Viviane afirma mesmo antes de respondermos. — Ele deve viajar no final do mês. Vai fazer uma viagem dos sonhos. Ai, gente, que vontade de fazer também.

Resisto à tentação de virar os olhos. Mal consigo respirar, mas de jeito nenhum darei o braço a torcer para essas duas. Camila e Viviane sempre foram coladas em Rebeca. Só devem estar aqui para me provocar.

— Querem conhecer o espaço dos livros? — Nathalia sugere, ela sempre foi mais polida do que eu. — Depois podemos ir até o gazebo — indica a área externa — para tomarmos um suco. O que vocês acham? A Delilah faz algumas composições maravilhosas. Acredito que vão adorar.

Preciso me segurar durante a hora que as duas permanecem na livraria. Ser cínica nunca esteve dentro das minhas habilidades comportamentais. Já no sarcasmo, tenho PhD. Nathalia se mantém neutra e domina a conversa. Mesmo quando elas a questionam de o porquê não estar advogando. A resposta de minha amiga é certeira.

— E deixar de viver em um espaço com essa energia fenomenal da arte, literatura e confeitaria? Aqui nós fornecemos sonhos, e sonho é uma necessidade da alma e não só para a sobrevivência, porque perder nossa capacidade de sonhar é como deixar de ver a luz do sol a cada dia.

— Claro! — Camila dá um risinho sem graça. — Imagina isso se comparado a pilhas de processos.

— Vejam vocês como a literatura e a arte são essenciais, serão abertas outras cinco Livraria dos Sonhos em grandes cidades do país.

— Uau! — Viviane exclama. — Vocês desenvolveram um negócio de sucesso. Parabéns!

Assim que elas saem me volto a Nathalia.

— Amiga, gostaria muito de ter sua frieza.

— Não é frieza, Lily! É só não deixar essa provocação nos afetar. Elas são legais e são *só* colegas.

— Concordo!

— Porém — ela coloca o dedo em riste na minha direção —, o recadinho delas foi providencial e é um alerta: Théo vai mesmo viajar. Ele não estava blefando.

— O que você quer que eu faça?

— Você decide! Mas pense bem. Ele pode encontrar alguém que o atraia nessa viagem. Escolhas são capazes de mudar radicalmente nossa trajetória e o que parecia só um desvio, torna-se um novo caminho. E o que ficou para trás torna-se lembrança. Você o quer na sua vida, ou basta a lembrança do que um dia ele foi para você?

Mari

— O segredo para preparar uma massa leve que derrete na boca é o descanso que ela precisa ter e a qualidade da manteiga que vai acrescentar a ela antes de dobrá-la.

Oriento Del o passo a passo para preparar a massa folhada.

— Nossa, será que vou conseguir, Mari?

— Claro que vai.

Paro de sovar a massa, limpo a mão no avental, e peço a ela para tentar sentir o ponto com seus próprios dedos.

— Os seus bolos já estão ficando divinos — elogio — e você descobriu o ponto exato do creme de leite para não desandar. As outras receitas você vai pegando aos poucos. O importante é você observar o que está fazendo, colocar paixão no preparo e sentir através dos olhos, das mãos, do paladar e do coração a energia e vibração dos alimentos.

— Poxa, isso é profundo!

Os dedos dela brincam com a massa branca parecendo sentir a textura.

— Você consegue, Del! Confio em você. Além do mais tenho alguns planos que quero realizar e precisarei da sua ajuda.

Ainda não posso revelar a ninguém a vontade que tem ocupado meus pensamentos antes de conversar com Nathalia e Liliane, mas em breve o farei.

— Nossa, Mari, essa promoção foi tão importante. Esse mês já consegui reservar uma graninha e estou planejando conseguir lugar pra morar com minha filha. Não me importo se for longe do centro da cidade. Quero um lugarzinho onde minha mãe possa ficar um tempo com a gente. Para ela também ter descanso. O Seu Nicolau é bom, mas não é a mesma coisa que estar em nosso cantinho. E foi um alívio as meninas terem conseguido pagar a dívida com ele antes mesmo do prazo. O homem também pareceu bem aliviado.

— Sim! E elas foram muito gratas a ele e demonstraram isso não só em palavras, mas também com aquele combo especial dos livros da Agatha Christie.

— Seu Nicolau colocou em destaque na estante dele. Pareceu mesmo satisfeito.

— Também fico feliz que tenha dado certo.

Oriento Del colocar a massa para descansar e a cobrimos.

— Del, vou ver se descubro em meu bairro alguma casinha de fundo disponível. Sempre é mais barato e você pode ter também a segurança de alguém morando na frente. O que você acha?

— Você faria isso, Mari?

— Claro!

— Nem sei como consegui sair daquela vida horrorosa que levava.

— Sei que tem fases na nossa vida em que nada parece fácil, o universo traz tantas dificuldades e obstáculos que nem sequer conseguimos ver saída, porém, se de fato acreditarmos e nos esforçarmos para mudar, outras possibilidades virão. Talvez não devesse lhe pedir isso, mas vou pedir: jamais desista de você. Jamais desista da sua filha. Essas duas relações não têm homem no mundo que supere. E quando você estiver pronta, aparecerá alguém digno de estar ao seu lado. Nunca duvide disso.

— Você já encontrou, Mari?

Abro o sorriso, reflito sobre minha amizade recente com Roberto e as outras possibilidades que a vida está me trazendo e respondo.

— Ainda estou no caminho, Del!

31

Viver É o Melhor

Nathalia

Enquanto estimulo Lily com minhas certezas sobre o relacionamento dela e de Théo, não consigo deixar também de escutar minha própria voz e o quanto tenho feito o mesmo que ela. Deixar de viver um grande amor por amarras que são difíceis de desfazer. Passei por tantos desafios nos últimos anos, construímos algo novo, cresci e me fortaleci. No entanto, tenho alguns passos necessários ainda a avançar. Há uma urgência e necessidade em mim que só podem ser preenchidas quando estou com ele. Essa sensação é tão intensa que parece se materializar feito borbulhas em meu peito.

Entro no apartamento e Shakes corre ao meu encontro. Acaricio os pelos dele e vou trocar sua água e dar-lhe comida antes de abrir o livro. O cachorro observa meu movimento de folhear as páginas.

— Esse é um livro do seu xará. Quer conhecer?

Sento no sofá e retiro a folha branca guardada entre as páginas.

"Não sou bom com letras, prefiro os números, mas sei que você também prefere palavras escritas ao invés das faladas, então resolvi me arriscar. Há coisas na vida que só conhecemos de fato através das experiências e algumas dessas experiências nos fazem querer continuar a vivê-las por longo tempo. Em cada instante, em cada minuto, em cada hora, em cada dia, mês, ano, vida. Assim é a sensação das experiências que vivi ao seu lado. O sentimento despertado em mim me faz ter certeza que você é a mulher da minha vida. Na primeira vez que a vi na livraria a chama acendeu e só se intensificou com nossa convivência. Sinto sua falta quando levanto pela manhã e você não está para tomar café comigo, quando não posso te enviar mensagens durante o dia, pois sei que não irá responder e tenho muito medo de sufocá-la. Sinto sua falta no fim da tarde quando não está me esperando para levar o jantar ou prepará-lo para nós. E sinto

muito, muito, muito sua falta quando me deito na cama e mais ainda de madrugada quando não consigo puxá-la para perto de mim e sentir o aroma dos seus cabelos "essa parte ficou clichê, vou melhorar..." ou seu hálito pela manhã. Sinto sua falta na minha vida. Adoro estar com você mesmo quando está brava e frustrada e mais ainda quando está feliz. Algumas coisas não consigo mudar, no entanto, se você aceitar, podemos superar juntos e continuar a ter a experiência que tornará nossa vida invejável para qualquer outra pessoa."

A vida é feita de etapas e nelas vamos nos transformando para enfim conseguir a plenitude e o equilíbrio de estar bem em qualquer área. Aconteceu comigo e acredito que deva acontecer com outras pessoas também.

Quando decidi me afastar de Leonardo não foi só para eu poder me manter longe daquele que fez minha vida dar uma reviravolta, foi porque precisava corrigir algumas áreas da minha vida. Precisava voltar a ser profissional. Precisava me dedicar a minha família com o caos da doença de meu pai. Precisava me estruturar financeiramente. Precisava colocar minha estabilidade emocional em ordem. Agora percebo que tudo foi se consolidando e estabilizando aos poucos. Tenho total consciência também que não consigo ser só profissional, só filha, só amiga. Quero alguém ao meu lado. Alguém para compartilhar meus medos, anseios, inseguranças e também para compartilhar minhas alegrias, conquistas e que desperte em mim emoções presentes nos livros e nos filmes. Talvez nenhum outro homem no mundo possa despertá-las como Leonardo. Não é o sentimento por ele que me fez afastá-lo. Jamais duvidei, jamais questionei esse sentimento. Sou maluca por esse homem e depois dessa declaração dele, sei que também é maluco por mim. Então, por que não nos dar uma chance? Sinto que quando aconteceu aquele episódio terrível em minha vida, eu perdi minha autoestima, agora sinto estar perdendo algo mais.

Leonardo abre a porta do apartamento e apoia o antebraço no batente. Está de camiseta preta, cabelo úmido, calça jeans e descalço. Tenho de morder meu lábio para tentar me conter.

— Você demorou! — acusa e coloca as mãos na cintura.

— Por que você não me esperou na livraria?

— Você é uma mulher de ação, Nathalia! Estava na hora de começar a correr atrás de mim.

Ele abre espaço para eu entrar no apartamento. Avanço para a sala e me volto a ele. Leonardo apoia os dedos no bolso da calça, arqueia as sobrancelhas e estica os lábios num sorriso.

— Você era menos convencido há alguns meses — debocho dele.

Ele parece se divertir com minha observação e dá de ombros.

— Por que Hamlet e não Romeu e Julieta?

— Seria muito clichê! Estou acima desse estilo.

Agora sou eu quem me divirto com a observação dele. Leonardo é tudo, autêntico, engraçado, cativante, amoroso e romântico, com certeza. Um lindo e adorável clichê.

— Falando sério — ele se aproxima e pega na minha mão, solta na lateral do meu tronco, e começa a acaricia-la com o polegar. — Torço muito para que possamos ter um final diferente do que tiveram Hamlet e Ofélia e mais ainda de Romeu e Julieta.

— Confesso que gosto de uma tragédia. Senão meu autor preferido poderia ser outro ao invés de Shakespeare.

— E de finais felizes? Você gosta também?

— Muito — confesso encarando-o.

— Eu não nego seu amor como Hamlet fez com Ofélia. Eu o valorizo e quero muito que possamos encontrar menos drama e mais amor.

Leonardo me observa enquanto eleva a mão e acaricia minha face com os dedos. O olhar dele parece querer se certificar que estou ali e não vou mais embora. Que não direi a ele que não podemos ficar juntos, tampouco o deixarei por causa de outras pessoas.

Elevo meu rosto e toco seus lábios.

— Sempre acreditei existir o amor verdadeiro e só de fato entendi esse sentimento tão profundo quando conheci você. Não sei por quanto tempo ficaremos juntos. Só sei que enquanto durar farei de tudo para manter nossa relação só entre nós. Sem ninguém mais. Porque não há nada nem ninguém mais importante do que vivermos esse sentimento. Amo você por cada gesto de carinho, por cada olhar de apoio, por cada momento que passamos juntos. Hoje sou uma mulher melhor, capaz de amar sem reservas e quero que esse amor seja só seu.

— Então, por que não continuarmos de onde paramos? — Ele aproxima seus lábios dos meus e me beija.

Não é um beijo de reencontro e saudade. É um beijo lento, sem pressa, sem cobrança. É um beijo que demonstra termos tempo. Termos muito tempo para viver o que desejarmos, inclusive tempo para ter a maior experiência de nossas vidas.

Lily

Deixo a porta da livraria aberta. A noite lá fora está repleta de estrelas e paira no ar o silêncio. Ando de um lado a outro pelo salão até meus movimentos serem interrompidos pelo som do motor do carro dele. Corro para o piano sob a meia-luz da arandela. Começo a tocar a primeira nota deixando que as notas saltem das teclas e dê o ritmo da música, sem desgrudar meus olhos da porta de entrada.

Théo a empurra e coloca o rosto para dentro. Leva só alguns instantes para os olhos dele encontrarem os meus. Ele entra e encosta a porta atrás de si, sem perder o contato visual comigo.

Baixo os olhos e os fixo nas teclas do piano deixando a sinfonia fluir antes de começar a cantar.

Eu poderia tentar viver sem você.
Eu poderia não me importar de vê-lo partir.
Ter esperança de não precisar de ti.

Pra que ter essa esperança se a cada dia
tenho mais certeza da solidão?
A alegria do coração apagou
como a chama da vela que chegou ao fim.

Estou a sua procura
em cada verso,
em cada frase,
em cada movimento
que o sol faz ao redor da Terra.

Como posso ter asas,
se nem ao menos consigo sair do chão?
Tê-las só me trará mais desilusão,
Pois sem você não posso mais voar.

Repito o refrão e elevo meu rosto. Théo me observa ainda próximo da porta. Apesar da baixa luminosidade percebo-o sorrir.

— Obrigada por vir — digo a ele.

— Linda letra! Você a compôs?

— Sim! No início pensei que fosse para minha mãe, mas foi para outra pessoa.

Ele não se aproxima. Eu levanto do piano e vou ao encontro dele.

— Certa vez fiz uma promessa a uma pessoa muito especial. Prometi a ela que jamais deixaria de sonhar e meus próprios sonhos foram se perdendo ao longo da vida. Sei disso porque estou fazendo terapia!

— Você está fazendo terapia? — Ele sorri.

Chego bem perto dele e entrelaço meus dedos nos dele. Ele não se afasta. Ao invés disso mantém o olhar fixo no meu.

— A Nathalia me obrigou — justifico.

Ele começa a rir e o interrompo com a mão estendida.

— Fui deixando me afundar pelos abandonos das pessoas que eu amava.

Théo cessa o riso e fica sério. Muito sério. A mandíbula dele treme e sei que essa confissão o machucou tanto quanto me machucou quando a constatei.

— Eu nunca te abandonei, Lily!

— Abandonou sim. Abandonou quando você decidiu ficar ao lado do Bernardo.

— Foi a pior besteira que eu fiz na vida, mas você há de concordar que o cara sabe ser convincente.

— É! Eu sei! — Acaricio a mão dele passando o polegar entre seus dedos. — Enfim, tudo isso também só me reforçou a dificuldade de manter um relacionamento sério. Ainda tenho medo, confesso a você, porém, precisamos ter o coração partido diversas vezes para que possamos valorizar quem de fato merece ocupar esse lugar. E você merece ocupar esse lugar. Perdão por todas as vezes em que fui incapaz de perceber o quanto te magoei e minha dificuldade em demonstrar o quão importante você é para mim.

Os olhos dele estão marejados como os meus. Théo dá um suspiro e me abraça. E me abraça tão forte que acho que minhas costelas vão se partir. Ele me abraça como se não pudesse me soltar. Beijo seu rosto e me separo dele para poder ver de novo seus olhos.

— Haverá dias em que você vai me odiar por bagunçar a sua vida e em outros vou te amar tanto que vai esquecer toda a bagunça que fiz. Você aceita?

Ele abre o sorriso e assente.

— Sou temperamental!

— Também sou!

— Enfim, eu não prometo que serei alegre o tempo todo. Você aceita mesmo assim?

— Aceito!

— Então, posso viajar com você?

— Lily, achei que fosse um pedido de casamento.

— Calma, Théo! Vamos com calma. Ainda precisamos passar um tempinho juntos. — Acaricio o braço dele ao redor do meu corpo.

— Tempinho, Lily? Estamos juntos há dez anos.

— É verdade! — Aproximo meus lábios do dele. — Ainda assim acho que podemos viajar juntos e lá, se você for o homem dos meus sonhos, poderemos avançar.

Théo dá um passo atrás e o agarro firme, até colar meus lábios nos dele. Ele resiste e a resistência dura um milésimo de segundo antes de nossas línguas explorarem cada parte de nossas bocas. Cesso o beijo.

— Brincadeira! Você é o homem que eu quero rolar, brincar, brigar, cantar e amar enquanto eu viver.

Separo-me dele só para pegar a caixinha que deixei ao lado do piano. Volto com ela e a estendo a ele. Théo a pega e abre.

— Não há ninguém mais a quem eu quero dar meu coração.

Ele retira o relógio, vira-o para ler de novo a inscrição "*Para Sempre Sua*."

— Eu te amo, Lily! Você é a mulher dos meus sonhos. E aceito fazer essa viagem dos sonhos com você.

Agora quem avança para o beijo é ele. Théo pressiona meu corpo junto ao dele, sua mão desliza em minhas costas. Quero me fundir nele, me fundir a ele. Só separo nossas bocas para pegar na mão dele e o levar na direção das escadas. Precisamos muito recuperar o tempo perdido e o momento é agora. Acho que Nathalia ficará bem brava com minha intenção, ainda mais com a liberação da Mari para realizar o sonho dela, mas amiga é para essas coisas.

Mari

— Mama, você não quer que a leve ao aeroporto?

— Com certeza não, Luiza! Roberto vai me dar carona. Vocês ficarão bem? — pergunto a ela e a minha mãe dobrando algumas blusas que separei para a viagem.

— Vou morrer de saudades — diz Luiza.

— Ah, minha filha, até parece que enquanto ficou em São Paulo morreu de saudades dessa sua mãe.

— Ela tem razão, Luiza! — minha mãe a repreende.

Abro a mala emprestada por Nathalia sobre a minha cama.

— Estou é preocupada com você, Dona Mari. Certeza que vai se virar bem num país tão distante e sem falar praticamente nada da língua?

— Vou me virar, Luiza! Mesmo porque consegui um carro pra me levar do aeroporto até a casa onde vou ficar. O quarto disponível que achei por um bom valor fica perto de onde farei o curso, na região de Notre Dame. E os proprietários são brasileiros. Também baixei um tradutor no celular. Se me perder, uso-o para me localizar e vou treinando durante a viagem o pouco que aprendi do idioma francês no cursinho que fiz.

— Como você vai conseguir entender no curso de confeitaria?

— Filha, aprendi que só uma pequena parte da nossa comunicação é pelas palavras. A comunicação não verbal, gestos, expressões e tom de voz comunicam muito. Nesses pontos sou boa observadora. Certamente aprenderei mais do que sei hoje e para mim já basta.

Luiza meneia a cabeça de um lado a outro. Às vezes até eu mesma fico admirada do quanto consegui aprender através dos livros e dos cursos que comecei a fazer. Essa possibilidade de estudar na França, mesmo sendo só por um mês, é uma grande conquista.

— Vi pela previsão do tempo que por lá faz frio. — Minha mãe indica os casacos sobre a cama e pega um deles para dobrar. — Você acha que essas blusas são suficientes?

— Acho que sim, mãe!

Nathalia me emprestou um forrado de pelúcia e comprei outro no brechó perto da livraria. Para todo esse tempo espero ser suficiente. Sei bem que a temperatura por lá estará baixa, porém nada me anima mais do que a possibilidade dessa viagem.

— Vocês ficarão bem por aqui? — questiono a elas de novo.

— Claro, filha! Devo passar uns dias na casa da sua irmã. Vai ter umas atividades na igreja e assim me distraio também. Se Luiza quiser pode ir comigo.

Ela passa a mão nos cabelos de Luiza, sentada em um espaço aberto entre as roupas na minha cama. De repente, Dona Alzira começa a chorar.

— Mãe — deixo a blusa que estou dobrando e vou abraçar minha mãe —, não está se sentindo bem?

Ela movimenta a cabeça negando junto de meu ombro. Eu a abraço forte e ela me agarra, como se não pudesse me deixar escapar.

— Mari, eu jamais faria isso. Você é muito corajosa.

Luiza levanta da cama e se aproxima de nós também nos abraçando.

— Mama, a vovó tem razão, sinto muito orgulho de você. Passar por tudo o que passou e estar se reinventando é uma grande demonstração de coragem. Você é inspiração para mim, hoje e sempre.

Dou um longo abraço nelas, inalando seus cheiros e sentindo seus corpos para manter em minha memória enquanto estiver fora. Afasto e faço carinho no rosto de minha mãe e depois em Luiza. Os olhos dela estão marejados.

— Também tenho muito orgulho de vocês!

Antes de me separar delas, abraço de novo minha mãe. Talvez essa seja a primeira vez que nos abraçamos em muito tempo. Não é só ela quem deveria tomar a iniciativa, eu poderia tê-lo feito diversas vezes. Seu rosto enrugado, seus olhos tristes, mas ostentando um brilho desconhecido para mim me fazem abrir o sorriso.

— Volto em breve — digo a elas. — Estarei aqui para a formatura da Luiza.

— Claro, né? Nem pense em arrumar um francês bonitão por lá e deixar-nos aqui sozinhas. — Ela reforça e me dá um novo abraço. — Então, bora acabar de arrumar essas roupas porque você precisa chegar ao aeroporto com horas de antecedência. Já pesquisei tudinho. Não esquece o passaporte, carregador de celular, remédios.

— Está tudo ali — indico a cômoda com os itens. — Guarda pra mim.

Ela beija meu rosto e saltita no quarto até a cômoda para colocar os documentos que já separei dentro da minha bolsa.

Dobro o casaco, estendido por minha mãe, e o coloco na base da mala. Pego a pilha de blusas e acomodo sobre ele, ao lado dos três pares de sapato que estou levando. Falta pouco para a realização de um grande sonho. No decorrer da vida vamos deixando nossos sonhos para trás, muitas vezes os apagando, mas eles brotam novamente e à medida que vamos descobrindo a força interior que nos move, percebemos que é possível realizá-los.

Roberto estaciona o carro próximo à área de embarque.

— Acredito que você aproveitará muito a viagem. Será um divisor de águas na sua vida.

— Se eu tiver mais um divisor terei dificuldade em juntar os rios. — Começo a rir para dispersar o nervoso tomando conta de mim.

— Você irá se divertir muito! — Ele reforça antes de sair para me ajudar a tirar as malas do carro. — Mande mensagem quando chegar.

— Claro! — Pego na alça da mala e suspendo minha bolsa no ombro. — Muito obrigada pela carona.

— Foi um prazer, Mari! — Ele toca com suavidade seus lábios nos meus.

Abro o sorriso e o agradeço mais uma vez antes de empurrar minha mala na direção da porta de entrada. É a primeira vez na minha vida que entro nesse aeroporto e é para uma viagem internacional. Sinto um sopro vindo direto do meu coração quando a porta abre para eu passar.

Final

Nós

— *Como estão as coisas por aí?* — pergunta Lily entrando no grupo pela chamada de vídeo que acabei de enviar a ela e a Mari.

— Fechamos mais dois contratos.

— *Nossa, Nathalia, que maravilhoso!* — exalta Mari.

— Sei que vocês devem estar se divertindo à beça no velho mundo, porém preciso das duas de volta. A parte de documentos está chegando ao fim e vamos iniciar as implantações daqui a duas semanas no máximo.

— *Volto na próxima semana* — avisa Mari.

— *Pô, Nathalia!* — Théo entra na câmera junto com Lily. — *Dá mais um tempinho pra nós.*

— Vocês terão muito tempo pra aproveitar, Théo — rebato e abro o sorriso.

Esses dois estão aproveitando mesmo. O brilho e cumplicidade entre eles é visível até mesmo através da tela do celular.

— O que é isso no seu dedo? — Aponto para o anel brilhando no dedo anelar da Lily.

— *Nossa, você nem vai acreditar. Estávamos em um pub em Viena e Théo pediu ao guitarrista para deixá-lo tocar uma música. O cara disse não, é claro!* — Ela revira os olhos. — *Então, Théo cochichou algo no ouvido do cara. Fiquei só observando a cena sentada na mesa em frente ao palco. E não é que o cara cedeu a guitarra pra ele. Bom, enfim, ele tocou a música que eu compus pra ele e ao final, deixou a guitarra, deu um salto do palco e se ajoelhou. Amiga, ele se ajoelhou e me pediu em casamento em cinco línguas diferentes.*

— Que máximo, Lily!

— *Mais ou menos, porque não consegui responder. Fiquei sem palavras.*

Théo entra na imagem da câmera de novo.

— *Você acredita nisso, Nath? Ela sem palavras.*

Ele começa a rir e ela dá um tapinha no ombro dele. Minha amiga está com um sorriso de felicidade estampando o rosto dela tão emocionante que meus olhos queimam.

— Parabéns aos dois! Parabéns para você também, Mari! Pelo que me disse já conseguiu aprender truques novos pra incrementar as receitas. E como está se sentindo em conhecer Paris?

— Essa cidade é um sonho. Só inspiração eu tenho quando circulo pelas ruas e passo nas pâtisseries, as docerias francesas. Cada vitrine é uma obra de arte. Estou querendo aderir a filosofia dos franceses, Vive La Vie – Viva a vida.

— Mari, acredito ser uma ótima mensagem para todas nós.

— Você não está no seu apartamento? — pergunta Lily.

— Não! Estou no apartamento do Leonardo. E ele saiu pra dar uma volta com o Shakes. Ah, chegaram! — aviso observando os dois entrando na sala.

— Uh la la! Já mudou pra aí?

Reprimo o comentário dela através do olhar.

— Ainda não! — Léo também entra na chamada. — Mas retornem logo por que chegou a nossa vez.

— Como assim? — Lily questiona.

— Vamos viajar pra visitar minha filha e passear por Las Vegas.

— Las Vegas?! — minha amiga exalta. — Nem pense em se casar sem a minha presença.

— Você ficou noiva sem a minha — ataco e começo a rir.

Mari me acompanha no riso e ela tem o rosto corado. Não vejo a hora de saber mais da viagem dela, porém preciso encerrar a ligação. Léo trouxe nosso jantar e na Europa já deve ser quase madrugada. Eu me despeço de minhas amigas com um aceno e o sorriso no rosto.

Mudar o caminho, alterar o trajeto, fazer diferente. Acho que nós três fizemos assim, talvez por isso conseguimos alcançar além do que acreditávamos ser possível. Os imprevistos despertam em nós a capacidade de revelar que o impossível é só uma palavra limitante até que possamos descobrir que tudo é possível.

Leonardo me envolve pelas costas num abraço.

— Achei a ideia da Lily bem atrativa.

Giro o pescoço e o encaro.

Ele eleva algumas vezes a sobrancelha.

— Você é bobo?

— Bobo por você! — Leonardo gira meu corpo e me levanta da cadeira. Envolvo os ombros dele com os braços e encosto nossos lábios.

— Eu já te disse que suas cantadas são cafonas?

— Sempre!

— E o quanto eu te amo? — Elevo o rosto e apoio a mão sobre o coração dele. Consigo ver meu reflexo em sua íris e parece que sou transportada para o interior de seus olhos.

— Não o suficiente. — Ele beija a lateral da minha boca. — Pode dizer agora e sempre!

— Agora e sempre? Que tal se eu demonstrasse?

— Sempre! — sussurra aproximando sua boca da minha.

Minha mãe me disse uma vez que amor tão intenso só poderia ser lido em livros ou visto em filmes. Preciso discordar dela. Sei que não é possível o amor habitando em mim ser mais intenso, se fosse meu coração não aguentaria.

Nota da Autora

Aquilo que algumas vezes é invisível aos olhos é visível ao coração. Existem alguns tipos de violências que não deixam marcas no corpo e não são facilmente identificáveis. Não que elas tenham um grau maior de gravidade em relação à violência física, elas também ferem a alma e extirpam nossa autoestima.

A violência psicológica pode acontecer em casa, no trabalho ou no ciclo social levando muitas vezes a pessoa agredida a danos emocionais difíceis de ser superados. Eu passei por um dos momentos mais difíceis da minha vida profissional há alguns anos. Assim como Nathalia, eu também caí e não conseguia me levantar. Como eu superei? Minha família e amigas verdadeiras me estenderem a mão e me tiraram do fundo do poço. Voltar a acreditar no meu potencial foi um grande desafio, superado através de ações para me fortalecer. Se acreditarmos que somos o que os outros nos dizem, perderemos o poder de exercer o nosso melhor papel.

A história desse livro não é sobre violência. Essa história é sobre a infinita capacidade de superar, transformar-se no processo, se autoconhecendo e descobrindo o quão forte podemos ser. A grandeza de saber quem somos e exaltar toda a potência que há dentro de nós para superarmos e nos tornarmos melhor a cada dia.

Desejo que essa história compartilhada lhe inspire a descobrir sua própria fonte inesgotável de habilidades para que você também conquiste seus sonhos.

Agradecimento

Essa parte do livro é uma das mais encantadoras para mim. Inclusive ela faz parte de minha leitura em todos os livros que leio. Agradecer é um ato de infinita satisfação, pois significa que muitas recompensas vieram. No caso deste livro quero agradecer especialmente a Deus e ao Universo por me possibilitarem dedicar tempo à escrita. Sou grata ao meu marido Edson e aos meus filhos Bruno, Arthur e Vitor pelo carinho e afeto em diversos momentos. Às Sheilas, amigas queridas, que se disponibilizaram a ler a história. Sheila Carmanhanes Moreira com sua grande capacidade de me estimular ao compartilhar as primeiras impressões da história e Sheila Mendonça pelas dicas e correções na finalização da obra. Meninas, vocês são TOP.

Agradeço a minha editora Cátia Mourão que, mesmo antes de eu ter concluído a história, já se disponibilizou a publicá-la e tornará esse livro tão belo quanto o cenário em que foi desenvolvido.

Gratidão a todas as minhas leitoras e leitores que me estimulam a escrever novas histórias e especialmente às mulheres que me inspiram, principalmente minha mãe Maria e minhas irmãs Jacira e Claudia, minhas noras Isabela e Letícia, todas as minhas sobrinhas (são tantas e tão autênticas a seu modo que me fazem amá-las ainda mais), e as minhas amigas verdadeiras. Saibam que vocês enriquecem minha vida.